野篦坊之櫛

金亮 著

題獻給
所有支持我創作的朋友

序

我在前年開始執筆撰寫這個故事，本以為一年內便可完成，奈何中途身體再次不適，停筆大半年養病，待重新寫作已是一年後的事，之後再因公事和家事拖拖拉拉，結果一拖兩年，還好仍能如願出版，總算沒有白費工夫。

今次故事與之前相比，幻想性更強，世界觀更大，更加天馬行空，出場人物也是最多的，這是我第一次嘗試這類幻想與現實，真假交錯的題材，虛虛實實，夢裡夢外，我自己覺得挺好玩的，希望大家也喜歡。

《詛咒少女秀妍》系列至今已完成五部長篇小說，前後跨度五年，平均計算，也是每年一本吧！雖然這個系列故事尚未完結，腦海中仍有不少詭譎劇情和人物發展，想寫入這個特殊的世界觀中，不過回心一想，自己寫了五年，只寫了一個系列，作品類型似乎不夠多元化，趁這個機會停一停，嘗試一下其他類別的小說，或者寫些短篇作品，也不失為一個好嘗試。

再一次感謝秀威資訊，感謝他們一直以來對我的支持和信任，感謝責任編輯陳彥儒，幫我完成整個出版流程，亦感激每一位支持我的讀者，我會繼續努力，寫出更多作品。

金亮

二〇二二年　冬

厚厚的積雪鋪滿深夜小路，隆冬已至，一條寂靜偏僻的羊腸小徑，不曾留下半點人跡，皎潔的月光映照在白茫茫的雪面上，倒映出兩旁已然凋零枯竭的柳樹梢，婆娑樹影，卻面目猙獰，乾巴巴的樹爪伸進雪地，仿似威嚇著，嘲笑著，剛剛踏進這條小路，留下一行足跡的孤獨旅客。

江嵐從沒想過，自己會獨個兒在漆黑中趕路，黑夜的雪地跟白天完全不一樣，縱使有月光引路，但雪面反射出來的光，朦朦朧朧，如夢似幻，把周遭的氣氛渲染得像鬼魅一樣，既不真實，亦不安詳，彷彿闖進一個虛幻、荒誕的世界。

然而，她必須繼續向前行，因為她沒得選擇。

踩在厚厚的雪地上，每踏出一步，便陷進一步，費盡全力拔出一隻腳，另一隻腳卻又深陷進去，好不容易把陷進去的腳提起，原先的腳又再踩得更深，周而復始，重蹈覆轍。

這……是在諷刺我的處境嗎？

她討厭雪，不單因為走起路來不方便，那種黏黏濕濕的感覺，也是她極為厭惡的，她喜歡乾爽，喜歡陽光，下雪跟下雨一樣，總給人一種鬱悶壓抑的氛圍，像是神經病人才會喜歡的狀態，光聽著就不舒服了，更遑論要在下雪天或下雨天出外行走，她一萬個不願意。

然而，她必須繼續向前行，因為她沒得選擇。

這條小路，是通往目的地的捷徑，平時三天的路程，半天就夠了，今晚出發，明早就到達，只要到達目的地，一切問題，將可迎刃而解。

只要，她找到那個東西……

可是，這場該死的雪，幾乎把小路完全堵塞，雖未至於不能走，但所費的時間和精力，絕對比原先估計的長和多，本來正常情況下，三十分鐘應該可以走完這條小路，但現在已過了一小時，她仍然蹣跚地、艱難地，在這條雪路上，跟大自然搏鬥。

而令情況更糟糕的是，天空開始飄著雪花，寒風也漸漸捲起，兩旁的柳樹梢被吹得左搖右擺，看情況，很快會下一場大雪。

怎麼辦？趁現在馬上掉頭？還是先找個藏身之處，待大雪過後再起行？

正當嵐躊躇之際，她隱約在樹梢之間，瞥見前面不遠處，大約二十至三十步距離，有一間亮了燈的屋子。

奇怪！這種山野地方，竟然有人居住，還亮著燈！不過也好，進去避避，總比回頭妥當，她不想半途而廢。

肩上沉重的背包，把她嬌小的身軀，壓得像個背曲腰彎的老婆婆，但卻未拖慢她前進的步伐，即使一拐一拐，步履蹣跚，她最終仍能勉強撐到小屋子前面。

那是一間相當簡陋的小屋，兩層高，牆身主要用磚頭砌成，大門則是用一塊非常單薄的木板所蓋，門上露出幾道裂縫，從裡面透出絲絲微弱的光，除了光線之外，還隱約傳來陣陣芳香的洋蔥味。

外面已經開始下雪，嵐顧不得這麼多了，她輕輕敲門。

「進來！」

屋子主人第一句應門，便邀請門外的陌生人進內，令嵐大呼意外，屋主甚至不知道門外的人是男是女，這做法也太草率了吧？

她推開門，進入屋內，迎面所見，是一個坐在地上，白髮蒼蒼，下半身蓋著厚厚保暖毛毯的老頭子。

「來，剛剛煮好，趁熱喝。」

老頭子雙手捧起一大碗熱騰騰的湯，放在嵐前面的地上，好像示意她，也要席地而坐。

她望望屋內四周，不僅沒有椅子，就連枱子和櫃子也沒有，所有東西都是放在地上，在老頭子身後的位置，擺放著一個柴火堆，上面架著一大鍋湯，濃濃的洋蔥味，正從湯鍋中傳過來。

「我……只是來避避雪，雪停了便走，不打擾。」

嵐禮貌地向老頭子鞠了一躬，然後除下背包，做了兩下伸展活動，以舒緩剛才她幼細的肩膀和纖巧的腰肢，所承受背包帶來的壓力，之後她坐在那碗湯前面，但沒有喝，相反，從背包中取出一條燕麥棒。

「我帶了乾糧來，吃這個就行，不勞老伯伯了。」

她拆開包裝紙，開始咀嚼起來，說實話，乾巴巴的燕麥棒一點也不好吃，她很想喝那碗熱騰騰的湯，可是，這裡的氣氛……眼前這個古怪的老頭子……令她不敢輕舉妄動。

老頭子沒說什麼，轉身再盛了另一碗滿滿的，自顧自喝起上來，嵐咬著像骨頭一樣硬的乾糧，盯著老頭子喝得津津有味的表情，嗅著放在面前那碗香噴噴的濃湯，心裡納悶，不發一語，室內頓時一片寂靜。

屋外的雪愈下愈大，聽著冷風拍打木門的聲音，嵐開始感受到，從隙縫中偷偷滲進屋內的陣陣寒氣，把她剛才被雪沾濕的長髮凝結，直教她連打幾個哆嗦，現時室內的溫度，似乎跟外邊相差無幾，這裡又沒有任何暖爐裝置，真不明白，老頭子是如何在這麼寒冷的環境下生活？

她把身體逐漸移近那碗熱湯，雖然不喝，但它散發出來的熱氣，至少有一點點暖身的效果。

「妳……不用走。」

老頭子突然冒出一句話來，嚇得嵐把身子挪後，警惕地瞪著他。

「妳，不用走。」老頭子重複，「這裡，就是妳的目的地。」

這……怎麼可能！這棟破房子……

「不用懷疑，」老頭子望著滿臉問號的她，笑笑地說，「妳不是第一個……」

說畢，老頭子抬高頭，望向一條通往樓上二樓的木樓梯，嵐也跟著視線看過去。

二樓，還有其他旅客？

「但來時的路上，明明只有我自己一行足跡，哪裡有人？」嵐戰戰兢兢地問。

「哈哈哈哈……」

老頭子放下手上的湯碗，稍微低下頭，一雙像死魚般空洞無神的小眼睛，直勾勾地瞪著嵐。

「你……你想幹什麼？」她雙手抱胸，兩腳由盤坐改為屈腿而坐，這個姿勢，方便她等會兒不論發生什麼事，都可以迅速站起來，奪門逃跑。

「小姑娘，」老頭子左邊臉頰不停抽搐，狀甚詭異，「麻煩妳上樓，把另外兩個，帶到這裡來。」

什麼！原來已經有兩個人早我一步？嵐對此感到有點詫異，但更奇怪的是，老頭子你不是這裡的主人嗎？哪有理由吩咐身為客人的我，上樓叫其他客人下來？

「抱歉，我行動不便，不方便上樓。」老人家笑了笑，露出一排發黃又參差不齊的牙齒，「而且，由妳去叫他們下來，更有意思！」

「我不明白……」

然而，嵐沒能把話說完……

因為她之後所見到的景象，完完全全把她震懾在原地！

老頭子站起身……不對，他並沒有站起來，他只是稍稍挺直背項，將整個身子俯前，順勢趴在地上，然後……

他開始向前爬行！

原本蓋著下半身，那張厚厚的毛毯，此時也隨著他整個人向前爬行，滑落在他身後的地上……毯子底下，空空如也，什麼都沒有！

老頭子……沒有腳……沒有腿……沒有臀……沒有腰……

他……沒有下半身！

腰部以下是凹凸不平的撕裂面，血肉交織，脊骨外露，像被硬生生撕開一樣!!

他用雙手支撐，慢慢爬過來，身體不停在地上拖曳，除了留下一道深紅色的血痕外，還把零星的內臟碎塊，掉落身後……

嵐發了瘋的尖叫。

「我行動不便，沒騙妳吧？」老頭子爬到她面前，一隻手捉住她的小腿，「現在，請妳上樓，把他們請下來……」

一

李秀妍望著鏡中的自己，兩邊嘴角微微上翹，嬌俏迷人嫣然一笑，懷著期待但有點忐忑的心情，準備出席今晚跟家彥的約會。

今年的冬天來得特別冷，十二月已經寒風凜凜，然而秀妍無懼低溫，穿上一件性感低胸露背紫藍色吊帶連身短裙，頸上掛著一條古銅紅心形吊墜，把瘦削的鎖骨和白皙的粉頸顯露出來，性感嫵媚之餘，也突出她那條人人艷羨的纖巧細腰，雙腿穿上一對三寸高長筒幼跟皮靴，將幼細的小腿包裹著，裸露出雪白的膝蓋和粉嫩的大腿，令秀妍的長腿優勢盡顯無遺。

一雙閃爍會說話的招牌大眼睛，塗上粉紅混合珍珠色眼影，臉頰和嘴唇不約而同抹上淡淡的櫻花紅，成熟誘惑之餘，也保留符合她年紀的少女味道，棕黑色長而微曲的秀髮，披散在嫩白的肩背上，長度直達腰際，從背後看，棕黑長髮和雪白無瑕的頸背，配搭紫藍色連身裙，三者完美融為一體，構成一幅絕美的少女背影圖。

對著鏡，秀妍輕嘆一聲，她知道，今晚是她在下周出發前往伊邪那神社前，最後一次跟家彥見面。

自從兩個月前那起事件，家彥對她的心意已經非常清楚明白，她感動之餘，亦發現自己原來在不知不覺間，已愛上這位為自己付出很多的深情男子……可是，她身上的詛咒，卻永遠是兩人之間的障礙，秀妍知道，詛咒一日不除，她很難重新過回正常人的生活，若要跟家彥在一起，詛咒必須處置掉，而目前唯一能袪除詛咒的方法，就是親身前往伊邪那神社。

因此，秀妍跟姐夫商量好，決定兩個月後的十二月，二人一起前赴高野山，希望能夠找到傳說中的伊邪那神社，這條路是姐姐秀晶之前走過的，她在去年十二月，也嘗試尋找神社，結果客死異鄉，秀妍跟姐夫像有默契似的，選擇在今年十二月出發，是因為懷念姐姐之故？還是想趁她身故一周年，親自前往現場拜祭一番？

不管什麼理由，十二月出發已成定案，在餘下的兩個月時間裡，秀妍很想跟家彥好好享受餘下的時光，也想跟另一位曾經和她出生入死的好姊妹——昕涵，好好道別。

這對表兄妹，並不知道她身上背負詛咒的事，卻偏偏在過去一年，不停和她一起遭遇林林總總不同形式的詛咒事件，也一起幫她解決這些詛咒事件所帶來的麻煩，秀妍心裡感激之餘，始終不忍心把他們牽扯入自己的詛咒旋渦中，所以前往神社一事，秀妍一直沒有告訴他們兩人知道。

今晚，秀妍無懼寒風，刻意把自己打扮得漂漂亮亮，就是想跟家彥共度一個可能是最後的約會，畢竟尋找那座神祕而隱蔽的伊邪那神社，是福是禍，仍屬未知之數。

時間不早了，正當秀妍挽起包包，準備出門赴約之際，大門突然打開，一名身穿深綠色格子襯衣，深棕色便服長褲，頭髮蓬鬆的中年臃腫男子，頂著大肚腩，拿著一封已經拆開了的信，慢慢走過來。

他滿臉迷惑，把信紙遞給秀妍，秀妍戴上黑色真皮手套的雙手，輕輕接過……

那是一張字跡秀麗的信……

「李秀妍小姐，在下周前往伊邪那神社前，誠意邀請妳參加一場派對，好運的話，妳的煩惱將可一掃而空。」

然後下面列出派對舉行的地址和時間……地址是山頂某座大宅……時間是……今晚十時?!

「這……什麼意思?」秀妍一臉懵逼，望著剛剛進門，頂著大肚腩的姐夫徐文軒。

「今早上班沒看見，下班回來便發現塞在信箱裡。」文軒用手輕輕托起那副戴了七年的眼鏡，淡淡地說，「沒有郵戳，是親自送來的。」

「可是……」秀妍坐下，手裡仍舊拿著信紙，「會是誰給我們呢?前往伊邪那神社的計畫，我們從沒對人提起過，就連家彥和昕涵也不知曉，這個人……為什麼會這麼清楚?」

「還不止，」文軒望住秀妍，愁眉深鎖，「他既然知道我們要去神社，一定知道去的原因，代表這個人很大機會知道妳身上詛咒的事，能夠知道詛咒祕密的人……我目前只能想到翔一郎……」

「哼!別提他了!」秀妍鼓起腮幫子，「明明說好帶我們去神社，卻突然改變主意，兩個月了，半個人影也沒有，害我們要自己想辦法。」

「雖然我也不清楚，他為何一聲不吭就走了，」文軒試圖替他講好說話，「或者是有逼不得已的苦衷，但目前問題的重點，不是他。」

文軒從秀妍手上接過那張信紙，平攤放在枱上。

「給我們這封信的人，絕對不是翔一郎，因為他根本不需要用這種拐彎抹角的方法，和我們聯絡。」

他指指信中那幾行字。

「信件沒有下款，似是想刻意隱瞞身分，內容亦只有寥寥幾行字，可能是不想說太多，被我們察覺身分。」

「但信裡面所提到的派對，又是怎麼一回事？」秀妍內心疑惑，「為什麼一定要我去？我不去又如何？」

「看來，寫信的人已斷定妳會去。」文軒指著其中一句，「好運的話，妳的煩惱將可一掃而空——妳現在的煩惱，就是身上的詛咒，似乎寫信的人，已肯定妳會因為好奇心的驅使，前去赴約。」

一連串問號，在秀妍頭頂來回盤旋，她心想，我跟姐夫祕密策劃這次冒險旅程，按理應該沒人知道，到底是誰這麼神通廣大？還有，派對時間選擇今晚十時，剛好在我和家彥晚飯之後，地點也距離約會的餐廳不遠……看來這個人，真的算準我必定會去！

可是，這到底是一個怎麼樣的派對？有多少人出席？跟我身上的詛咒真的有關嗎？信上只是含糊其辭，但寫信的人，會否只是利用我和姐夫，希望儘快把詛咒祛除的心理，引誘我前去一個未知的陷阱？

但若然不是陷阱呢……

二

祝昕涵俯臥床上，攬著枕頭，玩著手機，悠哉悠哉，獨個兒享受這份久違的寧靜。

她今晚穿上一件粉紅色大碼寬身露肩休閒衣，下半身只穿內褲，雙膝屈曲，腳掌朝天，凌空前後踢擺，休閒衣把她渾圓凸翹的臀部遮掩起來，只露出一對白皙幼細的大長腿，平時一個人在家，她喜歡這種無拘無束的穿法，這是以前跟父親同住，根本沒法想像的事。

這就是自己搬出來的好處！

昕涵的眼睫毛很長，不靠化妝也能保持深黑而濃密，睫毛下那雙迷人的大眼眸，一閃一閃的，像公主一樣散發著獨特的貴氣和優雅感，今早起床時，她只是隨意抹上淡淡的桃紅色眼影，配襯薰衣草胭紅，已能把她出眾的美貌勾勒出來，即使到了晚上，這份美貌仍然能夠維持，沒有半分走樣。

一頭標誌性大波浪捲曲長髮染成棕紅色，在耳朵兩側，悉心編織的小辮子襯托下，完全盡顯她那不符現實的仙氣外表，臉圓膚白，嬌嫩幼滑，昕涵就儼如一位來自天上的仙女，下凡降臨祝家，成為家族中最寶貝的寵兒。

公主也好，仙女也好，對於這些稱謂，昕涵本人並不在意，家族的背景的確為她帶來不少優勢，但同時也為她帶來不少煩惱，有時她會想，如果能夠完全擺脫家族的束縛，一個人自由自在生活，該有多好！

但她知道這不可能，不單單因為自己是祝家的一分子，更重要是，她是爺爺選定的人！

她放下手機，抬高頭，望著放在床邊書桌旁，那個金屬方塊……

爺爺……小涵會記住你的說話……守護祝家……令祝家繼續強盛下去……

有我在……還有小明……沒人夠膽欺負祝家……

昕涵將視線從方塊移過去旁邊，那裡放著一大疊信件，通通都是今晚回家時，從信箱裡取出來，她回家後隨手一放，一直未拆封。

她側起身子，舉高手，把它們全拿過來攤在床上，一共七封，六封是銀行帳單，一眼就認出來了，但最後一封……

沒有郵戳，沒寫地址，信封面雪白一片，是親自送來的嗎？奇怪！為什麼會收到這樣古怪的信？

她拆開信，內容只有寥寥數字，但秀麗的字跡……絕對不會錯！

昕涵良久說不出話來……

那個當年不辭而別的小妹子，回來了嗎？

塵封已久的記憶，重新在昕涵腦海中浮現……

我和妹子……關係曾經非常要好，好得就像親姊妹一樣，她常常稱呼我作姐姐，縱使我只比她年長五天，本質上根本是同齡，但……不知怎的，我也真的把她當成妹妹看待，或者因為我是家中獨女，心理上一直想有個妹妹作伴吧，無形中，也漸漸視她如親妹妹一樣，可是……

五年前某一天，她突然無聲無息地，跟我斷絕一切聯絡，連道別也沒說一句，就好像絕交一樣，從此消失在我的朋友圈中。

她本來就是這麼孤獨，認識她那段日子，整天一個人在街上溜達，我不認識她的家人，亦不認識她的朋友，事實上，我就是她唯一的家人，唯一的朋友，試問這種關係，她應該感到高興才是，為什麼會突然忍心切割，不再跟自己聯繫？

難道她想重拾過去孤獨的生活？

昕涵搖搖頭，開始認真閱讀信的內容，可是就在此時，電話鈴聲突然響起，她馬上拿起手提，看了一眼。

咦，是秀妍！為什麼這個時候打來？她今晚不是約了表哥嗎？

三

卓家彥坐在山頂餐廳一角，耐心等候秀妍的到來。

他今晚身穿一套整齊的灰黑色西裝，暗條直紋設計配合貼身剪裁，令本已高大帥氣的他，顯得格外英姿颯爽，西裝外套下是一件長袖白色襯衣，雙腳穿上一對擦得發亮的黑色真皮皮鞋，打扮成熟穩重之餘，仍無法掩蓋身上散發出來的年輕貴公子氣息。

一頭梳得貼服的短髮，整齊修長的眉毛，高挺筆直的鼻樑，配襯精緻的鵝蛋臉型，任誰只要看了一眼，都能感嘆世間上竟有如此面貌出眾的男子，再加上白皙膚色的襯托下，掛在臉上那副能融化一切的陽光笑容，家彥的俊美，猶如漆黑中的一道光芒，照亮這間情調浪漫但幽暗的餐廳。

一雙深邃明亮的眼睛，緊緊盯著面前的座位，看著兩旁排列得整整齊齊的刀叉，家彥正期盼著心愛之人早日到來。

每張餐桌上只點燃一根蠟燭，燭光微弱，加上餐桌與餐桌之間保持一段距離，私隱度極高，明顯是為情侶用餐不受騷擾而設計，家彥之所以選擇這裡，作為和秀妍最後的約會地點，原因也在於此。

不對！為什麼說是最後！她只不過是去趟日本旅行吧，很快就會回來！

但……真的是旅行嗎？

雖然秀妍一再強調，去日本只是散散心，去去便回，可是，家彥心裡明白，她此行目的，絕非旅行這麼單純，但到底所為何事，他又說不上來。

家彥，請你給我多一點時間，有些事情，我必須先處理好，才能……才能跟你在一起。

這是秀妍兩個月前跟自己的告白，雖然不清楚發生什麼事，但自己當時的決定，是以無比堅定的愛和耐性，鼓勵她放手去做想做的事，自己會一直等她，一直支持她，直至……兩個月後的今天……

突然有一種被凝視的感覺，是從大門方向傳過來，家彥最初以為秀妍來了，準備站起身迎接她，卻發現大門走道上，半個人影也沒有。

奇怪！是心理作用嗎？為什麼剛才感覺有人站在門口盯著自己？這個時候會盯著他的，只有來赴約的秀妍吧？

懷著失望的心情，家彥坐回椅子上，重新投入剛才的思緒中。

秀妍要處理的事，跟這次遠赴日本有關？大有可能，因為文軒大叔亦會同行，但為什麼秀妍去旅行，姐夫要跟著去呢？

一直以來，家彥對他們兩人的關係，倍感撲朔迷離，他倆明顯比一般姐夫和小姨子的關係親密，親密得有點不尋常，但若說他倆有不可告人的曖昧關係，又不像是，至少以他對大叔和秀妍的了解，男的是正人君子，女的是善良女孩，兩人完全沒有任何親暱的舉動。

那秀妍說要處理的事，到底是什麼事呢？為什麼要大叔陪伴在側？這件事只能在日本完成嗎？不去不行嗎？家彥曾經費盡心思，想出千百種可能，但無論如何努力，也理不出個所以然來。

不過，有一件事可以肯定，秀妍和大叔，隱瞞著一個祕密……

雖然家彥曾經說過，無論秀妍要處理什麼事，他都會無條件支持，可是，擔心之情和好奇之心，令他開始有些不安，驅使他有股衝動，好想在今晚，向秀妍問個明白。

家彥看看手機上的時間，八時半了，比約會時間遲了半小時，但秀妍仍沒出現，平時她很少會遲到，今晚怎麼了？

他抬頭望望四周，燭光搖曳，燭影微晃，他看不見鄰枱食客的模樣，看不清走道上侍應生的外貌，也看不到秀妍的蹤影，當他再次失望地回過頭來時，卻瞥見遠處一對情侶的座位旁邊，坐著一個人。

這個人，是背對情侶坐的，明顯跟那對情侶不相識，但既然不認識，為什麼會跟情侶坐在一塊兒？而且，這裡所有餐桌都是二人對坐，絕不會在旁邊弄出第三張椅子，這個人是如何能夠坐在那兒？

但最弔詭的是，這個人的臉，是望向家彥這邊……

可是，家彥卻看不清楚，那張望過來的臉……

家彥心想，或者是因為那對情侶所坐的位置，距離他很遠，加上燭光太暗，他始終看不清那張看過來的臉，是男是女。

他沒在意，垂下頭，視線重新落在自己面前的座位上，就是他一直盼望秀妍前來，跟他對坐相互進餐的座位……

咦！這個……

家彥留意到，原本放在對面座位上，左右兩旁排列得整齊有序的刀叉，其中兩隻，放在中間的餐碟上……

就好像有人剛用餐一樣！

難道侍應生剛剛經過，誤碰兩旁的刀叉？不可能吧，就算誤碰，也不可能把刀叉碰進碟子裡去，這分明是有人用手刻意把它們提起來，才能做到的事。

可是，我完全沒察覺有人這麼大動作，把刀叉放進碟子裡去啊！莫非在我來之前，刀叉已經在碟子裡？

家彥搖搖頭，不可能，自己一直盯著對面秀妍坐的位置，兩旁的刀叉最初是整齊排列，絕對沒有亂放，更何況，像這麼一間位處山頂的高級餐廳，會容許侍應生犯這種低級錯誤嗎？

正當家彥大惑不解之時，手機突然震了一下。

家彥，你能否馬上趕來昕涵家，就是她自己一個人住的那間屋子，有重要事情！

是秀妍發的短訊！她去了小涵家？為什麼要去？到底發生什麼事？

現在不是多想的時候，家彥馬上站起身，朝大門方向走過去，大門旁邊有一面格調高雅，裝飾別緻的玻璃鏡牆，鏡牆大得足以把所有餐桌和食客全部倒映出來，此舉用意當然是想增加空間感，令顧客對餐廳產生一種更寬敞、更偌大、更高級的印象。

正當家彥準備推開大門離開時，眼角不經意朝玻璃鏡牆瞄了一眼……

一名身穿白色長衫，黑色長髮的女子，端端正正地，坐在剛才他的位子對面——那個本應是秀妍坐的位子上。

說女子身穿長衫，是因為家彥看不清楚那件是什麼樣的衣服，可能是一件長袍，可能是一條長裙，亦有可能是一塊很長很長的披風，女子是坐著的，白色長衫把她身體完全覆蓋，連椅子下的雙腳也遮住了，正常人如果是坐著，長衫扯高，按理應該露出腳踝和鞋子，但這女子白衣貼地，完全把她的下半身掩藏起來。

女子側著身，一把烏黑長髮垂在胸前，髮尾長至腰部，頭髮既濃且密，加上坐姿關係，她的側臉，完全淹沒在一片黑油油的髮海中，家彥不知她長成什麼模樣，只能從鏡中倒映，看見一個黑白分明的女子，坐在剛才還空無一人的椅子上。

家彥想起那對被移動過的刀叉，內心一陣迷惑，奇怪！剛剛我前面明明沒人，這麼顯眼的女子，如坐下我一定察覺，她是何時出現的？難道是我離開後，她才坐下的？

她的衣著，她的外觀，跟這裡的環境全然格格不入，為什麼其他食客對她好像視而不見，繼續自顧自跟伴侶談天說地？他們不覺得奇怪嗎？

或者出於好奇心作祟，或者出於該女子坐了本應是秀妍坐的位子，家彥很想知道答案。

他故意放慢腳步，順著鏡子方向，下意識地轉過頭來，回望剛才自己坐了至少半小時的餐桌，他有一個想法，可能是這裡晃動的燭影，這塊令人眩暈的鏡牆，導致自己產生錯覺，這名詭異的女子，根本不曾坐在自己對面。

家彥對了……亦錯了……

黑髮白衣女子，現在的確沒有坐在秀妍的位子上……

她就站在家彥面前……不到一尺的位置……

家彥已沒有時間細想，她是如何不動聲色地跑到自己跟前，因為，他完全被眼前的景象嚇愣！

此刻的他，總算能夠清清楚楚看見女子的樣貌……她的……樣貌？

在微弱燭光襯托下，她那把烏黑亮澤的長髮中間，露出一張白皙光滑的臉……一張肌膚細嫩、柔順平滑、完美無瑕，能令所有女人艷羨的臉……

然而，僅此而已……

那是一張沒有五官的臉！

左腳……右腳……左腳……右腳……

踩在腐朽脆弱的木頭上，江嵐沿著狹窄的小樓梯，步步為營拾級而上，陳年的木板傳來陣陣異味，令她好幾次想打噴嚏，但最終還是忍住了，不是她不想打，而是這條爛樓梯，每踏出一步，都會發出喀吱喀吱，好像快要斷裂的聲音，她害怕一打噴嚏，整條樓梯會崩塌下去，故一直提高警覺，小心翼翼，總算平安來到二樓走廊。

走廊很短，但很暗，完全沒有照明裝置，但靠著樓下的火光，仍依稀可以辨識到，走廊一共有五間房，左邊三間，右邊兩間，走廊盡頭是一面牆，牆上好像掛著一幅畫，但她看不清楚畫了什麼。

按照剛才老頭子的指示，要找的兩個人，一個在左邊第一間房，另一個在右邊最後一間。

「妳見到他們兩人後，」老頭子露出一抹詭異的微笑，「請分別帶他們下來。」

回想剛才情景，嵐只顧拚命摔開老頭子捉住自己小腿的手，完全忘記問他，為什麼要分別帶他們下來這麼費時？本想回頭問，但一想到又要重新再走這條搖搖欲墜的木樓梯，還是算了吧。

不過，老頭子並沒說明，該請哪位先下來，既然沒有順序，嵐心想，就選距離自己最近，左手邊第一間吧！

她敲敲門，沒人回應，她扭開門把。

房間比走廊更漆黑，嵐不敢進內，只站在門外，輕聲呼喚。

「老頭子叫我來接你下去，」她說，「你可以出來了。」

還是沒有回應，嵐雖不情願，但無奈只好踏前一步，半個身子探進房內，朝黑暗的房間望了一眼。

好像是睡房的布置，但擺設很簡單，隱約看見靠近牆角位置，放了一張單人床，旁邊有一張小茶几，但僅此而已，看不見椅子，看不見衣櫃，亦看不見人。

是老頭子記錯嗎？嵐眨眨眼睛，希望能令視力儘快適應周遭環境，也就在此時，黑暗中突然傳來一把男聲。

「是時候了嗎？」

嵐全身抖動一下，幾乎站不穩腳。

在床的正前方，漆黑的角落中，原來站著一個人！

這人四肢修長，高高瘦瘦，背向牆壁，面向床鋪，一動不動，就這樣一直站在那裡。

嵐最初未有發現他，除了因為他站在黑暗中之外，他的站姿……非常奇特，正常人站立，即使是挨近牆身，也至少會保持半尺距離，但他幾乎是貼住牆壁站，就好像把身體融入牆壁一樣，令自己成為牆身的一部分，這所以嵐沒有即時發現他的原因。

「妳，也是為了那個目的而來，對嗎？」

男人第二次發問，令嵐全身再次抖動起來。

「嘿嘿嘿，來這裡的，目的只有一個，」男人陰陰笑說，「妳如是，我如是，他也如是。」

他？是指二樓另一個人嗎？

「但……我想前去的地方，應該不是這兒，」嵐一度猶豫應不應該說出來，最後還是決定說，「這間屋子，我只是路過，見大雪來避避而已，老頭子說這裡是我的目的地，我想他是錯的。」

「妳錯了，」男人冷冷地道，「這裡不是妳的目的地……這裡是妳的終點站。」

室內的氣溫，未有因嵐走上二樓而變得溫暖，寒風依舊能從磚頭的隙縫中，悄悄吹進室內，吹得她全身僵冷，然而，比起淒冷的寒風，眼前這個男人的說話，更令她感到透骨切膚的寒意。

「這話……什麼意思？」

男人開始從牆壁，慢慢朝嵐走過來，嚇得她馬上後退兩步，退至門口外面。

「妳既然來了，就沒有退路。」男人一邊走，一邊搖晃，「儀式必須進行，老頭子既然叫妳上來，即是時候已經到了，來！我們下去吧！」

隨著他漸漸靠近，嵐也逐漸看清楚他的模樣……長著一張平凡臉的高個子……但……非常奇怪……為什麼他的身軀……搖搖擺擺的身軀……看上去這麼單薄？

雖然他屬於高瘦型，但始終是個男人，基本的骨骼還是應該有的，沒理由單薄成這樣……他現在的身軀……就好像……一個沒有立體感，扁平如紙的紙片人……

是因為房間太過幽暗，光線不足所產生出來的錯覺嗎？

想著想著，男人已走到嵐面前，穿過門口，正準備從她身邊經過……

「麻煩妳，扶扶我，」男人意外地提出請求，「我走樓梯，會左搖右擺，容易摔倒。」

雖說這條爛樓梯空間狹窄，但也不至於令人失平衡吧？嵐心裡納悶，為什麼一個大男人，連走樓梯也不會，要人攙扶……

男人沒有再說下去，突然轉過身子，面對樓梯，背朝向嵐……

她馬上雙手掩嘴，全身瞬間毛管倒豎，雞皮疙瘩，胃裡一陣翻騰抽搐，感覺要將之前幾晚吃過的隔夜飯，一併吐出來。

現在她終於明白，為何男人能夠貼住牆壁站立……為何覺得男人像個紙片人……

因為他，後半整個身軀，由頭到腳，乾淨俐落地被一分為二！

所有內臟器官和四肢，從上至下：腦袋、氣管、食道、咽喉、肩膀、上臂、下臂、手腕、肺臟、心臟、胃臟、肝臟、腎臟、小腸、大腸、膀胱、大腿、小腿、腳跟，整個背面，像被一把從天而降，鋒利無比的大斬刀，齊齊整整的切割成一半，深紅色的血液，卻奇蹟地乾涸起來，黏著身體內部血管，凝結不滴，所過之處，不留半點血跡。

他……就像生物課堂上，那具人體解剖模型，身體內的各個器官位置，從後面看，一目了然，所不同的，只是這具模型，會行會走，還會……說話。

「來呀！」

男人移動沒有足跟的腳，勉強企穩，艱辛地扭轉半條頸，回頭望住嵐，然後，伸出一隻沒有掌心的手。

「快扶我下去！」

四

「出什麼事啦？妳不是約了表哥嗎？」

昕涵馬上接通來電，打趣地說。

「我現在可否過來？」秀妍語氣有點緊張。

「現在?!」昕涵望望掛在牆上的鐘，再望望自己下半身，一身輕鬆寫意的穿著，「妳現在過來，就見不到表哥了。」

「不，我叫他也一併過來，」秀妍解釋，「因為發生一件重要事情，我想跟你們兩人商量一下。」

到底發生什麼事，比約會自己喜歡的人更重要喔？昕涵心想，雖然在她家裡，也可以成全他倆約會的目的，可是……氣氛和情調完全不一樣啊！

但……秀妍的語氣非常認真和誠懇，她想商量的事，可能真的很重要，反正昕涵自己也想在秀妍離開前，多見她幾面，就讓她上來吧。

呵呵呵……霍爾大法師，別怪我今晚做電燈泡喔！

跟秀妍掛斷後，昕涵馬上跳下床，首先拿起一條便服短褲，穿在寬身休閒衣之下，接著跑出客廳，準備收拾散亂一地的垃圾。

啊……差點忘了最重要的事。

她回到睡房，把金屬方塊塞進包包裡去，這個小東西，不能讓秀妍看見。

然後，她再次拿起那封久違了的信，步出客廳，快速地看了兩眼。

「親愛的昕涵，誠意邀請妳參加一場派對，假如妳還念在昔日的情誼，請務必前來。」

搞什麼鬼！當年又不是我拋棄她，是她主動斷絕聯絡，現在隨隨便便寫封毫無誠意的信，就想把我騙出來？我才沒那麼笨！

昕涵氣上心頭，一下子忘了自己出來客廳的目的，她按下遙控器，打開電視，剛好是晚間新聞報導，她瞄了一眼，然後，兩眼不由自主的，將視線重新落在那封信上。

難道……她想重修舊好？當年不跟我聯絡，會不會只是一場誤會？她或許正在辦很重要的事呢……等等！我為什麼要替她找藉口……抑或，我在替自己找個見她的藉口！

唉！對這個妹子，我還是狠不了心！

昕涵腦海飄過五年前對她的印象，再仔細看一遍信件，啊！剛才一時火氣，漏看了派對時間，原來是今晚十時正，要去的話現在就要出門，至於地址……咦……

門鈴叮叮噹噹響起，是秀妍！昕涵拿著信紙，打開大門，果不其然，眼前出現一位經過悉心打扮的美少女。

「秀妍！妳今天很漂亮啊！」昕涵禁不住從心底裡讚美出來，「妳不去那間餐廳真心浪費，那可是全城最浪漫的餐廳……」

「家彥呢？」秀妍沒等昕涵把話說完，甫進門焦急地問，「我通知他馬上趕來，他到了嗎？」

「還沒來喔，不過放心，妳人在這裡，他就算吃告票，也一定會超車前來……」

昕涵沒有再說下去，她跟秀妍一樣，突然靜止不動，豎起耳朵。

因為她們同時聽到，電視插播一則特別新聞報導……

「大約半小時前，山頂一間以浪漫情調著稱的餐廳，發生一起嚴重的爆破事故，造成一人死亡，七人受傷。」

「據現場目擊者形容，餐廳內突然發生小型爆炸，炸毀室內大部分桌椅和裝飾，其中一名年約二十多歲，身型高大的華裔男子，因為走避不及，剛好被身後爆裂的玻璃鏡牆，重重壓下，當場斃命……」

五

鑽進這條迂迴曲折的小路，撥開沿途的雜草，翔一郎終於來到這片郊野公園附近的偏僻一隅，穿過眼前荒涼的空地，站在孤獨的屋子前面，他的眉毛蹙了一下。

終於到了！

香港的氣溫雖然沒有京都嚴寒，但仍算冷，尤其在郊外地區，氣溫普遍再降兩三度，然而對於久經鍛鍊的翔一郎來說，今天依舊穿上一件薄薄的灰白色長袖襯衣，一條不算厚的深藍色丹寧褲，腳踏一雙棕色帆布鞋，雖然身高只得一米七多點，卻沒能掩蓋他渾身充滿力量的身型，肌肉結實，手腳粗壯，身體素質一流。

今年只得二十四歲的他，外貌比實際年齡成熟，長著一張方型臉，濃眉細眼，鼻子高挺，厚唇闊嘴，皮膚黝黑，輪廓粗獷，頭髮剪得極短，陽剛味十足，一副硬漢子的形象，像從事紀律部隊工作，說是警察也會有人相信，眼神雖略顯嚴肅，卻有份天地正氣，扶弱抑強的氣場，很切合他伊邪那神社守護僧的身分。

匡扶正道一向是他的座右銘，從小到大，翔一郎謹記在心，亦正因為謹記在心，所以今日他才會千里迢迢來到香港，站在這間小屋子前面……

因為裡面的人，極可能跟伊藤京二有關!!

翔一郎閉上雙眼，深呼吸一口。

雖然師傅多番告誡，指目前未是時候找伊藤算帳，可是……這個伊邪那的叛徒！偷走法器，傷害同門，還在民間放任妖物橫行，把人類視作他的玩樂和實驗對象，種種行為，若再不加以制止，後患無窮！

他知道伊藤不好對付，作為千年一遇的術法天才，他的功力是所有同輩……不！應該說是所有伊邪那一脈的師叔伯中，實力最強者，師傅不想我過度干涉他的事，是擔心我有危險，可是，若個個都因為怕他而不敢行動，任由他胡作非為，那豈不辜負我們修行的初衷？

哼！個個都怕他，我偏不怕！今次終於讓我逮到線索，發現可能知道伊藤行蹤的人！

翔一郎睜開雙眼，抬起頭，以一股凌厲的目光，望住前面的屋子。

童穆，四十二歲，未婚，性格孤僻，社交圈子狹窄，終日把自己困在這間小屋子裡，一星期只出門一次購買日用品，本來像他這種生活在偏僻山野，脾性古怪之人，翔一郎壓根不會留意，可是……

三個月前，童穆被警方懷疑，在自家屋前那片空地上，殺死四名正在開野火會的年輕男女，而正正是這場疑似謀殺案，惹起翔一郎的高度注意。

三男一女，均是被尖物刺進眼睛致死，但詭異的是，凶器上只有死者自己的指紋——三個男的分別是用燒烤叉、竹籤、和地上的樹枝，從眼睛直插後腦袋致死，而那個女的，則用了自己的髮夾……

這是需要何等大的力度，才能刺穿眼睛斃命？尋常人應該辦不到吧？但假如，有人用咒法幫忙呢？

住在附近的童穆，自然成為本案第一嫌疑人，因為除了他之外，附近並沒有其他住家，若是謀殺，只能由他動手，可是，最後警方仍以證據不足為由，把他釋放了，原因除了凶器上只發現死者指紋外，還有一個更重要的原因……

童穆是盲的……

聽講是後天失明，原因不詳，但假如他真的是凶手，試問如何殺人？一個盲人，能夠手執凶器精準地朝眼睛刺下去嗎？再者，童穆跟四位死者素不相識，他的殺人動機呢？一個連受害人樣貌也看不見的人，為什麼要把他們通通殺害？

翔一郎懷疑這次屠殺，跟伊藤有關，是他精心設計的另一場殘忍遊戲，他最喜歡就是玩弄人性，人性愈醜陋，他就愈開心，看見大家自相殘殺，他會拍手叫好，必須趕快制止他的瘋狂才行！

若要找出伊藤，必先了解這場野火會的意義，若要了解其意義，必先探訪唯一的目擊者。

翔一郎踏前一步，正打算伸手按門鈴，呼喚這間屋子的主人時……

他發現大門是虛掩的。

冰冷的白色磁磚地板，透出陣陣寒氣，兩旁的灰色水泥牆壁，卻不帶半點生氣，縱使天花板上的大光管，經地板反射後，光線照亮整條走廊，但翔一郎總是覺得，這條通往起居室的唯一通道，非常幽暗，死氣沉沉，走在其上，就好像……就好像通往囚室一樣。

為什麼要把自己的家，布置成這樣？

來到起居室，灰白色的牆壁光禿禿圍住四周，天花板掛著單調乏味的吊燈，室內擺設極其簡單，只放了一張長方型的枱和兩張椅子，其中一張椅子上，坐著一個男人。

這是翔一郎首次見到童穆。

他身型非常矮小，即便是坐著，也能感覺到他的屁股像凹陷似的，掉進椅子裡去，胸口幾乎貼著枱面成水平線，雙腳亦只能僅僅觸及地面，明顯屬於腰短腿短之人。

他留著一把雜亂無章的鬍鬚，幾乎完全掩蓋嘴巴，臉頰兩邊長著兩行礙眼的鬢毛，就連眉毛與眼角之間，也有幾條迷失方向的汗毛倒豎著，想不到這位個子矮小的男人，毛髮卻出奇旺盛。

他皮膚暗褐色，頭髮剪得比翔一郎還要短，近乎光頭一樣，令細軟的耳朵和扁平的鼻子更加突出，整體而言相貌平庸，就是見過也不會給人留下深刻印象，只不過，他臉上一項最大的特徵……

他的眼珠，沒有虹膜，沒有瞳孔，沒有晶體，只有乳白色的鞏膜。

到底他遇到什麼意外，把眼睛弄瞎成這個樣子？

「你又來了？」

童穆頭也不抬，直接吐出這句莫名其妙的話來。

翔一郎雖然在京都出生，但母親是華人，操得一口流利的漢語，對同樣是華人的童穆，溝通自然沒問題。

「你家大門沒關上，」翔一郎以中文回應，「請恕我冒昧進來了。」

穆先是愣了一會，然後微微抬起頭，嘴角上揚，露出一個似笑非笑的表情。

「對不起，」他聲音低沉，「這幾個月他一直纏住我，幾乎每天都來，我這個人沒有什麼朋友，所以你一進來，便誤會了你是他，實在抱歉。」

「既然不想被打擾，為什麼還打開大門？關門不就行了麼？」

「那個人，就算關上門，一樣有本事進內，沒用的……」

伊藤！一定是他！看來今次找對人了！

「他為什麼來找你？」

「那你又為什麼來找我？」

面對童穆反問，翔一郎一時語塞，想想應該從哪裡開始問起，以伊藤行事謹慎的作風，一定不會向童穆透露自己的行蹤，故問他也不會問出個所以然來，可是，如果這四名年輕人的死，真的是伊藤計畫之內，那麼問關於凶案的經過，可能會從中發現一些端倪。

「三個月前，」翔一郎開始，「在外面的空地上，有四名年輕人慘遭殺害，你當時就在這棟屋子裡，對嗎？」

「你……不是警察？」

穆猶豫片刻，瞪大他沒有瞳孔的眼珠，再次反問翔一郎。

「對，我不是警察，」翔一郎發現自己太心急調查伊藤的事，竟一時忘了介紹自己，「我叫森木翔一郎，是來自伊邪那神社的……」

「原來是同一夥人。」

穆嘆一口氣，再次垂下頭，雖然翔一郎很想反駁，伊藤已被逐出師門，自己和他不是同路人，但心想，即使說出來，眼前這名男子也未必明白箇中來龍去脈，還是作罷。

「我早知道，你們是不會善罷甘休，」穆開始喃喃自語，「即使我已說過，他們四個都是自殺的，原因是看見了不該看見的東西！」

翔一郎側著頭，完全聽不懂他的意思。

「童先生，請你說明白一點，什麼叫看見了不該看見的東西？」

穆再用那對空洞又污濁的白眼，望著翔一郎。

「森木先生，你聽過野篦坊的傳說嗎？」

六

秀姸坐在昕涵旁邊，右邊臉頰幾乎貼著昕涵左邊耳朵上的電話聽筒，昕涵用食指按住自己嘴唇，示意她不要說話。

「喂……大姑媽……是的是的……請問今晚妳有沒有接過醫院的電話……嗯……沒有……那警局呢……啊……沒事沒事……表哥他沒闖禍……我只是聽到餐廳好像發生點意外……不……不要擔心……那個人不是表哥……雖然年齡和外型有點相似……」

昕涵邊說，邊向秀姸打個眼色，示意她安心。

「對對對……我只是隨口問問而已……打擾妳了，大姑媽，請早點休息。」

昕涵把聽筒放下，笑笑對秀妍說。

「如果表哥真的出事，醫院和警方一定會聯絡他的家人，但到現在還沒有，證明那個人不是他，等會兒待記者查出死者身分後，一定會公布出來，到時妳便可以一百萬個放心！」

話雖如此，但秀妍依舊有點不安。

「可是，為什麼家彥這麼晚還不打電話來？」秀妍望住自己的手提電話，「剛才我們拼了命致電他，電話卻一直沒接，留短訊也沒覆，他到底去哪裡了？」

「這個……我也不清楚……」昕涵拍拍秀妍裸露的肩膀，幫她拉高掉落的披肩，「或者他正在駕車來不及接電話……又或者訊號太弱接收不到吧……總之不用擔心，霍爾是大魔法師來的，不會有事！」

秀妍嘆了一聲，心想，早知應該先跟家彥會合，再一起來昕涵家中，這樣他應該可以避過那場意外，不過一來一回，時間便浪費了，尤其是，秀妍仍在糾結，是否出席今晚十時的派對。

「看妳的樣子，仍然很擔心似的，」昕涵眼神憐憫望住秀妍，「好吧！為了妳將來的幸福著想，我決定犧牲自己，致電給我那個麻煩老爹，問問他知不知道餐廳發生的事……」

她邊說邊撥電話。

「我這個不中用的老爹，平時不學無術，但監視家族其他成員的最新動向，卻出奇地賣力和敏銳。」昕涵再次把聽筒放在耳邊，「假如表哥真的出事，我相信他一定比家裡其他人，更快收到風，問問他便一清二楚。」

秀妍聽後非常感動，昕涵一向甚為抗拒她的老爹，儘量避免跟他有任何形式的溝通，今次為了我，竟然願意主動聯絡，昕涵妳對我實在太好了！

秀妍像貓咪一樣，用頭靠在昕涵的粉頸上轉啊轉啊，癢得昕涵一手把她的臉撥開，秀妍的視線，剛好對正茶几上的信……

咦！這不是剛才昕涵拿在手裡的信嗎？她為了打電話幫我查探家彥下落，隨手把信攤放在茶几上……秀妍依稀窺見信中僅有的幾行字，是手寫的筆跡……

什麼!!

這個時間……這個地點……不正是和我信中那場派對，一模一樣嗎？

昕涵她，也收到同一邀請？

「我問過老爹了，他完全沒收過表哥出事的風聲，」昕涵放下聽筒，「換言之，表哥根本沒事，秀妍妳切勿胡思……」

昕涵此時才發現，秀妍正在看她的信。

「咦……妳……為什麼偷看我的信？」

「不好意思，我不是故意的，但事情實在……」秀妍焦急地把昕涵的信舉起，問道，「昕涵，請問寫這封信的人，跟妳有什麼關係？」

「是一個五年沒見的朋友，」昕涵對秀妍的提問相當意外，但還是如實回答，「我也很好奇，她為什麼這個時候寫信給我，怎麼了，妳認識她？」

「不！」秀妍從包包裡，拿出自己的信，「這封信，就是我今晚前來的原因，妳看看，我們同時獲邀，出席這場不知什麼名堂的派對！」

「咦……對啊！時間和地點都是一樣！」她點點頭，表情明顯有點訝異，「想不到秀妍妳也收到她的邀請。」

「她是誰？」
昕涵拿過信紙，向秀妍展示信紙的下款簽名……這是兩封信唯一的相異之處……孫楚琳。

「我不認識她。」秀妍說時帶點迷惑，「為什麼要邀請我去？」

「看來，若要找出答案……只能參加了！」

「什麼！」秀妍驚呼，「妳認真？」

昕涵點點頭。

「我這位朋友，五年前突然不辭而別，完全跟我斷絕一切聯繫，如果可以，我也很想親口問問她，到底發生什麼一回事。」

秀妍心想，妳總算有個出席的理由，可是我呢？

「這個派對地址，我認識，真想不到會在那兒舉行。」昕涵淡淡地說。

「妳去過那座山頂大宅？」

「去過，」昕涵向秀妍眨了一下右眼，「正是我這位朋友帶我去的！」

「可是我們都去了，家彥那邊怎麼辦？」秀妍憂心忡忡，「雖然死者很大機會不是他……但為何至今，他仍未跟我們聯絡？」

「秀妍，光坐著等也不是辦法，」昕涵望望牆上的掛鐘，九時半，「我們現在先趕去參加派對，至於傻瓜霍爾……我很了解他，他一定沒事，請相信我！」

說畢，昕涵迅速跑進房間更衣，秀妍心想，或許她是對的，坐在這裡等，家彥也不會馬上出現，但那場神祕派對的謎團，同樣需要解決，因為明顯牽涉到自己和昕涵各自的心結，她們不能不去。

而且，即使出席派對，她們照樣可以收到家彥的來電……假如他來電的話……

秀妍一雙因擔心而被淚水沾濕的大眼睛，緊緊盯著自己的手機。

家彥，你到底在哪裡？

把紙片男帶回樓下，嵐馬上跑到背包前面，拿出一壺暖水，往自己的手裡不停狂澆。非常浪費！尤其是在這麼惡劣嚴寒的天氣下，這壺暖水隨時可作救命之用，但嵐實在沒法忍受……剛才被迫用手，拖著那個紙片男。

「哈哈哈哈～你看！你看！人家小姑娘嫌棄你喔，哈哈哈哈～」

老頭子的瘋笑聲，響遍整間小屋，跟外面正吹得發狂的風雪聲，合奏出一首不協和弦奏鳴曲，像嘲諷似的，傳進嵐的耳朵裡，她滿臉漲紅，不知所措的站在原地。

紙片男沒說什麼，坐在老頭子旁邊，嵐慶幸他所坐的位置，是正面朝向自己，他喝了一口老頭子奉上來的洋蔥湯，閉上眼，低下頭，沉思不語。

「怎麼樣，小姑娘，」老頭子繼續他的恥笑，「我早說過，妳必須分別帶他們下來，妳現在信了吧？」

「你們……你們到底是什麼東西？為什麼……為什麼這副模樣，還可以活著？」

「我們是什麼並不重要，最重要是……妳來這裡打算做什麼？」

嵐心頭一震，她想起剛才紙片男的說話。

……來這裡的，目的只有一個……

對！她的目的，也只有一個……

一定要找到那個東西！

老頭子把背項挺直，本來凹凸不平，筋破肉碎的下半身殘軀，竟然牢牢地嵌入地面，就好像一個人，盤腳坐在地上一樣。

「麻煩小姑娘再上樓，把尾房的人帶到這裡來，」他說，「人齊了，就可以開始。」

嵐本不想去，心想那個住尾房的人，十居其九跟這兩個怪胎一模一樣，但不去，又怕得罪老頭子，畢竟她目前沒法逃離這間屋，剛才拖著紙片男這麼噁心的事也做過了，應該不會比這更糟糕吧？

硬著頭皮，嵐再次踏上那條爛樓梯，可能因為已有第一次經驗，今次走起上來，沒有那麼戰戰兢兢，很快就到達二樓，她望住那條短短但暗黑的走廊，開始朝右邊最後一間房前進。

一個人摸黑在陌生環境下探索，滋味並不好受，尤其是處身這種怪異的氛圍中，幸好走廊不長，她很快就來到最後一間房，側耳細聽，房內並沒發出任何聲響，這個人睡了嗎？

嵐舉起手，正想敲門之際，她瞥見旁邊的一幅畫。

那是掛在走廊盡頭牆上的畫，剛才第一次上來時已發現，不過當時看得不太清楚，現在走近了，雖然四周仍然很黑，但把眼睛移到畫的正前方，還是隱約可以看到畫了些什麼。

畫中有五個人，圍坐在地上，其中一個雙手大動作在空中揮舞，像在高談闊論，其餘四個則臉朝向他，耐心地聽著，五個人的背景是空白的，沒有畫上家具擺設，亦沒有畫上花草樹木，故不知他們身處的地方，是室內還是室外。

不過最令嵐感到奇怪的是，這五個人，都沒畫上臉孔。

雖然近代很多新派畫家，都刻意把人的臉孔留空，就是不把眼耳口鼻填上，以表達另一種藝術角度或審美的新標準，可是，這張畫又不似是這類新派風格，因為它太樸素了，樸素得像一個略懂畫作的業餘藝術家，閒來無事隨手畫畫而已，構圖簡約並故意把臉孔忽略，是因為覺得這樣省時方便？還是……那五個人真的沒臉孔？

嵐搖搖頭，想多了，只是一張畫，毋須浪費時間猜度畫家的心意，她把注意力拉回房間，敲了兩下門。

「進來！」

跟前次不同，房裡馬上有回應，是一把男聲。

「你好，老頭子叫我上來，接你下去的。」

「好，請妳進來吧。」

嵐心想，你出來一起下去便行了，為什麼要我進來？難道又要我扶你！

她扭開門把，站在走廊外，本打算催促這個男人快點出來，豈料門一開，原來他已經站在門口，嵐還來不及看清楚他的樣子，便被他一手拉入房間。

「呀～～～」

嵐尖叫一聲，隨即被他用手掩住口。

「噓！我不會傷害妳，我只想在下樓前，問妳一些問題，有些說話，不能讓老頭子聽見。」

房間比走廊更黑，加上關了門，即使男人已經非常靠近，但嵐仍然看不清楚他的樣貌，不過唯一安慰的是，他掩著自己嘴巴的手，不是一隻削了半截，筋骨血管外露，間中還嗅到血腥味的手……那是一隻正常人的手。

可是，為什麼這個男人說話時，有點咬字不清，發音怪怪的？

嵐點點頭，示意自己明白了，男人鬆開手，退後一步。

「樓下現在有多少人？」

「兩個。」嵐如實說，「一個是老頭子，另一個是那邊房的人。」

「那個人，身上有什麼特徵？」

嵐的嘔吐感再一次爆發出來，應該如實說嗎？不過男人既然這樣問，大概已猜到了。

「他的身軀，前後被切開一半，像紙片一樣只用前半身活動。」

「果然！我早知道是這樣！」

男人突然激動地叫了起來，嚇得嵐往房內後退，不小心碰到什麼物件，她摸摸看，原來是一張枱子，枱子上面，好像還有些什麼。

「照這樣說，妳也跟他一副模樣囉？」

「哪有！」嵐立即反駁，「我跟他不熟，不是一塊兒來的，而且，我正常得很。」

一、二、三，原來枱子上面，還放有三根未點燃的蠟燭。

「嘿嘿嘿，正常？」他冷冷地笑了幾聲，「這裡哪有正常人？看看老頭子來了這麼多年，還不是只得半個身軀，他有正常過嗎？」

「什麼！」嵐驚訝，「老頭子不是……不是這裡的主人家嗎？」

「哈哈！他哪有資格當主人家！」男人笑起上來，「他是最早一個來到這兒，然後便賴在這兒不走，不知不覺把這兒當成自己家，還招呼起客人來。」

可惡！原來老頭子跟自己一樣……竟然被他騙了！

「那麼，你又是什麼人？」嵐好奇。

「我是在老頭子之後來，悶在這房間裡，不知多少日子。」

他停頓片刻，好像在想什麼，然後繼續說。

「算起上來……還差一個……」

「還差一個？」嵐瞪起雙眼，「難道還有人要來？」

「當然，不然儀式怎麼進行？」

「什麼儀式？」嵐已經快要瘋了，她突然想起剛才見過的那幅畫。

「妳……不會不知道吧？」男人不敢置信地，反問嵐，「妳來這裡的目的……」

「不就是想見那位大人嗎？」

謎之三男——鬼說百物語

七

家彥睜開沉重的眼皮，頭很痛，四肢無力，嘴唇發麻，發生什麼事了？

他望望四周，發現自己正躺在一片漆黑之中，沒有風，空氣靜止不動，但並沒感到特別寒冷，應該是在室內沒錯，他伸出左手，摸摸自己背後躺著的地方，軟綿綿的，有塊像椅背的東西，不像是床，似是沙發。

我……我在哪裡？

家彥舉起疲軟的右手，用拇指和食指，放在太陽穴上按了幾下，試圖儘快恢復清醒，他必須記起剛才發生的事。

剛才……我在餐廳……約了秀妍……但她沒來……之後……遇見一名黑髮白衣女子……她先是坐在秀妍的位子上……然後突然站在我面前……她的臉……不……她根本沒有臉……

接著……她把臉湊近我……湊得很近……我想避開……但身體竟然不受控制……之後……我聽到背後好像有騷動的聲音……好像有什麼東西爆破了……有人尖叫……有人奔走……但我沒法把頭轉過去……只能眼巴巴的盯著前方……望著她把那張臉湊過來……然後……然後就記不起了……

雙眼漸漸適應周遭的黑暗，家彥再次觀察四周，在他躺臥的沙發旁邊有張枱子，枱子旁邊有張搖椅，搖椅旁邊則空空如也，只有一絲微弱的光，照在搖椅附近的地板上，家彥仔細一看，原來搖椅面向一扇窗，外面街燈穿過兩塊窗簾中間的小隙縫，照在地板上。

顯然，這裡不是餐廳，更像是起居室之類的地方，問題是，誰家的起居室？

他嘗試把身子撐起，但起了一半，手和腰突然一陣酥軟，整個人再次軟弱無力地趺趴在沙發上。

突然，不遠處傳來一下喀擦聲……

家彥靜心細聽，聲音似是有人從本來坐著的椅子站起來，把椅子往後一推，椅腳磨擦地板而發出的，家彥馬上回過頭來，望向起居室的另一邊，那邊距離窗口較遠，故一直隱沒在黑暗中……

他看見一個身影，慢慢移近窗口……

這個人……剛才就一直坐在黑暗中？起居室近窗那邊，因為有光，所以家彥看得比較清楚，但另一邊則黑漆漆的，完全沒料到藏著一個人！

身影走到窗前，舉起雙手，把窗簾拉開，外面的光線雖不算充沛，但已足以把這個人的輪廓剪影，勾勒出來……

一名身型高挑，婀娜纖瘦的少女背影，姣好地展示在家彥眼前。

她拉開窗簾，順手把兩扇窗戶打開，寒風瞬間吹進室內，溫度驟然下降，正當家彥好奇，為什麼她在大冷天，還要把窗開得這麼大時，卻被眼前所見的景象，嚇得目瞪口呆。

窗外的光，不是燈光，是月光！柔和皎潔，但淒清孤冷，一道銀白色月光，照亮起居室的每個角落，這時家彥終於能清楚看見室內的擺設：自己躺著的沙發、旁邊的枱子、放在窗前的搖椅，和之前一直隱沒在黑暗中的木椅子，這位少女，剛才應該是坐在這兒。

可是，這月光……也太明太亮了吧？在市區竟然能看見這麼清晰的月光……實在難以置信……

咦……這……這怎麼可能！

在純潔柔和的月光映照下……窗外……正在降雪!!

雪花飄飄，如縷如絮，家彥看見的，是漫天飛舞的輕雪，隨著風勢擺動她們婀娜的身姿，在窗外詠唱出一首又一首高貴但寂寞的詩歌，可是……這裡又不是北方，就算再冷的天，也沒可能下雪啊!!

我……在做夢嗎？

只見少女坐在那張搖椅上，翹起腿，雙手交叉放在膝蓋上。

「醒了？」

一把嬌弱溫柔得足以令所有男性怦然心動的女聲，輕輕地問。

家彥努力撐起半個身子，靠在沙發背上，定睛打量眼前這位，年齡恐怕不到二十的少女。

她臉很瘦，下巴尖尖，薄薄的嘴唇不帶半點血色，但唇形很美，微笑時，兩邊臉頰露出長而深的酒窩，笑靨迷人，看上去有份親切友善的感覺，眼睛雖不算大，但生動靈氣，撫慰柔和，望住你時，彷彿有種魔力，能看穿你所思，看透你所想，而你，卻心甘情願讓她看個光光。

少女膚色異常地白，白得有點不健康，卻偏偏身穿一件純白色，半透明寬鬆睡裙，令衣服跟自己膚色高度融為一體，睡裙長度剛好在腳踝之上，露出一雙雪白的玉足，少女沒有穿鞋，就這樣赤著腳在地上走，一頭濃密黑色長直秀髮，像瀑布一樣散落肩上，不單跟她的睡裙和膚色形成強烈對比，還跟……咦……等等……

濃密的烏黑長髮……純白的寬鬆睡裙……我好像在哪裡見過……

家彥猛然驚醒，不知從哪裡來的力氣，整個身子馬上彈起，背項緊貼沙發，坐直起來，兩眼盯住少女。

「不用怕，我不是她。」少女幽幽地說。

家彥此時再仔細打量，對！少女的頭髮只到胸口，但餐廳女子長髮及腰；少女的睡裙長度剛好在腳踝之上，跟餐廳女子連雙腳也完全覆蓋，明顯不同。

「你差點沒命，」少女左腿翹在右腿上，伴隨搖椅微微輕晃，雪白的素足，開始誘惑地上下擺動，「她再湊近一點，我也救不了你。」

「是妳，救了我？」家彥四肢仍然酥軟，無力感持續。

「你沒事就好，」少女溫柔地望著他，「現在最重要的，就是慢慢康復過來。」

「那名女子……到底是……什麼東西？」

「野篦坊。」少女淡淡吐出三個字。

「野……野什麼？」

「準確來說，」她低下頭，眼眸回望，對家彥微微一笑，「是被野篦坊之血詛咒，變成一個沒臉孔的妖怪。」

家彥全身不由自主顫動一下，換言之……

又是一個詛咒之人！

「她為什麼要襲擊我？」

「因為報仇。」少女輕描淡寫地說。

家彥大感錯愕，自己向來待人以誠，謹言慎行，從不輕易得罪人，如今卻竟然得罪一隻妖怪來！

「不是你的錯，」少女像看穿家彥心事似的，簡單直接回答他，「是你家族中的問題，你只是受到牽連而已。」

「家族？是指祝家嗎？」家彥一臉茫然，「關祝家什麼事？」

看見家彥一副不知所措的樣子，少女嘴角微微上翹，臉頰兩旁的酒窩悄悄展露。

「有一個人，被你們家族害慘了，」少女甜甜報以一笑，「所以她發下毒誓，無論付出任何代價，也要你們血債血償！」

八

昕涵挽著秀妍臂彎，來到加列山道，派對舉行的地點。

這棟大宅位處奇力山高尚住宅區，進入時必須先經過一條長長窄窄的行車路，然後順時針由北至南，再轉回北，環繞一圈。

整條加列山道，形狀就好像西部牛仔片經常出現的套馬索一樣，長長窄窄的路是繩頭，圈圈區是繩圈，派對舉行的地點，就在圈圈區的西側，其中一幢別墅式大宅，這幢大宅孤零零的獨自聳立在山路的末端，跟其他同區的別墅隔得相當遙遠，位置亦非常僻靜隱蔽，進去後，真可謂叫天不應，叫地不聞。

她低下頭，望望秀妍那雙長筒幼跟皮靴，她穿這個一路上來，累嗎？本應讓她先換一套便服才起行，今晚她的悉心打扮，並不是為了這場神祕派對而設，可惜時間已經不允許秀妍卸妝換衣這麼費時，所以昕涵只好借了件厚厚的黑色毛毛長大衣，披在秀妍身上，希望能夠抵禦山頂的寒風。

至於自己，換裝倒也便捷，隨手拿起一件白色毛冷上衣，一條灰色絨毛長裙，外披一件紅色短身外套，雙腳套上一對白色運動鞋便出門了。

昕涵站在閘門前，望住這棟已經荒廢了的三層高別墅大宅，自己當年來過一次，想不到現在故地重遊……

楚琳，妳為什麼會知道有這麼一棟大宅存在？這棟大宅對妳有什麼特殊意義嗎？

從家裡來到山頂，共花了四十五分鐘，距離派對開始時間，已經遲了十五分鐘，但昕涵心想，既然是派對，一定會有很多人來，有人早到，有人遲到，是必然的事，總不會因為遲來少許，就不讓進吧？

可是，當兩人站在大宅閘門前，昕涵知道自己錯了。

這裡連半個鬼影也沒有！

缺乏星光的夜空，令這棟大宅顯得格外死氣沉沉，除了她倆孤單的身影，呆呆站在閘門前吃西北風外，兩旁街道並沒有看見其他行人和車輛，一片蕭索的景象。

探頭往裡面張望，從閘門到主樓之間，有一個小小的庭園，但現場除了在黑暗中隨風搖曳的花草外，未看見任何人，大宅內亦沒透出半點燈光，莫說派對應有的熱鬧氣氛，就連……就連基本的人氣也沒有……

「這裡……為什麼這麼冷清？」秀妍連忙從包包中翻出信紙，「難道地址錯了？」

「地址不會錯，」昕涵用手機電筒，照照閘門後的小庭園，「兩封信的地址是一樣的，一封可能寫錯，但兩封都寫錯，不可能！」

「可是，」秀妍踏前一步，往昕涵照的方向望過去，「為何連一點光也沒有？這幢大宅，看似很久沒人居住了，陰陰森森的。」

「對，」昕涵同意，「這兒根本不像在搞派對。」

「妳看，會不會是惡作劇？」

昕涵搖搖頭。

「那些字跡……絕不可能弄錯……楚琳她……一定想見我。」

「妳跟孫小姐，認識很久了嗎？」秀妍問。

「嗯，她是我讀中學時班裡的插班生，我們曾經有一段時間，關係很要好，但正如剛才所說，五年前開始，便沒有來往。」

「孫小姐，是一個怎樣的人？」

「她喔？」昕涵努力回想印象中的楚琳，「外表嬌滴滴，性格柔弱怕事，有點膽小倚賴，滿腦子古靈精怪的浪漫幻想，並且很喜歡童話故事。」

「我也很喜歡童話故事喔，」秀妍點點頭，「她年紀比妳小？」

「比我小五天，算起上來，妳也是她姐姐喔！」

「等會兒有機會，一定要介紹給我認識……」

「嗨！妳們兩人也是來參加派對嗎？」

背後突然傳來一聲喊叫，嚇得昕涵和秀妍趕忙轉身。

一個男人，正朝她們走過來。

九

「森木先生，聽過這個傳說嗎？」

翔一郎皺了一下眉頭！

小時候，聽師傅說過，野篦坊是世間上最難纏的妖怪之一，生性狡猾，善於隱藏，極難捉摸，但更可怕的是，它身上所流的血液，可以被深諳古老咒術的有心人，提煉成詛咒之血，血濺之處，能夠把一個正常人變得跟野篦坊一模一樣，面部五官全然消失，只留下一張光滑平坦的臉。

這下可麻煩了!!

「當然聽過！」翔一郎回答。

「江戶時代，一名商人因為談生意晚了，趕夜路回家，途中遇到一名少女，少女衣著光鮮，蹲在地上，背對商人，泣不成聲，商人好奇，走過去問她發生什麼事。」

「少女抬頭，露出一張沒有五官的臉龐，商人大驚，趕快逃跑，跑到路邊一間屋台，老闆聽到背後傳來聲音，問商人為何如此慌張，商人和盤托出剛才見到少女的事，老闆聽畢，轉過頭來，問商人，是不是這張臉啊？」

「老闆的臉，跟少女一樣，沒有五官，商人馬上昏厥過去，屋台的燈光也隨之熄滅。」

「想不到你說故事倒有一手，」穆笑了笑，「只不過，故事中那個野篦坊，充其量只是一個愛惡作劇的淘氣鬼，可是，被野篦坊之血詛咒的人，就沒有那麼幸運！」

翔一郎再次皺起眉頭，他開始察覺事態嚴重。

看來穆真的知道詛咒之血的事……但他是如何得知的？他不是修行之人，按理沒可能知道。

「你似乎對野篦坊的詛咒，知之甚詳。」

「對！」穆回答，「我首先親眼見過，然後，那個幾乎每天都來的男人，給我解釋這個詛咒的名字和意義。」

果然是伊藤！他來了，並告訴穆關於野篦坊詛咒的事，那場野火會十居其九也是他的傑作，可是……等等！為什麼穆剛才的說話這麼礙耳，這麼違和？

他說那個男人……不！……再早一點……他說……

我首先親眼見過……

怎麼可能！

「童先生，」翔一郎馬上提出質疑，「你是個失明人士，怎麼可能見到！」

穆突然發出連聲冷笑，笑聲無情又帶點嘲諷。

「我不是天生失明的，」他咳了兩聲，繼續解釋，「在我年輕時，我看見她了！」

她？

「我不僅聽見她的聲音，我還……我還能看見她整副身軀和臉龐——白色長裙把她的身體和手腳遮住，黑色長髮覆蓋著她的後腰和大部分臉容，但我卻能隱約看見，在髮與髮之間，她那張光滑得如白玉一樣的臉，以及沒有耳廓，只在左右兩側臉上留下的兩個耳孔。」

「然後，她轉身看向我，臉龐慢慢露出五官——我知道這樣描述很奇怪，但她的五官真的是慢慢在臉上浮現出來，是一個非常非常漂亮的女人！當她用那雙溫柔美麗的眼睛望住我時，我的心完完全全被她俘虜了！我知道，從今以後，再沒有任何一個凡俗女子，能夠讓我看得上眼，因為，我已經見過世間上最美的女人了！」

翔一郎閉上眼，心想，若非自己是一個修行之人，若非自己對野篦坊有一定程度的認識，他一定以為，面前的人是個瘋子。

「童先生意思是，很多年前，野篦坊在你面前，露出女性的真身？」翔一郎俯身向前問，「可是據我了解，這隻妖怪是不會輕易顯形於人前，你到底是在何時何地，有幸一窺她的芳容？」

穆突然縮起身子，抓抓頭，露出一副惶恐的樣子。

「我……我是偷偷看的……」他畏縮地說，「當我們說完第五個故事後，她便出現了！」

「那位……大人？」

聽著黑暗中男人陰森的聲音，嵐雙手微微顫抖，呼吸也急促起來。

「妳的目的，不外乎跟我們一樣，就是想見見那位大人吧。」

內心突然像被針刺一樣，但不是刺進的痛，而是本來就刺在心裡的千支針，其中一支被猛然拔出的痛，嵐用手輕撫胸口。

對！我有個心願，希望能夠早日達成，這也是我隻身前來這片荒郊野嶺的原因，可是……

我不是想見什麼大人啊！我只是想找一樣東西……一樣能令我達成願望的東西……

「不！」事已至此，嵐覺得沒必要再隱瞞下去，儘快弄清楚狀況更好，「什麼大人不大人？我聽也沒聽過！」

「妳少裝蒜了！」男人輕蔑地說，「若非為了見那位大人，妳會來這種鬼地方？」

「我……我……」嵐被迫得急了，舌頭在打結，「我來這裡，不是找人，是找一樣東西……」

「一把梳子。」

男人突然狂笑，笑聲在漆黑的房間中四處流竄，既是狂妄，亦是傲慢，好像在告訴眼前人，妳的回答，荒唐至極！

「什麼梳子會藏在一棟破房子裡面？」男人的恥笑聲此起彼落，「我在這兒的時間，跟外面地上的積雪一樣的久，請恕我孤陋寡聞，我從未聽過，這地方藏有一把梳子。」

嵐呆若木雞站在原地，腦袋放空，不敢置信地，聽著這個對她打擊甚大的消息。

被騙了嗎？

「等等，我跟老頭子說過，我原本的目的地不是這棟屋子，但他硬說是，會不會當中有什麼地方搞錯了！你們要找的那位大人，的確是在屋子裡，但我要找的梳子，其實仍在很遠很遠的某個地方？」

「小姑娘，」男人用他那把聲線沙啞，語音不清的腔調，繼續說，「這裡方圓百里，除了這間小屋，再沒有第二個可容身之處，除非妳要找的那把梳子，藏在冰天雪地之下，否則……」

不可能！不可能！嵐此時急得哭了起來。

「喂！先不說梳子的事，」男人突然改變話題，「關於那位大人的傳說，妳真的從來沒聽過？」

嵐搖搖頭，手背輕輕拭去眼角兩滴淚珠。

「那麼說故事儀式，妳不會不知道吧？」

嵐再次搖頭，一動不動彷彿被黑暗吞噬。

「看來妳真的什麼也不知道！」男人笑了一聲，「來！我們下去，到時妳便會明白，我們五個為什麼會聚集在這裡！」

男人此刻突然移前一步，往嵐靠近，但……

他好像……不是走過來的……是跳過來的……為什麼要跳？

「麻煩妳，把枱面的三根蠟燭，點起來，」男人說，「我們現在去見老頭子。」

屋內的溫度突然下降許多，雖然外面北風刮得凜冽，但這股寒氣……為什麼可以穿透厚厚的禦寒大衣，直透入膚，刺透入骨，甚至……把心臟也麻痺了。

不！不是寒風！是這個男人!!他的聲音……一直都是咬字不清，像把自己舌頭吞了一樣，只是因為剛才跟他談話久了，習慣了，所以自己也適應了，可是他剛剛移近自己，聲音瞬間變得更清晰，那種怪異的恐怖感覺又來了，伴隨他剛才一跳……

為什麼要跳……

嵐趕快點起蠟燭，往男人一照……

天啊!!

胃裡再一次抽搐想吐，她馬上用手掩嘴。

眼前這個男人……一直跟他面對面，傾談甚久的男人……

只有半邊身體……

他自頭頂開始，中間分界，左右對稱被分成兩半，他只擁有左半邊的身體：左眼、左耳、左鼻、左口、左舌、左手、左腳，全都完好無缺。

可是右邊……空空的，被切割去……不！不像是切割！跟紙片男不同，他的切割面，看不到內臟器官，更像是被火燒，或者熔化，把半邊身體給燒熔了！切割面完全被腐爛壞死的肉封死，所見到的，整個半邊身子，就只有一團團，黑黝黝的漿糊狀物體，噁心死了！

「就是那位大人，把我右邊身體燒毀。」男人用左腳，再向嵐跳前一步。

嵐胃裡的嘔吐物，已經湧出來了。

「我們必須通過說故事儀式……再一次召喚那位大人出來……」男人舉起唯一的手，摸摸自己左邊喉嚨，「我……老頭子……紙片男……還有妳！」

十

迎面而來的男人年紀很輕，二十三四上下，一雙眼睛大得幾乎跟秀妍和昕涵一樣，像女生的眼，明亮美麗，可惜臉型卻是男生的方型臉，眉毛粗厚，鼻扁嘴闊，耳大招風，頭髮微曲，髮根的棕色已漸漸褪掉，換上新長出來的黑色，看來距離上次燙髮，已有一段很長日子。

他不胖不瘦，身型適中，穿上一件墨綠色羽絨外套，黑色丹寧長褲配搭淺灰色便服鞋，神態輕鬆，就像平日逛街一樣。

「哈哈！想不到來了兩位美女，幸會幸會。」

男人愉快地笑了，笑得很開朗，想不到在他平凡的外貌底下，竟擁有如此燦爛的笑容，他的笑容很親切，容易令人放下戒心，就像家彥一樣……

家彥……

為什麼還不給我電話……

「請問先生是誰？」昕涵上下打量著他，「你……認識我們？」

「不認識，但妳們兩個既然站在這裡，應該也是來參加派對吧？」男人有點尷尬地解釋，「還沒請教妳們芳姓大名？」

正當秀妍欲開口時，昕涵卻一把捉住她的手臂。

「是否應該先由男生介紹自己呢？」她禮貌地回答，「怎可以一開口就問女生姓名喔！」

「對啊！應該由我先作自我介紹，真失禮。」男人向昕涵微笑。

「宋奕宸，妳們叫我小宋好了，人人都這樣叫我。」

秀妍客氣地點點頭，心想，這個姓宋的，性格似乎也挺好，至少沒有架子。

「小宋也是來參加派對嗎？」她問。

「當然，不然這個大冷天的晚上，我怎會一個人跑上山頂！」

「你可知道，為什麼這裡半個人影也沒有？」昕涵接著問，「根本不像是派對喔。」

「咦，還是沒有人？」小宋眨眨一雙大眼睛，摸摸下巴，「我其實大約十分鐘前來到了，跟妳們一樣，發現這裡沒人，以為自己地址搞錯了，故在附近走了一圈，最後發現地址根本沒錯。」

一陣冷風突然刮起，把秀妍和昕涵吹得瑟縮一團，小宋笑了笑。

「天氣這麼冷，還是先進去吧，兩位這邊來！」

小宋大方地揚揚手，示意她們跟著來，然後腳步輕快的走到閘前，伸出右手，輕輕把它推開。

秀妍呆了，原來……原來閘門沒上鎖！

「你怎麼知道，閘門沒鎖上的？」昕涵好奇地問。

「我剛才來的時候，曾試圖攀進去看看，結果發現閘門沒有上鎖，」小宋邊走邊解釋，「走了兩步來到小庭園，發覺氣氛有點不太對，心想是不是弄錯地址了，便往回頭離開。」

秀妍心裡暗暗偷笑，這個小庭園愈往裡走愈黑暗，小宋分明是怕黑吧！現在三個人一起走，膽子大了，說話也豪氣了。

「對了，妳們還未自我介紹呢？不能賴皮喔！」

「我叫李秀妍，她叫祝昕涵。」秀妍如實相告，「請問小宋你可知道，主人家邀請我們來的原因嗎？」

「原因？反正為了那十萬美元，什麼原因也不重要吧！」

秀妍和昕涵對望一眼，完全愣住了，什麼十萬美元！

「邀請函沒看清楚嗎？」小宋狐疑地問，「這場派對，其實是一場說故事比賽，勝出者可獨得十萬美元獎金……」

影像突如其來，毫無預兆，當小宋說到這個節骨眼上時，秀妍在完全沒有心理準備情況下，腦海中瞬間閃出片段！

夜幕低垂，就跟今晚沒有星光的夜空一樣，視角摸黑走在一條狹窄的山路上，山路偶然伸出幾條雜草，勾住視角的褲子，雜草高度頂多到視角的腰部，換句話說，視角應該是個成年人。

山路的雜草並不構成視角前進的障礙，一雙戴著勞工手套的大手，把勾住褲子的障礙物清除，看來視角是有備而來，再往前走幾步，終於來到一片視野開揚的地方，視角這時也改以跑步代替走路，在漆黑中向前衝，奇怪！四周黑得連路也看不清楚，視角如何能跑得這麼快、這麼穩、這麼準？

視角一直往前跑，直至看見遠處有點光才放慢腳步，那點光……是火光！火光旁邊有人！一……二……三……四！在好像營火晚會的火堆前面，圍坐著四個人，從身影看，應該有男有女，但由於距離有點遠，分不清到底有多少男，多少女，也看不清四個人的容貌。

視角慢慢走近火堆，四個人的身影，在火光的烘托下逐漸浮現……三男一女，女的身型嬌小，蓄著長髮，坐在火堆最右手邊第一個位置，其餘三個個子較高，身型結實，蓄短髮的男生，則分別坐在火堆左手邊的三個位置，四人成半月形圍著火堆，席地而坐。

可是，仍然看不清四個人的容貌。

視角此時已走近火堆，只見右手邊的女生，站起來好像想迎接視角，但……弔詭的是……明明就站在眼前，為什麼還看不清楚該女生的臉？影像中其他畫面都很清晰，唯獨是她的臉……不！其餘三個圍坐火堆的男人，他們的臉……奇怪！身型衣著打扮，全都看得清清楚楚，為什麼偏偏他們的臉，完全模糊一片？

就在這時，三個男人同時站起來，朝著視角走過去，視角沒有迴避，脫下剛才那對撥草用的勞工手套，把它拋進火堆裡……

火舌飢餓地把手套吞噬，冒出一瞬間燃燒的火花，照亮眼前這四個人……

終於看見了！看清楚了！但……怎麼可能……這四個人……他們的臉……他們的臉……

那是四張血肉淋漓，雙目盡毀的臉!!

影像到此結束，秀妍盯住小宋一雙大手，只見他不停搓揉兩邊臉頰，神情亦變得嚴肅。

「不過，我不是為了這筆獎金而來的，」他說，「有些事，我必須弄個明白！」

十一

「血債血償……」

家彥聽著眼前少女的說話，內心不禁七分惶恐，三分迷惑。

這位年輕少女，說這句話時，輕描淡寫，面帶微笑，完全沒有絲毫緊張感，實在很難想像，血債血償這四個令人毛骨悚然的字，會出自這位明眸唇美，酒窩迷人的甜笑少女口中。

「這個女孩是誰?」家彥頂著頭痛,焦急地問,「祝家如何把她害慘了?」

少女微笑,嘴唇半張,左手食指圍住自己的髮尾打了幾個圈,隨後一鬆手,長長秀髮像波浪似的緩緩落下。

「家人之於你,意義如何?」

這是什麼怪問題?家彥一臉懵逼,一時間不知該如何回答。

「假如有人傷害你的家人,你會作何反應?」

「當然是還擊!」家彥率直回答,「任何膽敢冒犯家人的行為,如果理虧的不是己方,我一定會採取法律行動追究到底!」

「那假如家人被殺害呢?」

家彥語塞,莫非……

「她的家人,全被你家殺害,她有這股報復之心,也是情有可原……」

「等等!」

事關重大,家彥用盡全力撐起身子,帶點激動地說。

「我知道外公發跡的過程中,可能用了些不正當的方法,耍了些手段,但也不至於把人全家殺害吧?妳這樣也太看扁我們祝家了!更何況,現在是什麼年代啊!殺人這麼容易脫罪嗎?還可以逍遙法外嗎?若果真的是祝家殺了人全家,警察已經找上門了。」

少女閉起雙眼。意味深長的搖搖頭。

「這個世界有很多事,不能用常理去解釋……都怪我不好,疏忽了這點……」

「總之,復仇行動將會繼續,她今次對付你不成,可能會轉換對象,襲擊你身邊最親密的人。」

最親密的人？誰？難道是以眼還眼，襲擊我的家人？還是……

「秀妍！」

少女笑而不語，繼續躺在搖椅上，前後搖曳。

「真的是秀妍麼？」家彥開始急了，「那隻妖怪要對付她嗎？她現在在哪裡？安全嗎?!她……咦……妳……妳為什麼笑起上來？」

少女睜開雙眼，停止搖擺，然後，將身子從椅背俯前，翹起腿，右腳雪白的素足，微微觸碰家彥的小腿。

「她，對你很重要嗎？」

「當然重要，她是我的戀人啊！」家彥已經按捺不住，試圖站起來，「不行！我現在就去找她……」

家彥高估了自己的身體康復狀態，勉強站起身，眩暈感馬上襲來，頭痛得像撕裂一樣，兩眼一黑，雙腳酥軟，整個人重新跌坐在沙發上。

「你的身體，還未完全恢復過來，」少女溫柔地說，「強行離開，只會弄壞身體，你還是在這裡多休息幾天吧。」

「不行！」家彥兩手摸著額頭，努力回復清醒，「秀妍在等我，剛才在餐廳收到她的訊息，好像有很重要的話要跟我說，我必須趕過去……等等，我的手機呢？我可以先致電給她……」

「沒用的，這裡隔絕外間一切通訊。」

家彥眼神迷茫望著坐在面前的少女，隔絕一切通訊？什麼意思？

「只有這樣，野篦坊才找不到你，你才會安全。」

「野篦坊……」家彥用手拍拍額頭，希望令自己清醒一點，「她到底是什麼東西？為什麼她看過來時，我全身會酥軟乏力？」

少女兩片薄薄的嘴唇微微上揚，但今次卻沒有展露迷人的酒窩。

「她雖然沒有五官，但只要挨近人的臉，便有能力幻化成那個人的樣子，變得一模一樣，就連身型性別，也會慢慢轉變過來。」

「我記得，」家彥回憶，「她把臉湊過來時，我全身動彈不得，有種透不過氣的感覺，就好像……快要窒息死去一樣。」

「你是會死的，」少女淡淡地說，「當她完全變成你的樣子時，你的容貌將永遠消失，你的身分也會消失，因為她已經取代你，成為這個世間上唯一的你。」

「那我會，從此消失在這個世界上？」

少女不作聲，只露出一副耐人尋味的微笑。

「請妳告訴我，秀妍現在人在哪裡？我必須馬上過去！」

「你啊，好偏心喔！」少女撥撥垂在胸前的秀髮，「一心只惦記著女朋友，難道忘了另一個對你知之甚久，一起長大，一起扶持的人嗎？」

家彥猛然驚醒，這才發現自己的不是。

小涵！

在家彥的成長路上，由童年至青少年，一直陪伴自己，一起經歷過苦與甜，悲與樂的好表妹！

「我呢，有個好有趣的想法。」少女臉頰兩邊的酒窩，徐徐再現，「假如她們兩人，同時遇到野篦坊的襲擊，你會選擇先救誰？」

十二

翔一郎聳聳肩，事情愈來愈不對勁。

為了追尋伊藤的行蹤，追循線索來到野火會凶案現場，找到唯一目擊證人，豈料突然爆出野篦坊妖怪之說，還道出什麼女人在說故事後便會現身，愈說愈荒唐。

「你剛才說，當你們說完第五個故事後，野篦坊便現身。」翔一郎望著穆，「你們是誰？這是什麼場合？為什麼說完故事後她便現身？」

穆合上他那雙了無生氣的白色眼珠，低聲說。

「這個據聞是一場古老儀式，我年輕時，曾跟四位朋友，不信邪的一起玩。」

「五個人，圍坐一起，每人輪流說一個故事，待所有人說完後，據說一位美若天仙的女子便會出現在眼前，當時我只有十八歲……其他四位都是同年紀的男生……你說好奇心也好，色心也好，總之，我們決定試一試，看看傳說中的美女是否真的出現。」

翔一郎眉毛蹙了一下。

「我們五個，每人講了一個故事，當最後一個講完後，本來點燃的蠟燭突然熄滅，就在我們圍坐的正中央，憑空降下一位白衣女子——就是我之前形容的那位無臉女子。」

「之後發生什麼事？」翔一郎問。

「之後，」穆繼續說，「她把我四位朋友殺了！」

說畢，他抬高頭，臉上露出一副哀傷的表情。

「她為什麼不殺你？」翔一郎狐疑地問。

「我只聽到她喃喃自語，說什麼留著將來可能有用，又說什麼還差一個，總之，她把我放了，但因為我看了她一眼，褻瀆了她的美貌，所以……」

穆沉默，白濁的雙眼開始流下一滴眼淚。

「她奪去我的雙目。」

翔一郎覺得非常不可思議。

據他所知，野篦坊並不那麼親近人類，它最愛做的事，是利用那張光滑無瑕的臉，貼近受害人，從而幻化成對方的模樣，冒充對方，過著對方本來的生活，而那位受害人，因身分被取代，將從此消失在這個世界上，永遠永遠不會再回來。

難道，她根本不是野篦坊？

「所以，」翔一郎用手摸摸鼻子，「你把這裡布置得密不透風，一扇窗戶也沒有，原因就是怕那隻妖怪找上門？」

穆點點頭。

「而在你屋前死去的那四個年輕人，，」翔一郎嘆一口氣，「他們不約而同把利器刺進自己雙眼，原因是……」

「他們看了不該看的東西，」穆搖搖頭，「那個女人，一直在他們眼珠中盤纏，揮之不去。」

看來這四人，舉行野火會的目的，也是為了那場說故事儀式，可是……

「不是要五個人說故事嗎？但他們只有四人？」

「有一個遲到了，」穆低聲說，「逃過一劫。」

「之後，我以為一切回歸平靜，警察走了，記者走了，可是，那個人卻來了！」

四個人圍坐地上，一言不發。

老頭子點起一根香煙，吐出一圈一圈白色煙霧，臭熏熏的煙味夾雜洋蔥湯的香味，在空氣中形成一股非常奇特，不知該如何形容的濃烈氣味，他的下半身牢牢黏著地板，脊骨挺直，兩眼放空，正享受著騰雲駕霧的樂趣。

紙片男屈膝盤坐，垂頭閉眼，像在沉思，也像在睡覺，他雙手抱胸，把後半臂部分血管和骨頭露了出來，嘔吐感再次從胃裡湧出，雖然已刻意坐在他的正前方，但他的坐姿似乎不太穩，由於沒有盆骨關係，偶然身體晃動時，為避免倒下，他會側起身子，用雙手雙腳撐著地面，這樣大半個後身即時裸露在正前方，噁心至極。

半邊男回到樓下後，馬上躺在地上，看來他是不能坐直的，他用右邊被燒成黑黝黝漿糊狀的身軀，橫躺貼著地面，但跟老頭子不同，他的燒熔面積實在太大，而且凹凸不平，躺下時並不穩固，有種搖搖欲墜，隨時翻倒的感覺，他拿起老頭子遞過來的湯，二話不說喝下去，隱約可見湯汁從他僅餘的左半身，慢慢滲流在地面，就像失禁一樣。

嵐望著眼前這三個人……不！說是三隻怪物也不為過！他們這個狀況，正常人根本無法生存……

「你們……不恨那位大人嗎？」

老頭子連聲冷笑，回頭望向身後那鍋仍然燒著的熱湯，洋蔥的香味，繼續飄逸在室內空氣中，而地上那碗原本盛給自己的湯，依舊熱滾滾的，香氣直撲嵐的鼻腔，刺激味蕾。

「重要嗎？」他反問，「在那位大人面前，我們還有反抗能力嗎？」

嵐用手指了指半邊男。

「他剛才說，是那位大人把他弄成這樣，」嵐把自己的推測說出來，「你們三個，看來是遭受同樣的酷刑，所以你們齊聚在這裡，就是要參加那個什麼儀式，務求把那位大人重新召喚出來，將被剝奪的身體還給你們。」

「你啊，跟她說了些什麼？」老頭子望住半邊男，「我心裡正納悶，為什麼她今次上去這麼久，原來是你在搞鬼！」

「我只是問了些，應該問的問題，」半邊男躺著說。

「抱歉，」嵐打斷他們的對話，「你們提過多次的那個儀式，到底是要做什麼？」

「說故事。」

紙片男突然張開眼，對嵐說。

「每人輪流說一個故事，待第五個說完後，那位大人就會現身。」

「然後呢？」嵐戰戰兢兢地問。

三個男人同時望向她，不發一語，嵐感到一陣前所未有的心寒和不安。

先是老頭子，他開始嘰嘰唔唔地笑起上來，緊接是半邊男，他索性整個人平躺在地上，開懷地發出連聲嘲笑，最後是紙片男，他最初是抿著嘴，但到後來還是沒能忍住，嘩啦嘩啦的開始大笑。

「然後？」老頭子鼻孔噴出一口煙，「然後任務便完成了，我們的責任得到解除，我們的人生也得到解脫。」

嵐不敢置信地瞪大雙眼。

「就這樣？你們召喚那位大人，不是為了報仇嗎？」

「報仇？想都不敢想！」紙片男神情嚴肅，閉上雙眼，「那位大人集合我們的目的，就是為了完成那個任務，一旦完成，我們五個都可以得到解脫，倘若失敗，我們只能周而復始，永無止境地，繼續執行儀式，直至成功為止。」

「即是……一直說故事下去？」嵐驚訝。

「嘿嘿嘿，」半邊男瞪著她，露出一絲狡獪的微笑，「放心，說故事這玩意，一次不慣說兩遍，兩遍不熟說三遍，熟能生巧，只要不斷嘗試，我不信再過十年百年，我們不會成功。」

「誰跟你們呆在這裡十年百年！」嵐站起身，激憤地說，「我是來找梳子的，不是找那位大人，更不是參加說故事聚會，你們剛才提及要做的一切，均與我無關！」

「梳子？」老頭子皮笑肉不笑，盯著嵐，「那到底是什麼原因，要妳一位小姑娘，親自來到這片不祥之地，只為了找一把梳子？。」

「因為……」事情發展到這地步，嵐認為已經毋須再隱瞞下去，「因為……我要報仇！」

「只要找到那把傳說中的梳子，獲取它的力量，我就有能力，向殺害我全家的仇人報復！」

外面的風雪看似沒有停止跡象，還刮得一次比一次淒厲，無情的寒風穿透門隙，令室內的氣溫愈來愈冷，但嵐已經無法分辨，到底是凜冽的寒風，還是這個沒有退路的處境，令她全身瑟瑟發抖。

背後的大門突然打開，冷風夾雜寒雪，吹得屋內一團亂，她慌忙跑到門前，嘗試逆風把門關上，正當她打算移動旁邊一些雜物堵塞門口時，她才發現，原來大門不是被風吹開的，而是一個人，打開門進來。

這個人身型肥胖，臉圓圓，個子矮小，穿起厚重的雪衣，更顯得整個人圓滾滾的，他沒有理會跟他打過照面的嵐，拖著臃腫的身體，一步一步向前走，直至走到那三隻妖怪旁邊，坐了下來。

他就是第五個人嗎？嵐自他進門一刻開始，已經不停從正面、側面、背面，多角度仔細觀察，雖然樣貌不咋地，但至少手腳健全，身體無缺，她趕緊關上門。

謝天謝地！終於來了一個正常人！

老頭子為肥胖男倒了一碗湯，只見他正大口大口地喝，一碗喝完又一碗，嵐心裡奇怪！湯這麼熱，為何能直接灌進肚子裡？

「好，總算人齊了，」半邊男高興地說，「我們五個受刑之人，總算齊聚一堂。」

受刑之人？

嵐一時間不知該如何回應，猶豫之際，老頭子先開口。

「對，我們五個，就是那位大人欽定的受刑之人，所謂說故事儀式，就是五刑之人儀式。」老頭子身子傾前，瞪大雙眼盯著嵐。

「如此看來，那個告訴妳梳子的事，又騙妳前來這裡的人，應該就是那位大人！」

十三

昕涵以為自己聽錯了，本應是熱熱鬧鬧的派對，為何變成一場……贏取獎金的比賽？

「十萬美元，不是小數目喔，」小宋回復之前輕鬆愉快的口吻，「我相信妳們來這裡，也是為了這筆獎金吧？」

「我們……並不知道獎金的事，」昕涵想起楚琳，「請問主辦今次活動的人是誰？你認識她嗎？」

「不認識！」小宋搖搖頭，「只知道她也是個女子，好像挺年輕的，但不知道錢從哪裡來，有人贊助嗎？」

小宋再次望望屋子四周，聳聳肩。

「最初以為會有很多人參加，原來只得我們三個，不過這也好，勝出的機率是三分一，十萬元似乎穩賺了。」

正當昕涵想繼續追問時，發現一直默不作聲的秀妍，兩眼放空，一動不動，呆呆的佇立在原地。

「秀妍……」昕涵很擔心，伸手拍拍她肩膀，「怎麼了？不舒服嗎？」

一雙大眼睛輕輕眨了兩下，眼神逐漸由剛才的空洞迷茫，回復像以往寶石般閃爍迷人，看來沒有什麼大礙，害我以為她身體不舒服失神了！

不過說來奇怪，像她這樣突然兩眼放空，整個人遊離在意識之外的情況，過去也曾發生，她為什麼老是這樣子？

秀妍望望身旁的昕涵，再望望面前的小宋，疑惑地問。

「請問，你剛才說有些事，必須弄個明白，到底是什麼事？」

小宋眼神突然變得憂鬱，表情也顯得心事重重。

「是否……關於你的朋友……」秀妍續問。

昕涵留意到，小宋先是露出一副錯愕表情，眉頭緊緊皺起，像被戳中心事一樣，然而，他很快就回復之前爽朗的笑容，若無其事地說。

「當然不是啦，李小姐，」小宋轉身，提起腳步，走到大門前，「到了，我們先進去……」

「抑或跟圍著火堆……」

小宋本想伸手扭開門把，但聽到火堆這兩個字，突然轉過身，以懷疑的目光，望向秀妍。

「恕我唐突，為什麼妳會有圍著火堆的想法？難道妳也……」

「呵呵！原來你們都在這裡，這就人齊了！」

一把既陌生又熟悉的聲音，從身後的庭園傳過來，昕涵不用回頭，也知道這把女聲的主人是誰。

她的聲音，仍是那麼幼嫩，仍是那麼稚氣，仍是那麼柔弱。

少女逐漸走近，跟五年前相比，她的外貌基本上沒有任何變化：臉容秀麗，細長的眉毛，像一牙彎月掛在白晢的臉龐上，眉下一雙丹鳳眼，盯住你時，總會給你一份柔情似水，憐惜呵護的感覺，鼻子不高但挺直，嘴小而唇薄，尤其是上唇，幾乎看不見已塗上的粉紅色唇彩，傳說中的櫻桃小嘴，就是這樣子嗎？

昔日的長髮女孩，如今已剪成及肩長度的短髮，髮絲跟從前一樣幼細，一縷一縷的，像千絲瀑布，拍打在骨感的肩膀上，縱使今晚烏雲蔽月，沒見半點星光，但中間分界，沿著兩邊臉頰，遮耳齊肩的烏黑柔軟短髮，卻仿似自帶光環一樣，在黑夜中閃閃發亮，把她敏感細緻的五官，和纖瘦白嫩的粉頸，襯托得像黑暗中的夜明珠一樣，高貴、精巧、細膩、但脆弱。

她看似沒再長高，目測一米六不到，身型相當嬌小，但也恰恰正是這種玲瓏身材，才能配得起她纖纖弱質，惜玉憐香的嬌柔氣質。

她今晚穿了一件翠綠色過膝連衣長裙，一雙米白色高跟鞋，外面只披上一件薄薄的，短身純白色羊毛外套，把她瘦弱的身軀，表露無遺，單薄的身型，單薄的衣著，在這個大冬天的山頂走來走去，她不覺得冷嗎？

少女走到昕涵面前，身上的香水味撲鼻而來。

「我就知妳一定會來，昕涵姐姐！」她微笑。

小宋聽得一臉迷糊，倒是秀妍很快就反應過來。

「妳……就是孫楚琳小姐？」

楚琳轉頭望向秀妍，向她報以禮貌的微笑。

「等等……誰是妳的姐姐……」昕涵想起五年前的不辭而別，雙手交叉放在胸前，「妳的樣貌高度，妳的衣著品味，妳的顏色喜好，看來還是老樣子，除了……妳把頭髮剪短了。」

「短髮清爽一點嘛，」楚琳用手，輕撥她剛好到肩的頭髮，「但妳變了很多啊！變得更漂亮了，人也長高了，妳看妳的身材，多棒啊！我也希望能夠再高一點，該胖的地方也要胖一點，現在的我，太瘦了。」

「咳咳，容我打斷一下，」小宋此時插嘴，望著楚琳，「妳們兩個，認識嗎？」

「認識啊！」楚琳向小宋點頭，「是我邀請昕涵姐姐來的，就如同我邀請你一樣。」

「那這位李小姐，也是妳邀請來的嗎？」

楚琳向秀妍走過去，馥郁但濃烈的香水味，令站在旁邊的昕涵舉手掩鼻，只有小宋若無其事地撫摸額頭，揉搓鼻子。

「我沒有邀請她喔！」楚琳搖搖頭，對秀妍說，「請問可以看看妳的邀請函嗎？」

秀妍連忙從包包裡拿出一封信，楚琳看了一眼。

「呵呵，原來如此，」她耐人尋味地笑了笑，「是我邀請她的，一時忘記了，請見諒。」

三人不約而同露出疑惑的表情。

「既然人已到齊，我們還呆在門口幹什麼！」楚琳大踏步走上前，打開大門，「進去吧！」

十四

家彥愣住了，腦袋一片空白……對於這個問題，他承認從沒認真思考過，兩個都是他生命中最重要的人，隨便一個出事他都不想，至於說先救誰……

「一個是我女友，一個是我表妹，兩個都是我關係至深的人，如果可以，我兩個都救。」

「假若情況不允許呢？」

「這……」

家彥發覺，自己其實毋須回答少女，像這些只為滿足個人好奇心的假設性問題，認真回答只是浪費時間。

當務之急，是要趕在那隻妖怪之前，找到秀妍和昕涵！

一想到她倆有危險，懼意驅散眩暈感，他抖擻精神，再次站起來，今次沒有頭一次那麼暈，雙腳總算能夠企穩。

「妳救了我，我實在不知該如何感激，」家彥站直，微微向少女鞠躬，「可是……雖然妳是我的救命恩人，但我實在沒有時間跟妳玩問答遊戲，我……必須回去……」

「我剛把你救回來，你這麼快就回去送死？」少女瞇起雙眼。

「我……管不了這麼多，秀妍和小涵都有危險。」

「你的精神，似乎好多了，」少女微微曲起身子，嫣然一笑，「能夠在這麼短的時間內恢復過來，那兩個女孩，對你一定很重要。」

「救命之恩，有機會必定回來報答，但我現在真的要走了，再見！」

家彥幾乎連跑帶跌，直衝門口，打開大門……

我的天啊!!！

這……這裡……是什麼地方？？

漫天飄雪，隨風迴旋，屋前一大片空地，被茫茫白雪重重覆蓋，放眼遠望，灰白色的山依傍著結了冰的山澗，構成一幅冰冷孤清的圖畫，山澗兩岸只剩下幾棵枯乾凋零的樹梢，像垂死掙扎，又像雪下悲鳴，落寞哀傷，如泣如訴，景色雖然絕望，但卻有份難以言喻的淒美感。

「看來，即使我強行留你，你也會想辦法離開，」少女說，「既然你這麼不要命，那就走吧，不過……」

少女兩腿向上一縮，雙膝並攏，整個人側臥在搖椅上，左手托著腮幫子，右手放在大腿上，兩片嘴唇微張，意態撩人。

「答應我三件事，」她定睛望住家彥，「答應了，才讓你回去。」

「妳說吧。」

「第一，回去之後，不准對任何人提起見過我的事。」

「沒問題，第二件事呢？」

少女用手將垂在右邊臉頰的長髮撥向耳後，挨著搖椅，一雙充滿靈氣的眼睛，定睛望著家彥。

「幫我找一把梳子。」

「好！」雖然覺得這個要求有點古怪，但家彥還是爽快地應承，「請問是一把怎麼樣的梳子？」

「玉造的梳子。」

她說話時不帶絲毫感情。

「那第三件事是？」

少女稍稍抬高頭，露出一副嬌柔但自信的笑容。

「剛才那個問題……等你回來後，請給我一個滿意的答案。」

家彥一心只想離開，沒空作多餘思考，他拚命點頭。

「很好！你現在只要打開大門，跨出門檻，走到外面的世界，就能回到心中想要去的地方。」

「就這樣？跨出去？外面可是一片雪地啊！」

她沒有回話，一雙撫慰柔和的目光，停留在家彥身上。

眼前這位少女，家彥除了感到嘖嘖稱奇，不可思議之外，他實在想不出其他形容詞，去形容今天的所見所聞。

這裡的一切，是如此虛無縹緲，卻又顯得實實在在，少女知道他的一切，但他卻對少女一無所知，她到底是什麼人？從哪裡來的？家彥其實很想知道，可是，目前有更重要的事，等著他去做。

不過……至少……他認為……在臨離開前，有必要知道救命恩人的名字。

「請問，小姐妳貴姓芳名？」

少女笑了笑，再次露出那對迷人的酒窩。

「我叫柳雪，」她禮貌地點頭，「今後，還請多多指教。」

十五

「這個人到底是誰？為什麼三個月來，一直拜訪你？」翔一郎心急了，他必須儘快知道伊藤的行踪。

「他沒有報上姓名，我也看不見他的模樣，」穆咳了一聲，「每次來見我，他都只是重複同一個問題——那個無臉的女人，去了哪裡？」

伊藤在找野篦坊？奇怪了，以他的功力，要找一隻妖怪，根本無須過問一個凡人！

「我說我不知道，他就天天來，這情況維持了三個月，然後就在今早，他說他找到了。」

伊藤今早才來過？該死！

「他說，今晚在山頂將會舉行另一場說故事儀式，那個女人，會去那兒。」

又有另一場儀式？又是五個人圍坐一起說故事嗎？翔一郎心中暗罵，這該死的儀式何時完結？

「他本來想我去，」穆再咳一聲，臉色開始變得鐵青，「但我說我老了，心有餘悸，拒絕了。」

只見穆咳了幾聲，雙腳抬起，抱膝瑟縮在椅子上，兩眼張開，污濁的奶白色眼珠，毫無焦點的凝視前方。

「那個男人，為什麼要邀請你去？」

「因為我曾經見過她的真身，他想我去驗證一下……」

一向自信的伊藤，竟然要求一個凡人替他驗證某個妖怪的身分？這不似他的作風，更何況，他自己就有能力一眼看穿！

難道……不是伊藤？

「如何驗證？」

穆沒有馬上回答，他開始微微發抖，冷了嗎？但起居室開了暖氣，溫度適中，甚至有點侷促的感覺，為什麼他卻一直在抖？

「只要……只要我在她面前，大聲唸出她的名字三遍……」

穆的臉色逐漸由鐵青變為蒼白，臉部肌肉不由自主，一凹一凸的顫抖起來，他把整個人蜷曲在椅子上，好像試圖制止全身的抖動，但明顯沒有成功。

他的發抖，愈看愈不像是因為寒冷而起……

「我告訴他，我不知道女人的名字，並且曾經許下承諾，不會對任何人透露她的事，否則……咿咿……啊呀!!」

這是翔一郎平生第一次，看見如此淒厲血腥的景象。

穆全身突然不自然扭曲，手腳像脆麻花，或者扭毛巾一樣，被硬生生扭成螺旋狀，骨折的聲音清脆可聽；腰部以上位置突然九十度往後翻，幾條胸骨因為折斷而插穿胸腹前的肌肉，全部倒豎出來；頭顱恐怖地一百八十度向後旋轉，頸項被扭曲得不成人形；向後反轉的臉孔，眼耳鼻開始滲出深紅色的血水，舌頭斜歪伸出嘴巴，不停嘔吐胃裡的消化物；一對缺乏光澤的白濁眼珠，像不甘心，又像認命似的，失去焦點盯著前方。

他的整個身軀，就這樣掛在椅子上，直至吐出最後一口氣，斷氣為止。

他剛才一直發抖……不是因為冷，而是因為身體內的骨和肉，開始扭曲……

很強大的力量……瞬間在體內爆發……

翔一郎用犀利的目光，掃視房內四周一遍……沒發現任何妖怪……

被滅口了……

是誰做的？伊藤？野篦坊？翔一郎不知道。

看來，若要解開所有謎團，只能前赴那場被詛咒的儀式……

翔一郎對著眼前的屍體，雙手合十，唸了幾句經文，然後閉上雙目，轉身離去。

怎麼可能！

告訴我這把梳子的事是那位大人？目的是想騙我來參加這場五刑之人儀式？

換言之，梳子本身，也是子虛烏有？

嵐神情低落地垂下頭，身旁的肥胖男繼續喝他的湯，其餘三男，五隻眼睛牢牢地望著她，她知道，他們正期待著故事。

「我和我的家人，本來過著幸福快樂的生活，可是……一夜之間，被另一家人搞得家破人亡，幸福的生活不復再，為了報仇，我就來到這個世界，找尋一把玉梳子。」

「據說，那把玉梳子，是某位天神用過的神器，只要擁有它，便可擁有天神的法力，隨心所欲，要風得風，要雨得雨。」

「所以為了報仇，我便隻身前來犯險，因為我所有家人都死了，我已沒有東西可輸！」

嵐挪後身子，好讓視線範圍覆蓋在座四人。

「你們，有沒有見過一把用玉造的梳子？在這棟屋子裡，或者其他地方？」

嵐已經不寄望三隻妖怪能夠給出答案，她瞪著肥胖男，把所有希望都寄託在這位剛到達的男人身上，可是，他只顧一味低頭進食。

還未吃飽？他自進來後便不停吃東西，胃也快脹爆了，何時停口？

「妳被騙了！」紙片男嗤之一笑。

「沒可能，」嵐仍然固執地堅持。

「事實擺在眼前，」紙片男繼續說，「這裡沒有妳的梳子，只有一個需要妳參加的儀式，我們是刑之五人，五個身受極刑之人，只有我們五個，才能完成那位大人想要我們執行的任務！」

「而且，妳被洗腦了，」半邊男補充，「妳剛才所說的遭遇，只是那位大人想要妳知道的經歷。」

「不會的！不會的！」嵐瘋狂地搖頭，然後突然站起身，恍然大悟似的，指著他們四人。

「明白了，終於明白了！這是個局！是個陷阱！在路途中故意設下休息站，引誘因風雪受阻的我自投羅網，這裡根本就是一間黑店！哼哼！我不會上你們的當!!」

嵐說完馬上轉身，打算拿回背包離開屋子，突然有人拉住自己的左手，回頭一看，是肥胖男！

「妳聽過六道輪迴嗎？」老頭子再次點起一根煙，唐突地問。

嵐搖搖頭。

「法華經云，六道眾生，生死所趣，是佛家六種欲界眾生種類的型態，分別為天、人、阿修羅、畜生、餓鬼和地獄。」

「六道屬生命輪迴，因果報應，善者善報，惡者惡報，凡凡眾生，大多逃不出這六道輪迴，可是，世間上卻偏偏有一處地方，在三界六道之外。」

雖然聽不懂老頭子在說什麼，不過她也好奇，什麼地方能突破生命循環，六道境界。

四男同時露出一副似笑非笑的表情。

「遠在天邊，近在眼前，」半邊男舉起左手食指，在左腦側面轉了個圈，「用腦想想，我們現在身在何處？」

什麼！就是這兒！

「這裡，就是三界六道以外的地方，」紙片男進一步補充，「沒有輪迴，沒有轉生，正好適合我們這班怪物聚集，不停執行未完的使命。」

我們？怪物？

「等等！我不是怪物，我跟你們不是同類，他……他也是，」嵐舉起肥胖男的手，「他和我一樣正常，不像你們三個畸形！」

肥胖男聽畢，馬上把手縮回，兩隻像黃豆一樣小的眼睛，左右張望飄忽不定，彷彿擔心有人在偷聽。

「不……不……不要這樣說……那位大人……會聽到的……」

他……他的發音……說得比半邊男還要差……幾乎是每個字每個字……很艱辛地吐出來……為什麼會這樣……

「覺得奇怪，對嗎？」半邊男笑笑回應，「我幸好還有半條聲帶能夠發音，可是他，完全沒有了！」

「完全沒有聲帶？」

「不只聲帶，」老頭子徐徐呼出一絲白煙，「連內臟器官也全沒有了，所有身體內的東西，都被那位大人掏空了！」

嵐驚訝地望著肥胖男，難怪他剛才喝熱湯如灌水一樣，因為他根本不怕燙傷食道和腸胃，他的內裡，空空如也，什麼都沒有。

「知道剛才我們為什麼一直望住妳的臉嗎？」紙片男一臉哀愁，定睛望著嵐。

「你……這是什麼意思？為什麼用這種眼神望住我？」

「還不懂？」半邊男嬉皮笑臉起來，「既然是同類，我們四個的遭遇妳都已經知道了，哪妳又如何逃得出那位大人的五指山？」

四個？你們四個的身體……
老頭子，身體上下分開，下半被撕裂的人。
紙片男，身體前後分開，後半被切割的人。
半邊男，身體左右分開，右半被燒熔的人。
肥胖男，身體內外分開，內部被淘空的人。
那麼我……
老頭子沒作聲，把一碗東西遞了過來，嵐低頭一看，不是湯，是水！
水中的倒影……
為什麼……為什麼……為什麼我的臉……明明不是這樣子的……為什麼會變成……
一張沒有五官的臉……
愚蠢女，身體內外分開，外部被剝奪的人！
嵐雙手掩臉嚎啕大哭，伴隨哭聲的，是其餘三個人的嘲笑聲，以及一個發不出笑聲的人，大口大口把湯灌進肚子，製造出來空洞而落寞的迴響聲。

輪之六道——鬼說百物語

十六

秀妍踏進別墅大廳，完全不敢相信自己的眼睛。

這棟外表看上去頗具氣派的大宅，滿以為內裡擺設也一樣架勢，豈料……莫講是金碧輝煌的裝飾，就連基本裝修……不！這裡根本沒有裝修，是徹頭徹尾一間爛屋子！

牆身油漆剝落，地板積灰成寸，天花板只有一盞半暗不明的水晶吊燈，剩下三分一的燈泡仍然亮著，由於光線不足，大廳四角都點有照明用的蠟燭，白色的蠟燭長長一支插在地上，地上未見蠟跡，應該是剛剛點燃沒錯。

秀妍細心數了數，一共十一支，四個角落各放兩支，最後三支，插在一個銀白色的燭台上，放在大廳中間，那張偌大的圓形桃木枱之上。

除了圓枱，大廳就只剩五張桃木椅子，分別圍住圓枱擺放，其他家具一律欠奉，很明顯，大宅已經荒廢了一段很長時間。

這裡，分明就是一間鬼屋……

「嘩！氣氛好棒啊！」

首先開口的是小宋，他一支箭跑到大圓枱前面，撫摸其中一張椅子，留下三個女孩站在門口。

「這棟大宅，我記得妳以前帶我來過。」昕涵輕聲地對楚琳說，秀妍側耳細聽。

「對啊！」楚琳微笑著，「想不到今晚又回來了。」

「妳邀請我舊地重遊，不會只是為了聚舊這麼簡單吧？」昕涵四處張望。

「昕涵姐姐果然還是一如既往的機靈，」楚琳苦笑，「我想妳，幫我完成當年未完成的事。」

未完成的事？秀妍馬上向昕涵瞥了一眼，發覺她同樣擺出一副不明所以的表情，看來連她本人，也不明白楚琳是啥意思。

只見楚琳瞄了瞄秀妍，表情猶豫，好像覺得有個外人在旁，有些說話不方便，秀妍察覺，正想找個理由退場時，一位老伯伯，正從客廳其中一個房間走出來。

老伯伯……看上去其實只有五十多歲，可是臉容卻極為憔悴，臉色泛黃，沒精打采，眼睛小得幾乎跟眉毛連成一線，鼻子扁塌，嘴巴闊大，臉型跟身型一樣臃腫，四肢短小笨重，頭頂幾乎全禿光，只餘下兩鬢近耳邊的幾塊白色髮毛，彷彿想為曾經年輕過的歲月吶喊一樣。

他來到三人跟前，勉強打起精神，跟楚琳先握手。

「孫小姐妳好，」他說，「謝謝邀請我前來，又容許我在房間歇息一會，年紀大了，身體容易疲勞，倘若不休息，恐怕今晚會掃妳雅興。」

「那裡，那裡，蔡爺爺你言重了，」楚琳客套地點點頭，「來，讓我先介紹這兩位……」

「哎喲，原來還有兩位美人兒站在這裡，失禮了，」老伯伯咳了兩聲，然後回頭望住秀妍和昕涵，「人人都叫我蔡老頭，咳咳……妳們可以這樣稱呼我。」

「蔡……」秀妍覺得，稱呼長輩為老頭太沒禮貌了，於是改口道，「蔡爺爺，我叫李秀妍，這位是祝昕涵，幸會。」

「啊！原來妳就是李秀妍小姐？」

不止是秀妍，昕涵和楚琳同時發出驚訝聲。

「蔡爺爺，你認識我嗎？」秀姸感到意外。

「不認識，不過……」

他指了指客廳左側，通道盡頭的一扇門。

「房間裡的人，想單獨跟妳見面。」

「他是誰？」昕涵趕在秀姸之前問。

「我邀請的另外一位貴賓，」回答的是楚琳，「說起上來，應該還有一位？」

「他也來了，就在樓上其中一個房間。」蔡老頭說，「他這個人挺冷漠的，不發一言自顧自上樓去，反倒是樓下這位新相識的朋友，態度比較親切。」

「我們閒談了幾句，他跟我說，等會兒有位名字叫做李秀姸的人前來……著我如果見到妳，就叫妳過去見他，因為他有重要說話，想單獨跟妳講。」

秀姸心想，這個人到底是誰？為何知道我會來？什麼說話非要單獨跟我講？

「嘻嘻嘻，我也有很重要的說話，想私底下跟妳說喔！」楚琳一把拉住昕涵，「來，我們上二樓。」

她半拉半扯，把昕涵帶到樓梯旁，秀姸本想追過去，蔡老頭卻突然擋在前面。

「李小姐，恕我冒昧，在妳見那個人之前，有時間聽聽老人家的……幾句說話嗎？」

沿著客廳走廊向前走，蔡老頭來到一扇門前面，他輕輕推開，秀姸跟隨進內。

房間不算大，亦沒什麼家具擺設，在空空的，滿布灰塵的地上，只留下兩人走過的鞋印。

「蔡爺爺，是什麼事？」

蔡老頭沒有馬上回話，只見他走近窗前，望出窗外，沉思片刻，然後嘆了一聲。

「妳們，也是為了那十萬美元才來的嗎？」

「不！千萬別誤會，蔡爺爺，」秀姸慌忙解釋，「事實上，我們也是抵達之後，才知道這是一場說故事比賽，勝出會有獎金，但我和昕涵，根本沒有準備任何故事喔！」

「哦？不是為獎金嗎？這就好……」

蔡老頭神情悲傷的別過臉去，視線重新落到窗外。

「肝癌末期，」蔡老頭突然吐出這四個字，腳步開始變得不穩，搖搖晃晃，「大約撐不過半年，錢對我來說，已經沒有任何意義。」

秀姸鼻子一酸，原本想用雙手把他扶起，但又怕因為觸碰而看見對方的回憶，伸出去的手馬上縮回。

「我人生已差不多走到盡頭，但尚有一事，一直刺在心中，久久未能釋懷，倘若把它帶進棺材，必成此生遺憾。」

「蔡爺爺，你是想我幫你，把這條刺拔出來？」

影像從來都在毫無預兆下展開，即使她已經戴著手套，儘量避免任何身體接觸，但她仍然有能力，隔著空氣，窺見別人的回憶。

視角在室內，一間不大不小的睡房，時間是日間，窗外的天空一片蔚藍，陽光照進房間，非常好的天氣。

由於光線充足，透過視角，可以清楚看見房間內擺放著很多家具：一張淡黃色有點陳舊的沙發、一張舊款的木製長枱、一個小小的衣櫃、衣櫃旁有一塊橢圓形落地玻璃鏡，還有一張老派風格的四柱大床……

視角不停在房間來回踱步，但又不離開房間，似是在等待某樣東西的到來，果不其然，房門突然打開，一位年輕少女走了進來……

很漂亮的一位女子！漂亮得可以出塵脫俗來形容！但她是誰？至少，不是秀妍認識的人。

她來到視角面前，臉容繃緊，然後，從一個大背包裡，拿出一個用多塊毛巾包裹著，不知是什麼東西的手抱物體，遞給視角，視角接過後，雙手不停在抖。

女子對視角說了幾句話，只見視角轉身，往四柱大床方向走去，走得很慢很慢，最後視角來到床邊，小心翼翼把手抱的東西放在床上，然後回頭，視線掃過放在床頭的一個相架。

怎……怎麼可能……相中那個男人……不就是……

蔡老頭！一個頭髮還未禿光，兩鬢滿是健康烏黑毛髮的中年男人，雖然眼睛依舊小得跟眉毛連成一線，短小臃腫的身型也沒有改變，但紅潤的臉色，卻比現在的枯黃好看得多，臉上也沒有這麼多老人斑，相中人就是年輕時的他，雖然中年外貌跟現在有些微差別，但大致上還是分得出來，這點絕對不會看錯。

影像中斷，秀妍遲滯地回過頭來，望向身旁搖搖欲墜，正挨著牆壁休息的蔡老頭。

「我想妳，把藏在地牢深處，那個手抱的不祥之物，毀掉！」

十七

咦！黑漆漆的，什麼地方？

家彥伸出雙手，向前摸摸，馬上觸到像木板一樣的東西，他再沿木板旁邊四處摸索，發現不僅前面，他的左面，右面，甚至頭頂，都是木製的板子，空間非常狹窄，情況就好像……他置身在一個大型木盒子裡面。

奇怪！怎麼會這樣？剛才離開那間小屋時，柳雪明明說跨出門檻，就能回到我心中想要去的地方，我心中想要去的，就是秀妍和小涵所在位置啊！不是這個像棺木一樣的地方……等等……前面的木板有點鬆動，看似可以推開的，好，用力……喔！真的推開了！

家彥踏前一步，離開那個像木盒子的地方，回頭一看，不禁笑了出來。

原來是個大衣櫃！剛剛推開的，是衣櫃的門，其中一扇櫃門內側，鑲嵌了一面鏡子，方便人更衣時打開照照，然而，衣櫃裡並沒有衣服。

家彥望望四周，發現正身處一間空置的房間中，雖然室內沒有燈光，但仍能隱約看見，除了眼前這個衣櫃外，房內並沒有其他家具，裝修不單陳舊，還滿布灰塵，牆身剝落，有點日久失修的樣子，看來，自己來到一間已經荒廢多年的屋子去。

這就是秀妍和小涵所處之地？不會吧！莫非是出錯了？可是，就算出錯，我現在又可以怎辦？連這兒是什麼地方也不知曉，我如何……才能找到她們？

假如她們兩人，同時遇到野篦坊的襲擊，你會選擇先救誰？

柳雪的話再一次在腦海中響起，坦白說，家彥剛才雖然迴避了問題，但卻禁不住一直反覆問自己，萬一真的出現這個狀況，自己該如何抉擇？

一個是所愛之人，另一個是一起長大的親戚、童年玩伴兼好友，無論誰出事，他都會傷心一輩子，若果可以，他情願犧牲自己，代替她倆，至少免去現在選擇的痛苦，因為留下來的人，一定比死去的人更難過……

不！不！不！太消極了！雖然仍未知道兩個妹子目前身在何處，但自己一定會找到她們，至於這裡……柳雪看似也非等閒之輩，剛才一跨出門檻，瞬間便鑽進櫃子裡去，她應該不會弄錯，或者試試離開房間，看看這間房子其他地方，再下定論。

家彥扭開門把，踏進走廊，這裡似是一棟屋子的其中一層，剛才自己出來那個房間，是走廊尾房，右手邊還有……一、二、三、四，四個房間，即一共五間房。

雖然沒有燈，但走廊不算過分黑暗，可以扶著牆壁，朝走廊另一邊盡頭走過去，因為家彥隱隱見到，那裡有條樓梯狀的物體。

家彥放輕腳步向前行，走廊一排房門，看得出已有一段歲月，雖未致於隨時塌下來，但腐蝕情況嚴重，用手摸著摸著，也剝落不少油漆。

經過第二間房，房門是關上的，他不以為然，來到第三間房門前，突然間……

他聽到兩下敲木聲。

聲音很弱，很輕，不仔細聽是不會留意，但這裡實在太寧靜了，就算一根針跌落地上，也能聽得出來，家彥馬上停下腳步。

剛才的聲音，是從背後方向傳過來，他慢慢轉頭，望向來時的路，沒發現任何人，也沒發現什麼東西掉落地上，那個聲音，到底是什麼來著？

那敲木聲，有點似敲門的聲音，叩叩，輕輕兩下就沒了，這裡五間房全是木門，按道理應該就是敲門無誤，可是，這裡除了我，沒有其他人喔，我沒敲，誰來敲？

自己目前所站的位置，是走廊中間第三間房的門口，剛才發出敲木聲的房間，只可能是我背後那兩間，要麼是我剛剛經過的第二間，要麼就是我的出發點，擺放大衣櫃那間……咦，等等！衣櫃也是木造的，會不會剛才那個聲音，不是敲門，而是敲衣櫃……

家彥抬高頭，伸長頸，遠眺走廊盡頭的房間，剛剛出來時忘記關門，那道門……現在是半虛掩的……

欸，沒理由為了一下小小的敲木聲，就回頭看看房間哪裡不對勁吧？家彥搖搖頭，把視線移回前方，摸著牆，繼續向樓梯方向前進。

沒再聽到任何聲響，家彥也順利來到第四間房，站在這兒，可以見到前面有條樓梯通往下層，但沒見往上層的，看來自己身處的地方，應是頂層沒錯。

家彥深呼吸，踏前兩步，想一鼓作氣直奔樓梯，但當他來到第五間房門前……

跟之前四間房不同，這間房的房門，是敞開的……

一個男人，正坐在裡面。

十八

昕涵被楚琳拉著，走上二樓，對方熟練地拐了個彎，兩人鑽進其中一間房。

「幹嘛呀妳？」昕涵用力掙脫她，「有什麼事非得拉我上來談不可？」

「因為是關於我們兩個之間的祕密，」楚琳眨了眨眼，「當然不能讓樓下的人聽見。」
「那個想單獨見秀妍的人是誰？他為何知道秀妍會來？」
「呵呵呵，放心，他不會傷害秀妍的，」楚琳笑說，「相反，他有事要求她幫忙呢！」
昕涵一臉不解的盯著楚琳，自從門外跟她重遇後，五年來的心結，應該一下子解開才對，可是，不知怎的，她感覺這個結反而愈纏愈緊，緊得她透不過氣來，為什麼會這樣？
「樓下那幫人，都是妳邀請來的？」
「對，小宋、蔡爺爺、其餘兩個，還有妳。」
「秀妍她，不是妳邀請的？」昕涵回想起，楚琳在看過秀妍邀請函後，那個奇怪反應。
「不瞞昕涵姐姐，她，的確不是我邀請的。」楚琳坦白說，「但我知道是誰邀請她，這個人既然邀請了，我也不好意思拒絕。」
「但兩封信的字跡，是一樣的！」
「對喔，這個人的字跡，跟我是一模一樣的！」
昕涵聽呆了，哪有兩個人的字跡，完全一模一樣？筆跡模仿嗎？
「我理解這個人為何要請她，」楚琳瘦弱的肩膀抖了一下，「就等於我請妳，和請其他人一樣。」
「妳請這些人來，就是為了搞個說故事比賽？」
楚琳不作聲，轉過身，坐在身後一張椅子上，她示意昕涵坐在另一張。
「比賽，只是幌子，」她側著頭，托著腮幫子，「十萬美元，也只是誘因，我最初以為，沒有獎金的吸引，他們是不來的，可是，我錯了。」

「原來他們，各自有各自的原因，一定會到這裡來。」

「妳意思是，就算他們沒有收到邀請，也會……前來這棟大宅？」

「嗯，」楚琳點頭，「小宋有他的理由，蔡爺爺有他的理由，其餘兩人也有他們來的理由，即使是我這位主人家，亦為了一個原因，才會出現在這裡。」

「楚琳，為什麼是這棟大宅？」昕涵望望房間四壁，臉上突然露出一副憂愁表情，「妳說要完成未完成的事，跟當年妳帶我來，有關係嗎？」

楚琳沉默，眼神幽怨的盯著昕涵，因為寒冷而微微發紫的紅唇，半張半合地抖著，那張惹人憐愛的粉臉，漸漸流露出一份心痛但無奈，欲哭而無淚的表情。

「這間屋子，很久很久以前，有個很好聽的名字，妳知道嗎？」

「名字？」原來這間爛屋子，還有名字，昕涵心想。

「聽櫛亭。」

昕涵皺皺眉頭。

多麼古怪的一個名字！明明是一間大宅，居然起名為「亭」，郊外的涼亭嗎？「聽櫛」？昕涵知道，櫛的意思是梳子，就是女生梳頭髮用的，聽風、聽雨、聽雷、聽河、聽海、聽花、聽草、聽鳥鳴、聽蟲叫、聽狗吠，這些形容詞通通都能理解，但「聽櫛」？一把梳子怎麼聽？

「名字很陌生，對嗎？」楚琳笑著說，「這個年代應該沒人聽過了，但在以前，還是很有名氣的。」

「妳為什麼會知道，這棟大宅過去的事？」昕涵有點意外。

「因為只有了解過去發生的一切，才能救出我想要救的人。」

「救……人？」

「我的親姐姐。」楚琳突然臉色一沉，眼神變得嚴肅，「她被困在這裡。」

昕涵不敢置信地張大嘴巴，瞪著楚琳。

楚琳有個親姐姐！為什麼從來沒聽她提過？至少，在昕涵的記憶中，楚琳素來獨來獨往，經常一個人溜達，像獨生女般生活，何時來個親姐姐！

更誇張的是，她說她姐姐被困在這棟爛屋子裡？這棟屋子雖然大，但要找一個人，只消一兩小時仔細搜索，便一定能找到，哪能稱得上被困！

這個妹子，腦袋出問題了?!

「這就是我來這裡的原因。」楚琳繼續說，「如果要救出姐姐，就必須舉行一場儀式……嗯，妳猜對了！所謂儀式，就是這場說故事比賽。」

昕涵愣住，完全不懂反應過來。

楚琳站起身子，走到昕涵面前，拉住她的手，露出一個充滿回憶的笑容。

「妳還記得，五年前，就在這裡，我們曾經一起嘗試過，那個說故事的儀式嗎？」

女孩A：唉……每天都這樣溫習，很悶耶！
女孩B：這也沒法，下星期就考試了，再不加緊溫習，成績就追不上。
女孩A：昕涵妳成績這麼好，年年第一，怎會追不上？
女孩B：我是說妳。
女孩A：……
女孩B：楚琳，我現在陪妳一起溫習，就是想幫妳，妳去年成績全班倒數第三，再不努力，中學能否畢業頗成疑問。
女孩A：其實，人為什麼要讀書呢？讀得書多又如何？像昕涵妳……將來讀完書後，不管成績好壞，還不是回公司幫手，當公司的高管，手下一大堆人替妳做事，妳根本不需要這麼用功啊？
女孩B：妳不讀好書，哪有資格當高管？我聽爺爺說過，外面的世界競爭很大，商場上亦到處充滿欺詐和瞞騙，很多人為求成功，不惜陰謀陷害，只有增加自己的本錢，才能提防這些人，而學識，就是其中一樣裝備自己的利器。
女孩A：知啦知啦，知妳有個了不起的爺爺了，不要老是爺爺前爺爺後，煩都煩死了……
女孩B：那我們繼續溫習……
女孩A：昕涵，這幾天我們一直溫習，溫得我快瘋了，今晚我們不如……玩個遊戲輕鬆一下。
女孩B：那妳想玩什麼？
女孩A：唔……不如……玩說故事遊戲？
女孩B：什麼來的？
女孩A：就是幾個人圍成一圈，然後每人輪流說一個故事。

女孩B：這麼幼稚的遊戲……

女孩A：來呀！昕涵姐姐，妳知我是獨女，妳不陪我，就沒有人陪我了，陪我玩，陪我玩！

女孩B：好啦好啦，應承妳啦，快點放開我的脖子，被妳摟得快透不過氣！

女孩A：好開心啊……但這個遊戲要多些人才好玩……

女孩B：這樣喔……啊！有啦！這種場合，自然少不了他來助興。

女孩A：誰？

女孩B：我表哥，他最近趁暑假從美國回來，很閒，把他叫來一起玩玩，相信他也不會介意。

女孩A：這就好了，今晚十點，妳行嗎？

女孩B：可以喔！妳家我家？

女孩A：嘿嘿……都不是，今次我想去一塊很特別的地方……

故事的開端——回憶之鑰（一）

十九

秀妍來到門前，欲敲門之際，手卻放下來。

她發覺，自己的思緒，仍舊停留在剛才跟蔡爺爺的對話中。

不祥之物指的是什麼？蔡爺爺沒有明言，只說，妳到地牢深處望一眼，就會明白他的意思。

有需要說得這麼隱晦嗎？秀妍不明白，特別是蔡爺爺用上毀掉這個字眼，反映在他心中，該東西遺禍甚深，必須在他……在他臨終前，處置掉。

問他為什麼不趁現在去地牢，親自將它毀掉？他解釋他必須出席說故事大會，把那個東西也召喚出來，形神俱滅，方算成功，但秀妍聽不懂。

會是什麼？手抱的？跟我在影像中看見的那名女子，抱著一個用多塊毛巾包裹著的物件，是同一樣東西嗎？

她把這個物件交給蔡爺爺，按邏輯推測，蔡爺爺要毀掉的，應該就是這東西了！但她是誰？跟蔡爺爺是什麼關係？看她年紀甚輕，可以當中年蔡爺爺的女兒了，但他們兩人的相貌卻極不相像，說是父女太勉強了，而且從影像所見，當蔡爺爺看見少女時，眼神流露出三分敬畏神色，父親會以這種態度對女兒嗎？

唉！其實這場說故事派對，本身就是一個謎，如今小宋和蔡爺爺，兩人的回憶影像，充斥著更多的謎，看來一時三刻，也很難理出個頭緒來，倒不如先去拜訪那位點名想見我的人，看看他有什麼話想說。
秀妍敲門，打開，朝裡面望了兩眼，房內黑漆漆的。
「我是李秀妍，是你想見我嗎？」
房間燈光突然亮起，非常光猛！四支坐地式射燈分別放在四個角落，射向天花板，照亮整個房間，跟外面大廳那盞只有三分一功能的吊燈，以及亮度參差，飄忽不定的燭光，簡直不可同日而語。
四支射燈明顯是帶來的，看來這棟大宅仍然有供電，只是外面大部分電燈壞了，所以自進屋後，便一直有種陰陰森森的感覺，可是，秀妍好奇，要這麼光幹嘛？
房間正中央，放了一張沙發，沙發上坐著一名身型魁梧的男人。
若說歲月曾在這個男人身上留下痕跡，那麼最明顯的，就是眼角附近的魚尾紋，除此之外，男人可說是保養得極好，身高大約一米八，可能更高一點，身型結實，但又不致於過分肌肉，膚色透著健康的古銅色，外貌俊朗，唇上的小鬍子別具特色，濃密之餘亦透出男人罕見的性感。
這個男人，年齡大概四十出頭，雖屆中年，但魅力不減，年輕時絕對是一位美男子，現在雖然多了份滄桑感，卻反添幾分成熟穩重的氣息。
可是，秀妍腦海中幾番翻騰，也記不起自己見過這個男人。
男人走到秀妍面前，從深啡色長袖冷毛外套裡面，伸出右手。
「李秀妍小姐，很高興見到妳，」男人溫柔地說，「還穿得這麼高貴漂亮，真的非常感激妳，這麼隆重看待。」
秀妍心想，這身裝扮，並不是為你而穿的，不過這不是重點，她望著他的手，猶豫片刻，最後還是沒有握，剛才已經看過蔡爺爺非常古怪的回憶，她不想再看另一段。

「請問，你認識我嗎？」秀妍改以鞠躬代替握手，「但我好像不認識你，為什麼想見我？」

男人禮貌地以鞠躬回禮，然後坐回沙發上。

「妳不認識我是正常的，因為妳從未見過我。」

男人突然溫柔地凝望秀妍，就像一位慈祥的長輩看護後輩一樣。

「我叫秦陽虹，是妳姐姐的朋友。」

秀妍的腦袋，彷彿被一枚核彈引爆似的，那股震撼力，瞬間在腦內……不……是整個體內，一次過衝破並蔓延開來，由髮尾至腳尖，全身每一處，都能感受到這個消息所帶來的震驚和意外。

「你……認識姐姐？」秀妍聲音有點發抖。

「不單認識，」陽虹尷尬一笑，「她曾經，有求於我。」

秀妍的好奇心完全被撩起，姐姐一向自力更生，很少求人，還是一個男人，這完全不符姐姐的性格，除非……

「妳身上的詛咒，很難解除，對嗎？」

秀妍此刻的腦袋，完全空白一片。

萬萬沒想到，姐姐會把一生極力想守住的祕密，告訴一個陌生男人知道，更令人意外的是，這個叫秦陽虹的男人，居然直截了當跟自己聊起詛咒的事！這是自姐夫以外，第二個知道自己這個祕密的男人。

「姐姐是想求你，助我解除身上的詛咒嗎？」秀妍打開天窗說亮話，「你是誰？為什麼姐姐會請求你這樣做？」

「噓！」陽虹一隻手指，輕輕按在自己唇上，「不要這麼大聲，妳身上這個……詛咒……在這棟大宅裡，只有我和妳知道。」

他說完站起身，走到其中一支射燈前面，把它調得再亮一點。

「不瞞妳說，我是一個修道之人。」陽虹開始解釋，「別看我這副年紀，我當年所學的，沒有因為歲月的增長而淡忘，對破除詛咒方法的運用，我還是頗有把握。」

他也是修道之人？跟翔一郎是同門嗎？

「那一天，妳姐姐跑來找我，問我關於破咒的方法，我這才知道，世間上原來存在如此特別的詛咒，普通儀式並不能將之祛除，我一時間也想不出辦法，她見我好像無能為力，失望地離開了，從此我沒再見過她。」

「但我對妳身上的詛咒非常感興趣，我修行多年，從未見過如此厲害的詛咒……可以打破生死的秩序，把死人的執念強行具現化……如果能夠成功破除，將是我畢生最大的榮譽。」

「所以……請原諒我對妳們兩姐妹的明查暗訪，包括妳獲邀出席今晚這場派對的消息，我之前已經知曉，而碰巧我也是嘉賓之一，真是天意！因為我實在很想找個機會，替妳祛除身上的詛咒。」

「可是，姐姐從沒向我提起過你。」秀妍狐疑。

「她也沒向妳提起過妳姐夫，對嗎？」陽虹微笑，「直到她過世後，妳才和妳姐夫相遇……她性格就是這樣……只怪我當初未能及時找到方法，才令她冒險遠赴高野山，客死異鄉，對此，我一直心存內疚。」

「那你今次見我，目的就是……幫我解除詛咒？」

陽虹唇上濃密的小鬍子微微上翹，露出一個親切的微笑。

「對，我終於找到辦法，將妳身上的詛咒祛除，不過在這之前，妳要先答應我一件事。」

這時他慢慢走近秀妍，雙手輕輕放在她的肩膀上。
「我想妳幫我，一起對付孫楚琳——一個由妖怪野箆坊冒充的人！」

二十

家彥全神貫注望著房內那個男人。
他背對門口，面向牆壁，微微垂下頭，翹起二郎腿，一動不動的，像冥想一樣坐在椅子上。
房間沒有亮燈，家彥只能憑這個人的身型和坐姿，判斷他是男性，好像身穿西裝，但不敢肯定，家彥踏前一步。
男人沒有動靜，繼續翹起二郎腿低頭沉思，家彥再走前一步，距離他背面只有兩步之遙，奇怪！這個距離對任何人來說都應該有所警惕，為何他一點反應都沒有？
家彥已經走到他的正後方，現在只要舉起雙手，馬上可以勒住他的脖頸，但男人依舊文風不動，發生什麼事了？他竟然察覺不到有人站在身後！正常人就算聽不見腳步聲，也應該……
難道他死了！
實在沒有其他辦法，家彥目前可以做的，就是開燈確認面前這個男人是生是死，總不能摸黑驗屍吧？這間屋子應該還有電力的，家彥一直不敢開燈，是因為未摸清這棟屋子裡面住了什麼人，但現在人命關天……
家彥按下開關，頭頂的燈泡馬上發亮，雖然有點昏黃，但光線已足夠照遍整個房間。

也就在燈亮起一刻，本以為是屍首的男人，突然站起來，轉身望向家彥。

男人俊美秀氣，斯文儒雅，臉型瘦削，皮膚白皙，架在銀色方框眼鏡下，是一雙深邃的棕黑色眼睛，既是深情，亦是痴情，望著他的眼神，會令人不知不覺間墜入情網。

鼻樑高挺筆直，嘴唇薄而細小，下巴略尖，一頭短黑髮梳得整齊貼服，耳骨很幼，但耳型很美，五官輪廓分明，整張臉沒有一處贅肉，看上去令人舒服。

男人身高約一米八，年齡二十多……或者近三十吧，只比自己大一點點，但眼神像有點經歷似的，他身穿一套碳黑色西裝，淺藍色襯衣，領上還結了一條灰色領帶，高挑瘦削的身型，令他穿起西裝特別好看，書卷氣質的外貌，也為他帶出一股濃濃的文藝氣息。

家彥此刻再定睛細看，發現他的樣子，竟跟自己有幾分相似！所不同的，是自己屬於健康、明朗、平易近人的陽光型，而他卻是帶點冰冷、陰沉、拒人千里的晦暗型。

兩個同樣穿上西裝的年輕男子，站在房內互相對望。

「你好，請問你是……」家彥先開口。

男子沒有回話，只管用他冷峻的眼神，死死的盯著家彥。

「欸……實不相瞞，其實我迷路了，不知如何走出這棟屋子，請問你可否帶我離開這裡？」

家彥胡亂編了個借口，但男子仍然沒有回話，眼神卻慢慢由猜疑轉為釋疑，一副恍然大悟的表情，奇怪！他老是盯著自己的臉，難道我臉上髒了？

「這不是你該來的地方。」男子終於開口，然後繞過家彥，自顧自走近房門。

「等等！」家彥用手抹了兩下臉頰，回身追上去，「我真的迷路了，就算你不帶我離開，至少你也教我如何走出大門。」

「假如你是來參加這場說故事比賽，我無任歡迎，」男子眼神回復冰冷，「但假如你是來阻止我的，那你就是我的敵人。」

說故事……比賽……什麼來的？

「不過，我看你多半不是來參加的，」男子左手托了一下眼鏡，「你明顯不是說故事的材料。」

家彥氣炸了，什麼不是這個那個材料！烹飪嗎？

「好吧，既然給你識破了，我也不瞞你說，」家彥繼續裝傻，「其實我……是來參加這場……說故事比賽……你猜對了……不止參加，我還要勝出這場比賽，我們現在就一起下樓，好嗎？。」

家彥知道這裡是頂層，說下樓一定沒錯，他望向男子，看看他有什麼反應，只見他保持沉默，原本一直盯著家彥臉孔的眼睛，稍稍移向門口位置，他望住外面漆黑的走廊，就好像盯住漆黑中的獵物一樣。

「你剛才可聽到，兩下叩叩聲？」男子問。

家彥心頭一顫，原來他也聽到了！那就不是自己幻聽，這下好了，終於找到兩人的共同話題。

「聽到了，兩下敲木聲，但不知從哪裡傳來。」

男子沒有回話，繼續死盯住漆黑的走廊，家彥心裡好奇，為什麼他對這兩下敲木聲，興趣如此之大？

「跟我來吧。」男子突然把半敞的門打開，一腳踏進走廊。

「去……去哪裡？」冷不防對方有此一舉，家彥有點措手不及。

「你不是說，我們現在一起下樓嗎？」男子簡單回答。

呦！家彥想不到事情進展這麼順利，但……談了這麼久，他才發覺兩人還未互相認識……

「我叫卓家彥，請問閣下是……」

男子冷冷地吐出三個字。

「韓慕湘。」

二十一

「五年前，我們曾偷偷進入這裡，說起故事來，記得嗎？」

「記得，」昕涵回想起當晚細節，「妳、我、還有表哥，三人一起來到這裡……但是……說個故事而已，哪會是什麼儀式？跟救妳親姐姐有什麼關係？」

楚琳笑了笑，轉身坐回椅子上。

「這項儀式，需要五個人，圍坐一起，每人輪流說一個故事。」楚琳開始解釋，「待最後一個故事說完後，儀式就會完成，被困在這裡的姐姐，將會得到自由。」

「五個人？」昕涵突破盲點，「但我們上次，只有三個……」

「所以，儀式失敗了。」楚琳苦笑著，「上次她……我……未有搞清楚儀式細節，但今次不會了。」

「可是……妳真的有親姐姐嗎？」昕涵大膽提出她一直以來的疑問，「我記得妳講過，妳是獨生女。」

楚琳從包包中，拿出一面小粉鏡，照了兩眼，然後對昕涵說。

「我是騙妳的！」她再次嘻皮笑臉地道，「當初以為儀式很簡單，隨隨便便說個故事便行，所以不想跟妳解釋太多，但如今發現原來有既定的規則，所以沒法啦，唯有把真正目的告訴妳，好讓妳了解清楚後，助我一臂之力！」

昕涵至此終於明白事情的前因後果，她走到楚琳面前，以一副極其認真的表情，對她說。

「楚琳，所有一切都是妳的計畫，對嗎？由五年前妳提議，叫我和表哥來這裡玩一場什麼說故事遊戲開始，到今日再次邀請我來，參加一場所謂的派對……」

「目的就只有一個，就是把妳那位被困在這裡——被困在聽櫛亭的親姐姐，解救出來，我說得沒錯吧？」

「哈哈哈，昕涵姐姐果然冰雪聰明！」

太古怪了！

這位外表嬌滴滴，性格柔弱怕事，經常躲在自己背後的妹子，何時開始變得……這麼果敢、這麼決斷、這麼有計畫？她剛才嘻嘻哈哈的笑聲中，掩飾著一份驚人的耐性與謀略，這會是那個膽小倚賴，滿腦子不切實際的妹子，所能構思出來嗎？

「那麼，」昕涵暫時把她的質疑擱下，定睛望住楚琳，「妳今次邀請我來的目的，是想跟上次一樣，和妳一起說故事？」

「不！」她搖搖頭，「今次不用妳說故事，我只是想妳……」

滿以為答案是肯定的，但楚琳接下來的答覆，無論昕涵何等聰明，也絕對始料不及。

「在我們說故事時，把妳包包裡那個金屬方塊，借我一用！」

女孩B：來！介紹我表哥給妳認識，卓家彥，不過叫他霍爾也行。
男　孩：嗨！妳好！
女孩A：你好，咦！為什麼叫霍爾？他英文名字嗎？
女孩B：不是啦！因為他很喜歡宮崎駿那部霍爾的移動城堡，終日幻想著自己就是男主角，又帥又懂法力，整天跑去變戲法給女同學看，沒女同學理睬他，他就回來變給我看，把我的頭髮弄得一團糟，為了感激他，我就尊稱他做霍爾大法師喔～～
男　孩：哈哈哈，人有失手，不要說得我這麼差勁，好嗎？其實這幾天我練習過很多遍了，絕對不會再出現上兩次的失誤，來！小涵！現在就表演給小琳妹妹看……
女孩B：休想！霍爾大法師，難道你忘了，今晚帶你來的目的嗎？
男　孩：我當然記得，說故事嘛。
女孩B：其實，楚琳妳是怎麼發現這棟荒廢大宅的？妳又是如何知道它大門沒上鎖，可以偷偷地跑進來？
女孩A：嘻嘻，有個朋友悄悄告訴我的，我想來這兒很久了，但妳都知啦，我又怕黑又怕鬼，一直沒敢來，今次有你們兩個陪伴，膽子也一下子壯了起來。
女孩B：妳的朋友，是這棟大宅的主人嗎？
女孩A：……
男　孩：小涵，管他的！現在不是挺好嗎？這裡又破又舊近乎發霉的環境，正好適合今晚說故事的氣氛，小琳選擇這裡非常棒喔！
女孩A：謝謝誇獎。

男　孩：好，這裡我最大，不如就由我先說第一個故事吧，嘿嘿，我會說一個很恐怖的鬼故事……

女孩B：又想嚇我吧？我跟妳說，楚琳，這位表哥最喜歡就是捉弄我，明知我怕鬼偏偏要說鬼故事，小時候還故意在說完後扮鬼嚇我，妳說這個人煩不煩！

男　孩：我只是覺得這裡的氛圍，很適合講鬼故事，小琳怕嗎？

女孩A：其實……我是有點怕……

男　孩：嗯，這樣喔……我改說另一個故事好了……我記得小時候經常發夢，夢見一處很浪漫的地方，有夕陽……

女孩B：哼！我說怕睬也不睬我，人家說怕就改另一個故事，霍爾你好偏心！

男　孩：人家是第一次見面吧，讓讓她也很應該。

女孩A：不如……由我先開始吧！我一直有個故事，憋在心裡很久了，一直很想說出來。

男　孩：好啊！那就由小琳開始講。

女孩A：我想說的故事，是關於一個小女孩，偶然遇到一個長著翅膀，來自童話世界的仙女，仙女帶她去到自己的國度，從而引出一段奇幻又浪漫的冒險旅程……

二十二

孫楚琳……是妖怪假扮的？

秀妍站起身，後退兩步，這是她今晚聽過最震撼的一句話。

是否弄錯了？

「不會弄錯。」陽虹搖搖頭，「今晚的聚會，藏著一隻妖怪，它假扮成其中一位說故事者，試圖對妳和妳的朋友……不，應該是對所有人不利。」

「這隻妖怪，名叫野篦坊，它沒有五官，能夠隨心所欲幻化成人形，傳說它的血能夠詛咒人類，被詛咒的人，五官漸漸消失，變得跟野篦坊一模一樣，若要回復人貌，就只能用它那張光滑如鏡的臉，貼近受害者，變成他的模樣。」

「只要被它盯住，你的樣貌就會被它拷貝，它將會取代你，成為這個世界唯一的你。」

多麼可怕的能力！這是秀妍頭一次聽到野篦坊詛咒這回事，取而代之，竊而用之，應該是不甘心自己沒有相貌吧！所以便向無辜者下手，那怕是盜取他人的容貌，變成他人的模樣，代替他人的身分，也在所不惜。

「一旦假扮成人，便很難從外型辨別出真偽，可是，妖怪也有妖怪的弱點。」

「野篦坊只能拷貝別人的容貌，不能拷貝別人的記憶，它的記憶，依舊是妖怪的記憶……」

秀妍一下子明白陽虹的意思。

「你是想我，從在場所有人的記憶中入手，看看誰的記憶，明顯跟真人不符？」

陽虹魁梧的身體挪動一下，然後用堅定的眼神，緊緊盯住秀妍那雙如星光般閃爍的大眼睛。

「不是在場所有人，是那個姓孫的姑娘！」

「請問，你有什麼證據，說孫小姐是……妖怪？」

陽虹嘆了一聲，視線望向上方，那塊被射燈照得如白天般光亮的天花板，他眼神呆滯，臉上的表情，既是憐恤，又是悲哀，亦充滿無奈。

「三個月前，有四個年輕人離奇死亡，據當時唯一出現在現場附近的證人說，他見過一位沒有臉孔的女子，我懷疑，那四個年輕人，都是被她所殺。」

「根據我這幾個月來明查暗訪，發現這個無臉女人，為了某些原因，來到這場說故事大會，雖然我仍未查到是什麼原因，但倘若她只是為了單純殘殺在場所有人——就跟那四個年輕人情況一樣——那麼身為今次派對的唯一主辦人，並邀請我們來到這間如此偏僻隱匿，殺人藏屍也不會給人發現的大屋中，妳說，不是最有嫌疑嗎？」

「所以，我今次前來參加這場說故事大會，目的有兩個。」陽虹先是無奈笑了笑，然後滿臉惆悵，「一來是想幫妳袪除詛咒，替妳姐姐完成心願，以解我心中的遺憾；二來也想趁詛咒解除之前，運用妳最後的能力，看看孫小姐的記憶，假如她的記憶中有一些古怪，違和，不合人類常理的情況出現，那就幾可肯定，她就是野篦坊！」

秀妍心裡納悶，在小宋的回憶中，那四張血肉淋漓，雙目盡毀的臉，會不會就是陽虹口中，那四個遇害的年輕人？

剛才蔡爺爺想我進入地牢，把不祥之物毀掉，現在陽虹又想我幫他對付楚琳，但楚琳是昕涵朋友喔！為什麼事情會變得如此複雜？

秀妍暗自思忖，望住自己雙手。

我的一對手，能夠感應到活人最執著，最難以割捨的回憶，同時也能把死人的執念喚醒，澈底具現化，在過去一年發生的事件中，我的能力，已經多次成功感應出那些具威脅性的妖怪，令它們無所遁形，假如楚琳真的是妖怪，我自問應該能感應得到。

然而，剛才見到她時，我雙手完全沒有反應，兩眼亦看不見任何影像，假如陽虹所言屬實，那為何我會完全感應不到？

「可是，」秀妍仍然對陽虹抱有疑問，「既然秦先生是一個修道之人，為什麼不乾脆自己收拾這隻妖怪？為什麼要尋求一個詛咒之人幫手？」

突然砰的一聲，房內其中一支射燈突然熄滅，看來是這棟古老大宅的電壓不勝負荷。

「哦，燒了一支，」陽虹看見秀妍一直盯著射燈，發出一個會心微笑，「這也正好解釋了為何我要找妳幫手——因為我，實力大不如前。」

「我有夜盲症。」

這個答覆著實令秀妍感到意外，她萬萬沒料到，眼前這個男人，竟然是夜盲症患者。

「我的病情，本來是穩定的，」他閉上眼，「可是最近幾年，不知是否因為年紀大了，情況開始有惡化跡象，稍稍暗一點，便等同盲的一樣，只有光線充足的地方，我才能看見東西。」

陽虹轉身，關掉其中兩支燈，只留下一支繼續照明，然後打開門。

「時候不早了，我們出發吧！」

二十三

「韓先生，我是第一次參加這類比賽，對規則不是很了解，請問你能否先講解一下？」

家彥跟慕湘握握手，發覺他的手異常冰冷，是因為在這間沒有暖氣的房裡，呆得太久之故？

「你不用參加……」

慕湘冷冰冰拋下這句話後，自顧自離開房間，進入漆黑的走廊，家彥感到訝異和不解，只好追上去。

「等等，」他壓低聲線問，「剛才不是說好一起下樓嗎？怎麼突然反口了？」

「沒有反口，」慕湘盯著他的臉，「我們是一起下樓，但只有我去參加比賽，而你……」

「幫我調查那個敲木聲！」

果然還是念念不忘！到底是什麼原因，令到慕湘如此執著，要搞清楚聲音的來源？

「那個敲木聲，我以前聽過，」慕湘補充，一臉認真，「是我在這邊世界唯一聽到的聲音……可能是見到她的關鍵……」

這邊世界？她？誰？家彥如墮五里霧中，摸不著頭緒。

「卓先生，你心裡面有沒有一個……不能捨棄的人？」

不能捨棄的人？那就是秀妍囉！不過家彥回心一想，昕涵同樣不能捨棄，對他而言，兩個都……

咦！為什麼這個姓韓的，說話口吻那麼像柳雪！

提起柳雪……差點忘了她吩咐我的事，那把玉造的梳子，真的會藏在這麼一棟爛屋子裡嗎？假如真的藏了，又會藏在哪裡？

「你可以試試地牢，」慕湘態度依舊冷漠，「這是我帶你下樓的原因，地牢樓梯就在廁所旁邊，比較隱蔽，我不向你點明，你是不會找到，等會兒你不用理會樓下那些參賽者，找個藉口上廁所，然後找個機會，偷偷溜進地牢。」

「那些敲木聲，整間屋子都有，但發出最多的是地牢，在那兒，你可能會發現敲木聲的祕密，一旦發現，請馬上趕過來告訴我。」

「韓先生好像非常了解這間屋子的結構？」家彥好奇地問。

「對，我來過幾次了。」

「這棟屋子，和那兩下敲木聲，到底藏著什麼祕密，令你這麼焦急，非要找到真相不可。」

「因為，這裡有一個，我絕不能捨棄的人。」

難怪剛才一直問我！原來是他心裡面有人！不能捨棄……看來這個人對他非常重要，親人？愛人？呼！關我什麼事？

我現在首要任務，是找秀妍昕涵，再幫柳雪找找那把梳子，至於韓先生的要求……坦白說，我也很好奇那兩下敲木聲從何而來，因為聲音實在……太詭異了，找梳子的過程，順便幫他調查一下吧。

「若非時間緊迫，我會親自搜查地牢，但故事比賽即將開始……說故事……跟敲木聲同樣重要，而你明顯不會說故事。」

雖然聽得一肚子氣，但家彥還是憋住了。

「你剛才以為，我是來阻止你的，莫非有很多人，想阻止你參加這場說故事比賽？」

「不是比賽，是阻止我見她。」慕湘瞥了家彥一眼，「但我從來沒有放棄，只要能重遇她，我在所不惜，這場說故事……或許……是我最後的機會。」

雖然聽不太懂慕湘在說什麼，但有一點可以肯定，他之所以會出現在這裡，完全是因為她。

三樓明顯未發現秀妍和昕涵芳蹤，看來要落下一層才行。

樓梯是通往二樓的樓層，再往下走便是底層，那裡有點光，看似是底層某處正亮著燈，沒猜錯的話，應該是客廳所在。

兩人沿樓梯往下走，走到一半，家彥探出頭來，偷偷朝有光的地方望過去，果然是客廳，昏暗的燭光下，放了一張大圓枱和五張椅子，一個男人坐在其中一張椅子上，他身穿一件墨綠色羽絨外套，眼睛很大，正四處張望，好像等人似的，家彥並沒發現秀妍和小涵蹤跡。

突然這個人站起來，朝自己身後某處地方走過去，由於家彥是站在樓梯中間探頭偷窺，這個角度是看不見那個男人身後的地方，所以他很快便消失在視線範圍內。

正當家彥好奇他要往哪裡跑時，答案很快就揭曉，那個大眼男人回到大圓枱前，身後緊隨一位頭頂幾乎禿光的老伯伯，兩個男人，一老一少，就站在客廳中間閒談著。

與此同時，家彥聽到二樓走廊，大概是第一間房的位置，隱約傳來兩把女人的聲音。

兩把女人的聲音……

家彥第一時間跑過去，挨近門口，側耳細聽……

謝天謝地！其中一把……是小涵!!她的聲音，家彥再熟悉不過，即使聲線壓得再低，也肯定是自己的表妹，可是另一把……

是秀妍嗎？既然她們兩人同在這裡，按理和小涵對話的，應該是她了……但聲音聽上來又不太像……

已經沒時間多想，既然小涵在裡面，另一個肯定是秀妍，不用猶豫了。

家彥扭開門把，推門進去……

「小涵！秀妍！」

二十四

昕涵呆若木雞，望著面前的楚琳，不知如何反應。

她……竟然知道小明的事……怎麼可能！

「看妳的表情，很意外吧？」楚琳微笑，「不過妳也無須訝異，換作妳是我，妳也一樣會發現。」

「但這是我和爺爺之間的祕密，」昕涵緊緊抓住楚琳雙手，激動地問，「連祝家其他成員也不知道，妳是如何查出來的？」

楚琳沒有掙脫，反望著昕涵，意味深長地說。

「我為了姐姐，翻查了無數古老的禁忌典籍，知道這個說故事儀式，可以把我姐姐解救出來。」

「然而這還不夠，聽櫛亭的封印過於強大，若要救我姐姐出來，我需要一股比它更強大，更霸道的力量……這股力量，足以毀滅封印！」

「最初我也不知道從哪裡能夠找到這股力量，正當我茫無頭緒之際，一個很偶然的機會，那個人告訴我！」

那個人？世間上除了我和爺爺，還有誰會知情？等等……對了，一定是他，差點把他遺忘了！

伊藤京二！那個親手將小明交給爺爺的人！那個同時祝福和詛咒祝家的人!!除了他，沒有第二人選!!

昕涵愈想愈激動，抓住楚琳的手愈捉愈緊，把她兩隻小手腕弄得通紅，然而，楚琳卻未有把昕涵的手摔開，反以一對丹鳳眼，牢牢盯實昕涵。

「那個人，告訴我關於祝家魔方的事，並說若得到它主人相助，封印必能打破，所以……」

「我希望姐姐妳，能借魔方的力量給我，只要在說故事儀式時，放在眾人之中便可，儀式一旦完成便馬上歸還，好嗎？」

這時昕涵終於察覺，由於自己剛才用力過猛，對方的手腕已經被她抓得一片紅，楚琳啊楚琳，為什麼抓得妳這麼緊，妳仍然不哼一聲？是因為有求於我，即使被我弄痛了，也不好意思開口？

「楚琳，對不起，我沒法應承妳。」

昕涵鬆開雙手，坐回椅子上，雙手托腮，發出一聲嘆息。

「我是小明的主人，小明他，不會離開我的，就算我放他在枱上，放他在眾人之中，他的力量，也不會為這個儀式所用，請恕我無能為力。」

楚琳雙手按著額頭，把兩邊的頭髮順勢掃向後，然後拿出鏡子，照了照。

「妳誤會了，我說將那個金屬方塊借我一用，並置於眾人之中，不是要妳將它拿出來，放置在枱上……」

「妳只要，站在我們五人旁邊，一直聽我們說故事便可……當然，金屬方塊，一定要放在妳包包中。」

「但我有什麼理由幫妳？」雖然有點沒禮貌，但昕涵還是好奇，楚琳憑什麼這麼篤定會幫她。

「妳一定會幫我。」楚琳自信地說，「因為妳幫了我，金屬方塊庇蔭祝家的力量，只會變得更強。」

昕涵眨眨眼，不明所以。

「金屬方塊，之所以能夠毀滅封印，是因為它有能力，把封印的強大能量，一點一點蠶食，並據為己有，只要封印一破，金屬方塊就會完全吸收其能量，姐姐不是以守護祝家為己任嗎？金屬方塊變得更強大，對妳來說，是不是一個誘因，令妳想幫助我呢？」

昕涵的眉毛蹙了一下，的確，能夠令小明變得更強大，有力量繼續替祝家掃除一切障礙，令祝家一直昌盛下去，這點很吸引。

「妳意思是，我只要站在……」

腳步聲突然從門外傳來，昕涵還來不及反應，只見房門突然打開，一個男人匆匆跑了進來……衝進來的男人，高聲呼喊兩個名字，嚇得昕涵馬上站起身，定睛望住他。

男人身穿灰黑色西裝，高大英俊，陽光朝氣，只是頭髮有點凌亂，像剛剛睡醒……咦……等等……他不正是……

「表哥!!」

昕涵難掩心頭激動，立即跑過去，馬上來個久別的擁抱。

「你去哪裡了？你知道我們有多擔心你！失聯的這段時間裡，到底發生了什麼事？」

家彥未有即時回應，他望望房間四周，確定眼前只有兩名少女，馬上露出一副失望的表情。

「秀妍呢，她在哪？」

「哼！」昕涵看穿家彥心思，立刻把他推開，「你只管關心她好了，不用理我。」

「我不是這個意思，小涵，」家彥連忙安慰說，「妳知我有多擔心妳，現在見到妳，我馬上放下心頭大石。」

「我們也很擔心你，」昕涵眼神放軟，關心地問，「為什麼我們拚命致電你，你都不回應？到底發生什麼事了？」

「一言難盡，」家彥突然拉著昕涵的手臂，「來！我們找到秀妍之後慢慢說，妳知道她在哪兒嗎？」

「請問，這位先生是……」

兩人幾乎同一時間，把頭轉往楚琳，昕涵見到的，是她一臉迷茫的表情。

她不認得表哥？沒可能吧！雖然事隔五年，但表哥的樣貌基本沒什麼變過，為什麼會認不出來？

「妳是……小琳？」

家彥先是發出一聲驚嘆，然後用手拍拍腦門，露出他那副招牌燦爛笑容，昕涵笑了一下，想不到竟然會是健忘的表哥，首先認出楚琳。

「呵呵，記起來了！」這時楚琳也迅速作出反應，「難怪有點面善，總覺得在哪裡見過，但一時間又說不出是誰，原來是你，霍爾。」

「我也是喔，差點認不出妳。」

「她剪短頭髮，你就不認得了，」昕涵雙手交叉放在胸前，瞪了家彥一眼，「男人果然是看臉的東西。」

「小琳這個短髮很美喔，非常適合她，小涵不妨也考慮一下，妳這頭大波浪也看膩了。」

「你少管！」

「小琳，真的很久不見了，最近好嗎？為什麼妳會跟小涵……」

「是我邀請她來的，反倒是霍爾，」楚琳撥了一下頭髮，香水味再一次襲向昕涵的鼻子，「你又是誰邀請來的？」

「咳咳。」

只見一個高瘦男子，從家彥身後步入房間，他剛才就一直站在門外？

昕涵上下打量他，這個人……白皙秀氣，書卷味濃，生得頗為英俊，長相跟表哥亦有幾分相似，只是表哥較正氣一點。

「我叫韓慕湘，」他說，「如果人齊了，我們還是下樓開始吧，不要再浪費時間。」

就在這個瞬間，只是半秒時間，慕湘和楚琳互相瞥了一眼，然後趕快避開……

雖然只有半秒，但這個細微動作，昕涵注意到了……

他們兩人，似是認識的。

「好吧，既然所有人到齊了，我們一起下樓吧。」

楚琳向前走了兩步，翠綠色連衣長裙微微搖曳，雖然個子不高，但勝在身型纖瘦，從後面看伊人苗條，我見猶憐，惹人同情。

「小涵，」家彥悄悄地挨近昕涵問，「你們整晚提著的說故事說故事，到底是說什麼故事？我聽得一頭霧水。」

昕涵本想回答，什麼故事都好，一定不是恐怖的，因為妹子怕……

然而，楚琳卻突然回眸一笑，眼神向家彥飄過。

「今晚的氣氛，正好適合說鬼故事，你同意嗎，霍爾？」

女孩A：怎麼樣？我說的故事，很棒吧？
男　孩：不錯啊！童話故事的設定相當吸引，情節天馬行空，峰迴路轉，就好像作了一場夢一樣，跟我等會兒要說的故事，有異曲同工之妙。
女孩B：請問……那個小女孩，是妳的寫照嗎？
男　孩：哈哈哈，小涵妳想哪兒去了？故事而已，跟任何人應該都沒有關係。
女孩B：但……楚琳妳說故事時，那份專注，那份投入，就好像是妳親身經歷一樣，而且，故事中那個小女孩，害羞又怕生，跟妳有幾分相似！
男　孩：小涵，我覺得妳老毛病又發作了，凡事都懷疑，每事都分析，是跟外公學的嗎？
女孩B：不准說我爺爺壞話……
男　孩：好啦，好啦，知妳最疼爺爺了，不說就不說吧。
女孩A：其實，昕……涵……妳說得沒錯，我的確，曾經親身到過那個世界……
男　孩：咦！
女孩A：我不是做夢……是真的……那位仙女，時而柔情萬千，笑靨如花，時而高冷沉靜，婉約含蓄，她拉著我的手，帶我穿過一個又一個山谷，伴我飛過一條又一條河川。
男　孩：精采，講得太好了！
女孩B：霍爾，不用這麼誇張，任何人一聽，就知你壓根兒不相信她的說話。
男　孩：當然不信，試問哪有人能夠進入童話世界？我只是讚美她的編故事能力。
女孩A：這……哈哈哈，被你們識破了，對啊！我只是隨口說說而已，這個世界上，哪有人有能力，進入故事中的世界！

男　孩：不過，話說回來，妳剛才所說的經歷，令我想起一則都市傳說……

女孩B：霍爾又想嚇人了，楚琳不要理他。

男　孩：不是故意的，是真的突然想起來！傳說在一戶尋常人家中，小女孩終日幻想著洋娃娃是她的好朋友，結果洋娃娃取而代之，變成她本人，小女孩反而變成洋娃娃，從此瑟縮床角，父母進房也沒瞧她一眼。

女孩B：你的意思是……童話故事中的人物，會突然跳到現實中，跟說故事的人交換身分，取而代之？

男　孩：又或者，從一開始，根本就沒有說故事的人存在……你所見到的，就是童話世界中，那個假扮成現實的人！

虛假的替身——回憶之鑰（三）

二十五

秀妍站在桃木大圓枱前，望著圍坐的三個人，心想，還差兩個。

自己沒打算參加，預料昕涵亦不感興趣，換言之，今次說故事大賽，只能由楚琳和她邀請的其餘四個人參與，目前小宋、蔡爺爺、秦陽虹經已就坐，正等待主人家下來。

第五個人到底是誰？這個人是秀妍唯一未見過的，她好奇地時而望著樓梯，時而望向大門，時間正一分一秒過去。

二樓此時傳來紛亂的腳步聲，看來她們來了……但……奇怪……不是只有兩位女生麼？怎麼感覺好像有很多人一起下樓似的！她馬上望過去。

楚琳帶頭步下樓梯，昕涵在她後面，向秀妍微笑兼打了個曖昧眼色，示意她望向後面，正當秀妍思考為什麼要望時，後面緊跟隨下來的是兩名年輕男子，一名並不認識，另一名……

家彥！是家彥!!我一整天掛心的家彥……竟然……竟然以這個方式，出現在我眼前！！！

家彥一邊走下樓梯，一邊望著秀妍，眼神充滿渴望和激情，已經顧不得儀態了，秀妍幾乎是衝到家彥跟前，緊緊地擁抱著他。

客廳並不是什麼浪漫蒂克的地方，尤其是在這麼多陌生人面前，但此時此刻，秀妍已不在乎了，平時不讓碰，戴著手套的雙手，正緊緊摟著家彥的頸項，整張粉臉埋在他結實的胸膛下，只要能夠擁著他，切切實實感受到他的體溫，知道他安全無恙，其他一切，不再重要。

就這樣，兩人沉醉在這片久別重逢的氛圍中，良久說不出話來，不知過了多少時間，秀妍才抬起頭，溫柔地問。

「家彥，你什麼時候來的？為什麼我和昕涵拚命找你，你也不回覆？」

只見家彥面有難色，眼神飄忽，吞吞吐吐地說。

「秀妍，請原諒我暫時不能說，」他雙手捉緊她的肩膀，「總之在餐廳裡，我出了一些狀況，但現在已經安全，妳大可放心。」

秀妍狐疑地盯著家彥，奇怪！平時他什麼說話都會跟我講，為何今次卻有所隱瞞？他到底遇到什麼事，變得如此猶豫和不安？

不過，我信家彥，他對我的真誠，對我的坦白，對我的愛意，我心裡自知，他這樣解釋一定有其苦衷，我不相信他會存心欺瞞，所以實在沒理由追問下去。

秀妍的眼神，漸漸由狐疑變為信任，她兩邊唇角微微翹起，露出一對甜美嬌俏，笑臉迷人的酒窩。

「我知道你，一定遇到一些難以啟齒的事，」秀妍笑笑，「我相信你！當你覺得是適當時候，才告訴我吧……」

「喂喂！你們兩個，放閃完沒有？」

太忘形了！秀妍和家彥，完全浸沉在二人的氛圍中，冷不防有第三者插入他們的對話，回頭一望，原來昕涵一直站在他們旁邊，笑咪咪的，盯著這對甜蜜的戀人。

「他們已經就位了，」昕涵開玩笑地說，「你們不是想在大家面前，繼續上演這齣浪漫佳偶嘴對嘴的好戲吧？」

對！現在不是情話綿綿的時候，還有更重要的事情要做！秀妍馬上挽著家彥和昕涵，三個人，來到圓枱前。

圓枱正中央雖然擺放一座銀白色燭台，但由於五人是以五芒星形圍坐著，所以燭台並沒有擋著任何人的視線，若以楚琳的位置為中心，她的左手邊是小宋，右手邊是蔡老頭，兩人一左一右把她夾住，陽虹坐在小宋左手邊，楚琳的左斜前方，圓枱最後一個位置，就是那個跟家彥一起下來的男人。

「首先，容我在此歡迎所有出席這場派對的來賓。」楚琳站起身，向現場所有人致開場辭，「由於我的好朋友昕涵，以及李小姐……哦！還有這位卓先生，都無意參加說故事比賽，所以今次的參與者，只有我們五人。」

小宋視線掃向秀妍三人，微笑點了一下頭；蔡老頭正為自己倒一杯暖水，喝了一口；陽虹雙眼只顧盯住楚琳，深怕她逃走似的；至於最後一個男人，正閉目養神，好像想著等會兒的故事，要怎麼說才好。

「這個男人是誰？」秀妍低聲問家彥。

「他叫韓慕湘，剛剛在三樓相遇，詳細背景我也不太清楚，只知道，他對這場說故事比賽，非常看重。」

秀妍暗自思忖，這五個人之所以參加這場說故事比賽，各有各的心事。例如小宋，他很明顯曾經參加過同類型儀式——在回憶片段中，見到那四個血肉淋漓的人——若果他們正是陽虹口中那四個被妖怪殺死的年輕人，那麼，小宋今次來，是想查出他們的死因？

蔡爺爺……回憶片段見到他跟一個女人交談，她是誰？手抱的那個東西又是什麼？蔡爺爺今次來，正如他所說，應該是想毀掉那個不祥之物。

至於陽虹，他的目的很明確，就是要活捉或消滅妖怪，他懷疑楚琳……總覺得有一點點缺乏證據，但以他修道者的身分，能說得出口應該是有點把握，或者他隱瞞了部分事實未跟我說，畢竟我跟他也只是第一次見面。

所以，在場三人，跟我都有點交流，我對他們總算有點了解，只有孫楚琳和韓慕湘……楚琳是昕涵朋友，如果我想知道多一點關於她的事情，問問昕涵就可以了，這點我不擔心，但慕湘……他冷峻的外表，以及不苟言笑的態度，正如家彥所言，他對這場比賽是空前認真，假如這裡所有人都抱著一個目的而來，那麼他的目的又是什麼？

「假如大家都沒有異議的話，」楚琳繼續她的致辭，「那麼比賽開始！」

唉，資訊太欠缺了！秀妍發覺，她和家彥昕涵三個人所獲得的情報，不盡相同，有必要先梳理整合一下，否則很難掌握目前的局勢。

在家彥和昕涵同意下，三個人站在一旁，趁楚琳他們五人準備說故事前，分別講述自己所聽到和收集到的訊息……

二十六

五個圍坐的人，一言不發，氣氛有點叫人窒息。

蔡老頭望望陽虹，陽虹瞥了楚琳一眼，楚琳眼神有意無意飄落慕湘身上，慕湘則低下頭，沒跟其他人對望，只有小宋東張西望，把在座四人全看了幾遍，最後不耐煩地開口。

「喂喂，我們還等什麼！」他嚷著，「既然剛才孫小姐宣布比賽開始，那就正式開始吧！」

「主人家未急，你急什麼？」陽虹摸摸招牌小鬍子，瞪著楚琳，「孫小姐，妳是否想等妳那位朋友，開完他們的三人會議後才開始？如果是的話，我們大可以先回房休息，這兒有點冷。」

「不必了，」楚琳微笑回瞪陽虹，「沒這個必要，現在就開始吧！」

「別急，別急，」蔡老頭喝了一口暖水，「規矩沒有限定時間，只要今晚之內，能把故事說完就可以了，就算等他們三個討論完再開始也無妨。」

「我想問，」陽虹露出自信的微笑，「如何決定誰的故事獲勝？」

「投票。」楚琳目光投向四人，「除了說故事的那位，聽故事的四位投票，得票最多的一個獲勝。」

「這個尚算公平，」小宋把身子向椅背一靠，「可是，假如平票呢？」

「對喔，」陽虹補充，「投票只有四人，又是偶數，很容易出現平票可能。」

「呵呵呵，這還不簡單，」蔡老頭和藹地對小宋微笑，然後望向秀妍三人，「他們三個可以一起投票，合共七票，票數多了，自然不容易出現平票。」

「這……」楚琳望了昕涵一眼，嘴角泛出一絲微笑，「好吧！反正他們來都來了，當個評委也好。」

「不過，為公平見，待五個故事全部說完後，方一次過投票，同意嗎？」

陽虹提議，楚琳小宋蔡老頭先後點頭。

「其實我們能夠相聚於此，自是緣分，誰勝誰負根本不重要，」蔡老頭心平氣和說，「只要，大家各自的心結，今晚能夠順利解開……」

小宋這時望向坐在對面，整場沒哼過一句話的男人。

「喂，韓先生，我們辯論得這麼激烈，你怎可以這麼安靜地坐著，說句話會死嗎？」

慕湘突然抬頭，眼神掃視在場每一個人。

「開始了嗎？」他冷冷回應，對剛才的爭論，一副事不關己的樣子。

「哈哈哈，有意思，那就開始吧！」楚琳撥了一下額前頭髮，然後拿出鏡子照了照，「誰先上？」

「我已經等得不耐煩了，」小宋搶著道，「就由我來說第一個故事吧。」

「我這個故事，是關於戰時，一個孤兒的故事……」

一九三八年的南京，絕對可以滿目瘡痍來形容，四處頹垣敗瓦，四周屍橫遍野，因戰禍而失去父母的小孩不計其數，阿樂便是其中一個。

幸運的是，他被一間由法國人營辦的孤兒院收留，日軍的魔爪尚未觸及，阿樂算是過了幾個月平穩日子，然而，孤兒院的營運資金漸漸緊絀，沒能力再照顧那麼多的小孩，院長唯有忍痛放棄一些年紀較長，已具備自力更生能力的小孩，當中，就包括阿樂好友，平時尊稱他為哥哥的阿博。

跟其他孩子因戰亂而喪失父母不同，阿博從小失去雙親，還在襁褓時便送來孤兒院，算是院中最年長的一批小孩，或者正是這個原因，院長覺得阿博比起其他小孩，沒有因戰亂而痛失父母的悲切感，加上今年已經十五歲，在那個年代算是半個成年人，所以決定讓阿博出外闖，將資源保留給年紀較幼的孩子。

阿樂對這項決定非常反感，雖然只得八歲，但經歷戰爭的磨練，思想已較一般同齡小孩成熟，他知道外面的世界相當艱苦，生命也朝不保夕，多次想為阿博討不平，但反被阿博制止。

「不用說了，離開是我自願的，不關院長事。」

「怎麼可能！這裡生活雖說不上好，但總比外面的世界安全，外面……全是張牙舞爪，喜歡斬人頭顱的鬼子兵，你一旦離開這裡，大有可能……我實在不敢再想下去了。」

「阿樂，我知你不捨得哥哥，哥哥也不捨得你，但哥哥今年十五歲了，再過幾年就成人，實在不好意思賴死不走，而且你都知道，孤兒院資源有限，應該用在年幼的弟弟身上，哥哥是個有擔當的人，這點我是明白的。」

「十五歲很大嗎？出到外面還不是小孩子？我要哥哥永遠留在我身邊，不要走……」

「傻瓜，出到外面，哥哥會懂得照顧自己，保護自己，不用你為我擔心。」

「可是……」

「好啦好啦，我又不是馬上走，下星期……還有一個星期時間，哥哥這段時間天天陪你，好嗎？快睡吧，明天一早，我們還有正事要辦，記得嗎？今次看誰找到最多有價值的東西！」

阿博所指的正事，是在垃圾堆中尋寶。戰亂時期，外面到處都是沒人清理的垃圾崗，當中不乏一些可以賣錢的東西，每天清晨，阿博都會帶著阿樂，在垃圾崗中碰運氣，找到貴重的，便會偷偷藏起來不讓院長知道，然後找個機會，換一些自己喜歡的東西。

阿樂嘆一口氣，不再跟阿博爭辯，一來從沒贏過，二來他去意已決，再爭論下去，也改變不了他的決定，倒不如爭取時間，跟這位自己最敬仰的大哥哥共處，多一刻鐘就一刻鐘，多一句鐘就一句鐘。

翌日清晨，一如以往，兩人偷偷跑了出去，今天的垃圾特別多，夾雜濃烈的酸臭味和血腥味，阿樂用毛巾掩著鼻子，心中一怯，記得上次在垃圾崗中，挖出一具腐爛不堪的屍體，沒有頭的，把他嚇得半死，今次這種血腥味，跟上次非常類似，難道現時腳下的垃圾，又有屍體？

他望著站在遠處的阿博，心裡不禁由衷佩服，為什麼每次在這麼臭氣熏天的環境下搜尋，阿博可以完全不用掩著鼻子？只見他彎腰低頭，近距離便往垃圾堆裡搜，臉上完全沒有任何遮蓋，就算不怕臭，吸入垃圾堆中的毒氣也不好吧？而且他已不是第一次了，長此下去，很易感染病菌。

阿樂從褲袋中拿出另一條毛巾，正想跑過去給阿博時，地上一樣閃閃透亮的東西，吸引了他的注意。

東西呈奶白色，半透明狀，中間通透部分暗藏絲絲碧綠，表面光潔油潤，質地細膩緻密，感覺好像牛奶一樣均勻柔和，在曦白又不刺眼的晨光照射下，東西映照出白綠相間的和諧美感，高貴脫俗，典雅美麗。

阿樂隨手拾起，仔細一看，原來是把女人用的密齒梳，中間有一骨梁，兩側有密齒，上下再以半圓狀鞏固骨梁與密齒，沒有手柄，但物料非常特別，平常所見的密齒梳，都是用竹或木造成，但這把……是用玉造的！看它滋潤白滑，晶瑩剔透，骨梁和密齒之間隱約透出綠光，白裡帶翠，冰肌玉骨……

「喂，阿樂，你待在那裡幹嘛？」

阿博背起一大袋戰利品，慢慢走過來。

「阿博哥哥，你看！這把梳子，是玉嗎？」

「咦！讓我看看……的確很像玉，但應該不是什麼好貨色，哪有人會用上等玉來做梳子？不過，即便是下等貨，只要是玉，一定能賣出個好價錢，阿樂，你今天走運了！」

「阿博哥哥，今日收穫如何？」

「不好，都是些爛銅爛鐵，還是生鏽的，價錢也不會好到哪裡。」

「給你。」

「什麼？你……將這把梳子給我？為什麼？」

「哥哥很快就要離開這裡，而我身上又沒有什麼值錢的東西可以送你，這把密齒梳，是我身上最貴重的東西了，我想把它送給你，作為你臨行前的禮物，將來你留作紀念也好，把它賣了換錢也好，我都沒所謂。」

「那怎可以！這個你倘若拿去換錢，可以買到很多很多日用品啊？」

「我住在孤兒院，根本不需要這些東西，反倒是你，出外之後，可能更需要錢，這把梳子，就當作……我們之間友誼的禮物吧。」

阿博望著阿樂，摸摸他的頭，展露一個親切感動的笑容。

一星期後，阿博帶著梳子，離開孤兒院，阿樂望著他的背影，熱淚盈眶，心想不知何年何月何日，才能再跟這位大哥哥重聚。

隔天清晨，阿樂按照習慣，再次偷偷來到垃圾崗中，雖然阿博走了，但他所教的仍然管用，如何尋找有用的東西，如何出貨賣錢，阿樂都記得一清二楚，他希望每朝都繼續維持這個習慣，一來生活所需，二來算是對老朋友的懷念。

站在垃圾堆中，他開始四處搜索，他發現自己竟然開始習慣垃圾堆的腥臭味，搜尋時，已經可以完全不用毛巾掩著鼻子走，情況就跟阿博一模一樣。

走到半路，阿樂的右腳，突然踢到某樣東西。

他低頭定睛一看……這個……這個不就是我送給阿博，那把白玉製成的梳子嗎？

阿樂已經忘記恐懼，他蹲下來，拚命往垃圾堆裡挖，不消兩分鐘，便挖出一具半掩埋的屍體，屍體身穿……阿博離開時的衣服，阿樂這下可急了，趕忙捧起屍體的頭仔細看。

是阿博！縱使臉容已經腐爛一大半……但肯定是阿博沒錯！

阿樂哭了……為什麼？為什麼會這樣？懷著悲傷的心情，阿樂決定先把屍體埋葬好再說，於是他用力把阿博從垃圾堆中拉出來……

咦！怎麼這麼輕的？

阿樂低下頭，望著阿博懸空的身體，他的下半身……
他的下半身，被殘忍地撕開了！

二十七

三人聽畢小宋的故事，互相望了一眼。

對家彥來說，故事本身結構不俗，有點恐怖，有點傷感，亦有點溫馨，亂世下手足情深，可惜造化弄人，不勝唏噓，小宋說故事的技巧不俗，能令聽者動容。

然而，最令他大呼意外的，不是故事有多動聽，而是故事中出現的某樣物件，瞬間吸引他注意。

玉骨櫛……玉造的梳子……

柳雪叫我找的那把梳子，會否正是這把？

剛才小宋講故事時，家彥第一時間望向其餘四人，看看他們有什麼反應，然而他們只管盯著小宋，並沒流露任何意外或驚訝表情，也沒回望正在觀察的家彥一眼，他們給人的感覺是，早已料到小宋會在故事中提到這把梳子。

此刻再跟秀妍對望，唉！剛才她問自己失蹤之後去了哪裡，其實家彥很想將餐廳事件的全部經過，一五一十告訴眼前這位最愛之人聽，可是，他又應承過柳雪，絕不會對任何人，提起見過她的事……

這下可左右為難了！自己遇到野篦坊險遭不測，幸得她所救，以及跨過門檻便瞬間跳到這兒來的奇妙經歷，若然不提起她，整件事就缺乏連貫性和合理性，但若然提起她……就變得背信棄義，兩者之間，家彥還是選擇先遵守協定，因為他相信，秀妍是個明事理的人，他日有機會再跟她解釋也未遲。

不過，雖然柳雪要求不要提起她的名字，但沒有要求不要提起梳子的事，家彥覺得多一個人多一分力，等會兒去找梳子，可能要秀妍和昕涵幫忙，所以，他便把這件事告訴她們知道。

當然，還有慕湘要求調查敲門聲一事，也一併說了，反正同樣是搜索調查，兩件事一起做，可省卻不少時間。

小宋第一個故事，已經開宗明義提到玉骨櫛，天下間沒有這麼巧合的事，自己要找的那把梳子，一定是玉骨櫛！但家彥不明白的是，為何故事中的玉梳子，會在現實中出現？

柳雪要的這把玉骨櫛……到底是什麼玩意兒？

＊＊＊＊＊＊

昕涵肯定，五個故事是有關連的。

剛才跟家彥和秀妍互通情報後，知道表哥等會兒要去地牢，幫那個姓韓的查什麼敲門聲，兩下叩叩聲？為什麼我聽不到！

除此之外，表哥還想找一把玉造的梳子，偏偏這時候小宋的故事馬上提到，證明他們五人所說的故事，不是隨隨便便亂說的，當中有一定的關連，第一個故事是梳子，那下一個呢？

昕涵推測出一個可能，首個故事既然是以一樣物件作為故事主軸，在往後的故事中，極大可能會再出現其他物件，要麼是梳子，要麼是其他關聯的東西，換言之，五個故事，五個物件，五個含意。

表哥堅持不肯透露找那把梳子的原因，神神祕祕的，不過沒所謂啦，今晚所發生的事，已經超過我們過去曾經接觸過的詛咒事件，大家都表現得不知如何是好，看得出表哥有隱瞞，看得出秀妍有心事，就連我……也沒有將小明的事如實相告，因為小明的祕密，只有我和爺爺知道。

但聽櫛亭的名字，以及楚琳親姐姐被囚禁於此的說法，還是老老實實跟表哥和秀妍說了，因為這正是我百思不得其解的地方，倘若真的有股力量把她姐姐封印，那可能涉及另一個詛咒事件。

昕涵摸摸包包，小明就在裡面，如果楚琳所言屬實，那破除封印就是增強小明力量的最好方法，她看穿我守護祝家的使命感和責任感，所以斷定我一定會幫她，我只要一直站在這兒，便能完成她的囑咐。

可是，我應該幫嗎？

昕涵望望身邊的秀妍，那個姓秦的到底跟她說了些什麼，為什麼她三緘其口，不願多說？這不是她的作風喔！昕涵隱約感覺到這件事可能跟自己有關，但又想不出是什麼來。

唉！無謂多想，難得秀妍跟表哥久別重逢，應該爭取多點時間共處才對。

所以……

昕涵笑笑，湊近秀妍耳邊，輕輕說了一句。

＊＊＊＊＊＊

什麼？叫我等會兒陪家彥去地牢？

秀妍好奇地望著昕涵，只見她眨眨眼睛，不停點頭。

這個……當然沒問題，家彥說他要去地牢找梳子，和調查那個什麼怪聲時，我不知道有多擔心，剛剛重逢便要分離，我著實十萬個不願意，所以即使昕涵不說，我也會跟著去。

可是，昕涵之所以會這樣提出，是因為察覺了嗎？

她察覺到，我想借故接近楚琳嗎？

陽虹的提議，的確非常吸引，我原本打算前赴伊邪那神社，把身上的詛咒袪除，現在不用冒險前去，就能獲得相同的效果，對我來說，自然是再好不過的結局。

不過，陽虹的動機，我還是有不少懷疑，他想捉拿野篦坊，並一口咬定楚琳是假冒的，雖然有他的道理，但亦明顯看出帶點偏見，如果楚琳不是妖怪，那他可能會傷及無辜，我見過翔一郎出手對付妖怪，假如他的道行跟翔一郎一樣，我怕楚琳會……

剛才我們三人互相交換情報時，我已把所有能跟昕涵和家彥說的全說了，包括蔡爺爺叫我把地牢裡那個不祥之物毀掉，但是，我隱瞞了一件事——

就是陽虹指證楚琳是野篦坊一事。

楚琳是昕涵朋友，如果我現在坦白告之，昕涵一定會想盡辦法極力維護，到時我們之間可能會有所爭執，雖然我不認為楚琳會是妖怪，但也未有證據加以否定，我必須在告訴昕涵前，運用我的能力，親自驗證……

如果她真的是野篦坊的話，那我之前沒有察覺，可能是我未脫下手套，力量不足，沒能感應出來……

秀妍暗中拉下右手手套，露出整個手掌……

二十八

小宋說完，四人沉默片刻。

「故事還行吧？」小宋問。

「很精彩，」楚琳拍拍手掌，「那個阿博，算是死了嗎？」

「嗯。」小宋抓抓頭。

「誰殺的？為什麼要殺他？」楚琳追問。

「不知道。」

眼看楚琳還想繼續問，小宋先一步開口。

「其實呢，這類故事說到最後，通常都會留白，讓聽的人自行腦補，後續如何發展，每個人都可以有不同的看法。」

「呵呵呵，」蔡老頭笑笑對楚琳說，「這些短篇故事，很多時都是這樣子，沒頭沒尾，只有一個概念，或者一種氛圍，重點是捕捉某一刻情節的感動，而不在乎前因後果，所以呢，說故事時節奏能否掌握得好，就相對地重要。」

「我也不算太差吧？」小宋目光橫掃在座所有人，像在尋求肯定。

「玉骨櫛……」此時陽虹加入戰團，「用白裡透綠的玉造成的梳櫛，不應該叫白玉櫛或碧玉櫛嗎？如果使用的人是一名大家閨秀，改名玉人櫛，不是更有意境嗎？」

四人沒有反應，小宋攤開雙手，再次瞪著坐在對面，一語不發的慕湘。

「欸！你沒睡著吧？聽到我剛才說的故事嗎？」

慕湘回望一眼，冷冷地問。

「下一個輪到誰？」

「如果孫小姐不介意的話，我很想聽聽妳的故事，」陽虹響起充滿魅力的磁性聲音，「妳說的故事，一定很精采。」

「秦先生，」楚琳反問，「自進入大廳後，你的目光總是離不開我，話題也經常圍繞著我，不知我有什麼地方冒犯了你呢？」

「哈哈哈，沒有沒有，」陽虹唇角微微上翹，對所有人說，「我只是好奇，像妳這麼一位年紀輕輕的姑娘，居然有如此財力，主辦這場說故事大賽，還親身參與，不知妳今晚的心結……」

「我的心結，就是想你死。」楚琳半開玩笑，但臉上沒有笑容。

氣氛一下子鬧得很僵，小宋明顯沒料到嬌滴滴的楚琳會突然發難，當場呆若木雞；陽虹卻一臉氣定神閒，悠然自得，即使被罵也沒有動氣，好像早已看透孫小姐會作此番言論；慕湘繼續冷眼旁觀，一副事不關己的樣子；蔡老頭則閉上眼，翹起手，沉默不語。

現場變得鴉雀無聲，大家似乎都不願開口，最後，還是由年紀最大的出來打圓場。

「不要動氣，不要針對，」蔡老頭睜眼，分別望住楚琳和陽虹，「比賽還要繼續，請以和為貴，把故事說完。」

楚琳笑了笑，陽虹聳聳肩，蔡老頭見他們沒有再吵，溫吞吞說。

「不如這樣吧，我老人家怕記性不好，第二個故事，就由我來吧。」

他一口氣喝光杯中的暖水。

「剛才第一個故事略顯沉重，我就來個輕鬆一點的……」

老羅是一位成功的生意人，年少創業，刻苦經營，人到中年已略有成就，雖不算富有，但比上不足，比下有餘，如今步入暮年，回望自己畢生的心血沒有白費，亦算老懷安慰。

遺憾的是，妻子未能陪他走到最後，十年前因病離開人世，留下一對子女，子女亦已長大成人，各有各的家庭，每年除了過節，已很少回來探望老父，所以老羅平時的生活，除了工作，還是工作，因為只有工作，才能避免一個人獨自在家，被那份沒有妻兒陪伴，孤獨冷清的氣氛包圍。

然而，自從娶了阿倩之後，情況開始變得不一樣。

阿倩本是公司職員，屬行政部一名小祕書，架起眼鏡，斯斯文文的，樣子不算醜，但也不起眼，老羅之所以留意她，是因為自己的私人祕書放產假時，臨時找她替班，她的工作效率……簡直可以出類拔萃來形容，無論任何時間，任何死線前分派給她的工作，她都能順利完成，並且做得相當圓滿，跟自己那個馬馬虎虎了事的祕書，完全沒得比。

如是者，老羅開始打聽這位小祕書的背景，原來今年已經二十九歲，也不年輕了，未婚，跟父母同住，沒有兄弟姊妹，身家清白，在確認她沒有男朋友後，老羅便開始展開追求。

愛情這回事，要來就來，真的沒有什麼邏輯，老羅也不明白，自己十年來從沒動過心，為何偏偏對這位小祕書念念不忘，或者她的能幹，跟自己過世的妻子有點相似，當年也是全賴妻子的幫忙，公司才能克服一個又一個的難關，老羅喜歡有本事的人，每次見到她，總會聯想起妻子，再多望兩眼，感覺連她的樣貌也很像妻子，或者這就叫緣分吧。

當然，阿倩還有另一項本事，能夠俘虜老羅的心——她煮得一手好菜。

在交往的日子裡，老羅發現，她燒菜煮飯甚有心得，尤其煲湯，中西各式湯款她全都會，每天能夠在家品嚐她的廚藝，實屬人生一大樂事。

其中，最能令老羅大快朵頤，一試難忘的，是饕餮湯。

老羅從未嚐過這麼濃郁芬芳，香氣四溢的湯，味道厚而不膩，喝後精神飽滿，簡直一試難忘，再試上癮，只不過，老羅好奇，為什麼湯的名字，起得這麼怪？

「饕餮，上古凶獸之一，傳聞非常貪吃，見什麼吃什麼，最後連自己的身體也吃掉，只剩下一個大頭和一張大嘴。」

阿倩一邊解釋，一邊含情脈脈地望著老羅。

「此湯取名饕餮，就是要喝的人，把湯裡所有東西都喝個清光，吃個清光，津津有味，大飽口福，這個湯，是我特別為你烹調的，我要你永遠記住，這種獨一無二的味道。」

老羅感動，輕輕在阿倩臉上親了一下，然後問她烹調方法，但她只是低著頭，紅著臉，笑而不語，老羅隨手用湯匙在湯裡翻兩翻，發現什麼菜和肉都有，就是一煲大雜燴，果然是饕餮湯，啥都有，啥都吃，老羅笑了。

不久，他便正式迎娶阿倩，婚後一年，如膠似漆，他每天最掛念的事，就是回家見阿倩，以及喝她煮的湯，今天，老羅一如既往，下班後歸心似箭，回家便馬上摟著阿倩親了親，然後喝她剛剛捧出來的熱湯，正當他拿起湯匙，準備喝一口時……

他發現湯裡有一根頭髮……

老羅用手把它檢起，那是一根很長很幼的黑色頭髮，他望望坐在旁邊的阿倩，盯著她那把柔順烏黑的秀髮。

「啊，對不起，可能是我的，最近不知怎的，開始脫很多頭髮，沒留意其中一條掉進湯裡了，來，我幫你換另一碗。」

「一根頭髮而已，不用浪費，我下次買些防脫髮的洗髮水，另外再額外添家用，讓妳去髮廊做做護理，好嗎？」

「老公，你對我真好。」

老羅隨即一口把湯喝光，咦……味道……怎麼淡淡的……

一星期後，老羅如常回家喝湯，又是他最期待的饕餮湯，可是今次，同樣情況再次出現。

「奇怪了，今天我明明看得很仔細，沒有頭髮掉進湯鍋裡喔！為什麼一捧出來給你，馬上就有條頭髮？」

老羅手執那條長髮，拿到阿倩肩膀，跟她的頭髮比一比。

「頭髮一樣長喔，上次買給妳的洗髮水沒用嗎？還是沒去髮廊？」

「都做了，但還是一樣脫髮，唉！才過三十，就衰老了，怎麼辦？你會不會因此而嫌棄我？」

「哈哈哈，傻女，我年紀都這麼大了，能娶到妳是我的福氣，哪會嫌棄妳，不要說這麼多了，吃飯吃飯。」

老羅說完，一口把湯喝光，咦……味道……怎麼怪怪的……

隨後兩個星期，由於工作應酬多了，晚上很少回家吃飯，老羅也再沒有喝過饕餮湯，而阿倩的脫髮情況，似乎未見改善，在睡房地上、床上、枕頭上，老羅經常發現一條又一條黑色幼細長髮，雖然從外表看，阿倩沒有明顯頭髮疏落，但每天都掉這麼多，老羅著實為她心痛。

大約再過一個星期，老羅終於沒這麼忙了，他知道阿倩今晚會再煮他心愛的饕餮湯，所以一下班，便飛快趕回家。
甫進門，便看見飯枱上放著一大碗香噴噴的饕餮湯，然而，阿倩不在飯廳。
實在太久沒喝了！他忍不住，馬上衝過去，二話不說把湯拿起。
就在這時，他第三次發現湯裡浸著一根頭髮……
老羅猶豫了，開始覺得事情極不尋常。
這條頭髮，跟先前兩次一樣，同樣的長度，同樣的質感，為什麼阿倩每次掉頭髮，都能掉同樣的長度出來！這會是巧合嗎？
頭髮，不是阿倩的！
他拿起湯，用鼻子嗅了嗅，然後喝了口，立刻全吐出來……
又臭又澀，還有陣腥味……簡直不能入口！為什麼每次……只要有一根頭髮在湯裡面，馬上變得難喝？
第一次淡得像白開水，第二次像變味的飯菜，而今次……那陣臭澀味道……很奇怪……聞上去明明馥郁濃香，但喝進口就變得臭熏難當，阿倩在搞什麼鬼……阿倩？
阿倩去哪裡了？平時這個時候，她已經出來迎接自己老公回家，但直到現在，阿倩仍未露面！
強烈的不安感湧上心頭，他馬上全屋搜尋，沒發現阿倩，但廚房的燈是亮著的，那一大鍋饕餮湯，仍在燒著……
老羅走過去，心緒不寧的，打開湯鍋蓋……
一把烏黑的頭髮，在血紅色的濃湯上，半浮半沉……
他舉起那隻不停顫抖的手，拿起湯匙，把頭髮撈起……

那是……阿倩的人頭……
已溶掉半邊臉的人頭……

二十九

哈哈！家彥望住蔡老頭，感覺這位老人家真幽默！

說要來個輕鬆一點的故事，但這個故事一點也不輕鬆啊！比起小宋那個明顯更凝重、更恐怖、更詭異，家彥推測，他之所以這樣虛張聲勢，可能是想故意讓聽眾留下一個錯誤的預期，正當大家都以為是個輕鬆小品時，聽下去卻發現故事原來這麼驚嚇，效果便來得更為震撼。

剛才秀妍說過，老人家要求她幫忙，把地牢裡那個不祥之物毀掉，會是什麼呢？秀妍好像想到些可能，但沒有說出來，不過這也好喔！兩個人的目的地都是一樣，等會兒可以和秀妍一起進入地牢，玉骨櫛、敲門聲、不祥物，三樣一併找！

至於這棟大宅……原來我是來過的！就在五年前，我和小涵和小琳，在這裡一起說故事，不過我幾乎把這件事忘了，直至重遇小琳……見到她真的非常意外，差點認不出來，五個說故事的人中，只有她和自己是舊相識，但說實話，跟她不算很熟，本來想在說故事前和她多聊兩句，但跟小涵和秀妍重聚後，心裡激動得其他事也忘卻了，不知等會兒還有沒有機會，跟她好好談談。

可是……她有姐姐嗎？好像沒有吧？剛才小涵對此也抱有疑問，難道五年不見，突然給她找到一個失散多年，同父異母的姐姐？

聽櫛亭，想不到這棟又舊又殘大宅，居然擁有一個這麼詩意的名字，五年前小琳帶我們來這裡說故事，五年後她再一次聚眾在這裡說故事，目的，就只為了救一個不知是否真實存在的姐姐？

****

饕餮湯，果然不出所料！

五個故事，五個物件，五個含意，首個故事是玉骨櫛，那麼這個故事便是饕餮湯。

昕涵一直認為，五個故事是有關連的，只要將分散在五個故事中的五樣物件串連起來，就是今次說故事比賽背後的真正意義。

可是，開心了一陣子，她馬上遇到另一難題。

梳子跟湯，有什麼關連？

根據她的構想，五樣物件應該是互有關係，互相牽連的，但梳子和湯……沒啥關係喔，莫非自己的推測有誤，根本不是以物件來定義……

等等！倘若該物件不是湯……

而是頭髮呢！

這就合理了！梳子跟頭髮……完美契合!!故事中多次出現在湯中的頭髮，才是真命天子。

蔡爺爺的故事，老羅每次歡天喜地喝湯，見到頭髮後所引起的疑惑和不安，最終導致妻子的慘劇。小宋的故事，阿樂意外尋獲梳子，滿心歡喜地轉贈哥哥，最終卻釀成阿博的悲劇。

兩個故事都是主角身邊的摯愛死亡，死況同樣悽愴，雖然故事沒有交代死者為誰所殺，為何而殺，但兩者的關連性已浮出水面。

她望向楚琳，發覺她正向自己眨了一下眼睛，態度自若，神情輕鬆，根本沒有被剛才兩個故事嚇怕。

她，不是最怕鬼故事嗎？為什麼……

****

秀妍趁眾人不為意，微微抬高右手，把裸露的手掌，隔空對住楚琳。

沒有反應。

看來，她不是野篦坊。

秀妍此刻望望陽虹，發現他的眼神一直盯著楚琳，不停觀察她的一舉一動，似乎真的認定她就是野篦坊，可是，到目前為止，自己仍然感受不到楚琳的妖怪氣息，不！應該說，是完全感受不到這棟大宅裡，存在過任何妖怪氣息，到底是他的判斷有誤？還是我的能力失靈？

秀妍也順勢望向坐在陽虹旁邊，唯一沒有跟自己交談過的慕湘，他依舊一味低下頭，沉默不語，擺出一副漠不關心的樣子，不過她有注意到，在慕湘抬頭和低頭之間，視線偶然掠過其餘四人之時，他總會……

瞄楚琳一眼。

他這個舉動，著實令秀妍感到意外，他表面上裝出一副冷冰冰的樣子，但暗地裡卻跟陽虹一樣，偷偷注視楚琳，為何他也留意孫小姐？

秀妍實在沒有其他辦法，若果想更準確判斷楚琳是否野篦坊，只能用她那雙異於常人的手，直接觸碰楚琳。

但若要觸碰，必先找個理由接近她……

剛好此時，楚琳身後地上其中一支蠟燭熄滅了，這給秀妍一個很大的理由……她拿著打火機，打算繞過陽虹身後，慢慢走去楚琳的位置……

影像第三次猛烈降臨！秀妍完全料不到在這個時間點上，會出現另一段回憶！

漆黑，一片漆黑，看不出視角身在何方，奇怪？為什麼會這麼黑？就算在烏雲蔽月的戶外，或者燈火通滅的室內，總會有一絲絲微弱的光，像小偷一樣，偷偷跑進你的眼簾底下，更何況人在漆黑的環境中，雙眼會漸漸適應，沒理由……咦……見到了……終於見到光了……

視角前面突然露出一條垂直隙縫，由上至下，光線從隙縫中照進來，光線不強，但足夠照亮周圍的環境。

一個男人，把外套脫下，隨手放在旁邊的椅子上，他手上拿著一罐啤酒，大口大口地喝著，然後一屁股坐在視角對面的沙發上，沙發旁邊的枱燈，就是光線來源。

男人的手舉起好像遙控器的東西，按了一下，然後自顧自往前面一直盯著看，由於視角的角度，只能透過一條隙縫觀察男人，所以看不見他在看什麼，不過從他剛才的動作來判斷，應該是電視沒錯。

這裡，似是男人的家，而視角，似是躲在暗處偷窺！

視角此時緩緩地轉過頭，望向自己身後，但漆黑的後方並沒有任何東西，視角重新望回前方，透過隙縫，繼續觀察男人。

男人突然站起來，只見他拿回剛才脫下的外套，走近視角的位置，也就在此時，視角雙手慢慢舉起一樣東西……

視角這時第二次轉頭，今次轉得很急，像被什麼聲音突然驚嚇，但背後依舊沒有任何東西，這時男人剛好站在視角正前方，他的身軀擋住了部分光線，亦擋住了視角視線，不過視角似乎並不介意，他雙手慢慢舉起，手上的東西也漸漸曝露在光線底下……

一把十字弩……弩上裝上一支箭……正瞄準男人……

男人應聲倒地，痙攣抽搐，痛苦不停打滾，視角望著他胸口上那支箭，望著他傷口不停淌血……直至男人不再掙扎，一動不動時，他才施施然收起那把十字弩。

強烈的不安感，驅使視角第三次望向身後，奇怪！視角為什麼老是回頭往後望？後面真的有東西嗎？但跟之前兩次一樣，後面一片漆黑，沒發現任何東西，視角此刻好像放下心頭大石，重新望向前方，把手伸向前面的隙縫……

然而，視角的手僵在半空……靜止不動……不止是手……整個人都僵住了……

站在隙縫前面，踩在屍體之上，是一個女人……

一個沒有眼耳口鼻，整張臉光滑如鏡的女人……

她正努力用她那張臉，往隙縫裡面，視角的方向，擠進去……擠進去……

三十

「很好，說得太棒了！」楚琳再次拍拍手。

「過獎了，比起小宋，我的說故事技巧還可以改善。」蔡老頭謙虛回應。

「老頭的故事的確很動聽，不過呢……」小宋抱怨，「你說我的故事沉重，來個輕鬆一點的，但你的故事，哪裡輕鬆?!」

「呵呵呵，老人家最討厭就是戰爭，漫山屍骸，根本就是集體謀殺，說你的故事沉重，我覺得不為過喔。」

「你分明就是使詐！故意拉低大家的期待值，待故事說完，大家就會被它的恐怖情節吸引，連番驚嘆，做到出其不意的效果！」小宋投訴。

「呵呵呵，我剛才不是說了麼？論說故事技巧，我不如你，唯有使出這些小技倆，拉近我們之間的距離，我就算輸，也不致這麼難看嘛。」

「那個阿倩，是死了麼？」

陽虹突然一問，將小宋和蔡老頭視線轉回。

「是。」

「誰殺的？為什麼半邊臉沒了？」

「這個……」

「為什麼湯裡面有條頭髮，味道就馬上變了？」

「喂！這類故事的結局，總得有人死，而且死得愈慘愈賣座，」小宋瞪起一雙大眼，盯著陽虹，「秦先生沒看過恐怖片嗎？都是一樣的套路！」

「當然有，」陽虹摸摸下巴，「只是覺得有點可惜，一位長髮女子……」

「為什麼這麼留意頭髮？」小宋好奇地問。

「哈哈哈，我一生都對長髮女子情有獨鍾，沒有什麼特別原因。」

說畢，陽虹轉頭望向楚琳，望住她那把剪短了的頭髮。

「這類故事的結尾，一般都會保持懸念，」蔡老頭正經回答，「就是想讓聽的人自行想像，你一直追問是什麼原因，我也解答不了啊！與其糾結於故事發展的合理性，倒不如快點說下一個故事，豈不更好？」

蔡老頭和小宋，不約而同地望向其餘三人，只見楚琳和陽虹難得一致地點點頭，至於慕湘，仍舊一臉冷冰冰，不發一言。

「好，下一個是誰？」小宋嚷著。

「我來吧！」陽虹露出自信的微笑，主動請纓，眼神凌厲地掃視眾人。

「我這個故事，有點恐怖，如被嚇倒，還請見諒。」

朽木叩　秦陽虹的故事

沈先生有一個幸福美滿的家庭，貌美賢淑的妻子，聰明活潑的女兒，一家三口笑容滿臉，每次出門旅行，總是帶著歡樂而去，載著喜悅回來，羨煞旁人。

不幸地，在一次交通意外中，妻子命喪他鄉，年僅五歲的女兒圓圓也受傷，雖然沈先生倖免於難，但身體狀況亦大不如前，尤其是，面對妻子的死訊，心理所承受的悲痛，比他身體所承受的痛楚更難受，只不過，為了女兒，他仍竭力振作，悉心照料，女兒是他活下來的唯一寄託。

可能因為年紀小，圓圓很快便康復過來，但自己卻復原得很慢，尤其是雙眼，看東西總是模模糊糊，不過見到圓圓沒事，沈先生已非常感恩。

圓圓經常天真地問爸爸，媽媽去哪兒了？為什麼還不回家？沈先生強忍淚水，說媽媽去了另一個世界旅遊，暫時不會回家，他心想，待圓圓再大兩年，才把實情告訴她，那時候的她，應該能夠明白和接受，生離死別，陰陽相隔的意思。

圓圓只問了幾天，便沒有再追問下去，這對沈先生來說是件好事，於是，兩父女的生活開始回復正常，他早上忙於帶圓圓上幼兒園，然後上班，下班後從幼兒園中心接回托管的圓圓回家，晚上燒飯弄菜，哄女兒睡覺，女兒很聽話，吃飯睡覺上廁所，都能自動自覺，沈先生望著她，嘴角不期然泛起溫暖的微笑。

就這樣，兩父女彷彿回到媽媽還在的時候，一家人笑容滿臉，幸福美滿，直至……

他開始出現幻覺。

首先是辦公室，最近幾天，沈先生經常聽到有人在門外敲門，叩叩，兩下就沒了，當他起身打開門時，外面一個人影也沒有。

接著有好幾天，沈先生駕車回家的路上，旁邊窗子又傳來敲窗聲，叩叩，又是兩下就沒了，這個敲窗動作，是妻子生前習慣的……

沈先生不知該如何解釋這些現象，他看了很多次醫生，包括精神科，但都沒能找出原因，醫生只說疲勞過度，開幾粒鎮靜藥便打發他走，不過那些鎮靜藥也真的發揮效用，吃後睡得好了，人也精神了，兩個星期後，沈先生便沒再聽見叩叩聲。

但這時候，輪到圓圓變得怪異。

每次圓圓一個人如廁時，沈先生總會聽到裡面傳來微弱的聲音，最初以為是圓圓哼唱兒歌，但聽下來又不像是，沈先生於是把耳朵貼住門偷聽……

叩叩，有人在敲廁所的門。

一陣毛骨悚然感直透全身，廁所內只有圓圓，那敲門的只可能是她吧，為什麼她要這樣做？

自從再次聽見叩叩聲後，沈先生發現，圓圓性格也漸漸變得孤僻，終日把自己關在房內，假日也不願跟其他小朋友出外玩耍，本以為只是暫時情緒波動，但日子一天一天的過去，圓圓的情況並沒有改善，幾乎每晚，沈先生半夜上廁所時，都會聽到她的房內，傳出輕輕的叩叩聲……

像是輕敲床邊的聲音。

圓圓為什麼要發出這種聲音？沈先生禁不住內心的好奇，終於有一晚，他把圓圓哄睡之後，沒有回到自己房間去，反而躲在圓圓的床底，看看會否跟之前幾晚一樣，在她房內，傳來輕輕的叩叩聲。

一小時……兩小時……三小時……等得沈先生眼簾也垂下來了，正當他昏昏欲睡之際，床上開始傳來陣陣的敲木聲！

一下……兩下……三下……聽得出是用手指頭輕敲床邊所發出的，而且是一隻小手，肯定是圓圓沒錯。

「媽媽，妳來了嗎？」

沈先生大為震驚！他用手掩口，屏息靜氣，繼續聽。

「圓圓很聽話的，很用功讀書，懂得自己照顧自己，媽媽妳快來吧！」

沈先生已經無法控制自己，他一鼓作氣，迅速從床底爬出來，亮起燈……

可是，除了坐在床上的圓圓，沒發現其他人。

「爸爸，你為什麼從我床底鑽出來？」

「圓圓，我來問妳，妳剛才為什麼一直發出叩叩聲？」

「因為想媽媽來呀！」

「敲幾下床邊，就可以把媽媽叫來？」

「床這些新木不行的，一定要朽木。」

「朽木？」

「就是很舊很舊，舊得有陣霉味那種，這是媽媽教的，例如這個。」

圓圓用手指了指，擺放在房間旁邊的牆上，一個大衣櫃。

這個大衣櫃，是媽媽小時候用過，嫁過來時作為嫁妝一起搬入沈家，沈先生有問過，為什麼這個櫃子又舊又殘還留著，只見她笑嘻嘻說，這個櫃子，能夠令我們兩人永不分離……

「媽媽……躲這裡了。」

圓圓跳下床，走近衣櫃，一隻手揉揉小眼睛，另一隻手輕輕敲了兩下。

叩叩……

小指頭敲在朽木上的聲音……

「我剛才就是敲這個，但媽媽一直沒出來。」

沈先生壯著膽子，走到衣櫃前面，深呼吸一口，然後猛然把櫃門打開……

由於有陣霉味，衣櫃裡並沒有放置衣物，櫃裡空空如也，只有一塊鑲嵌在櫃子門後面，能把全身照出來的鏡子。

然而，櫃子裡並沒有人。

「圓圓，媽媽呢？」

圓圓抓抓頭，再次指了指櫃子。

「平時很快就出現，不知今日為什麼……」

沈先生把衣櫃門關上，轉身，嚴肅地對女兒說。

「圓圓，小朋友不能說謊。」

「圓圓沒有說謊，媽媽明明是從衣櫃裡出來……媽媽！」

突然一聲媽媽，如雷貫耳，沈先生當場呆立原地，手腳不停顫抖起來。

就在這時，櫃子裡傳來女人嘰嘰嘰的嗤笑聲……

沈先生難以置信地轉過頭來，望著衣櫃……

已關上的兩扇門慢慢打開……在中間那道垂直的，黑漆漆的隙縫中，露出一張女人的臉……

妻子的臉！妻子遭遇車禍，命喪現場，那張血肉淋漓的臉！

然而，吸引沈先生注意的，並不是這個……

櫃子打開，鏡子從後面照向妻子，把妻子的背面也給照出來……一樣他之前從未注意，又或者拒絕注意的景象……

妻子整個後半身，像被車子輾過，又像被什麼金屬硬物切割……一分為二……被削去了！

三十一

朽木叩！

家彥望了慕湘一眼，發現他罕有地抬起頭，以一股銳利眼神盯著陽虹，看來他也留意到了。

故事中那個朽木櫃，是否就是慕湘想要找的聲音來源？若然是，那三樓那個……

果然！家彥之前聽到那兩聲叩叩聲，不是叩門聲，而是叩櫃聲！

他記得他來時，也是從衣櫃裡鑽出來，那個衣櫃跟這棟大宅一樣陳腐發霉，符合朽木條件，可是，他出來那一刻，並未聽到叩叩聲喔！

更何況，故事中從櫃子走出來的，是沈先生已死去的太太，但自己卻是活生生的一個人，根本不可相提並論，除非，那個朽木櫃，除了能把活人傳送外，還可起死回生……

慕湘之所以要追查叩叩聲的來源，莫非早已知道這個衣櫃的由來？但他要衣櫃幹什麼？難道……

想把一個重要的人，帶回陽間？

家彥察覺到，自陽虹把故事說完後，現場氣氛開始有點異常，首先是室內溫度，似乎愈來愈冷，雖然沒有暖氣，但門窗都是緊閉的，加上這麼多蠟燭點燃著，按理不應該感覺冷才對！

他望望剛剛繞到楚琳身後，點燃蠟燭回來，兩眼放空的秀妍，今天她穿得這麼單薄，冷嗎？

家彥除下外套，披在秀妍身上。

唉！先是玉骨櫛，後有朽木櫃，故事與現實交錯相替，誰是虛構？誰是真實？家彥已開始有點分不出來。

不過有一個噩夢，家彥至今仍然記得清清楚楚，難以忘記，這也是他急於前來找秀妍和小涵的原因……

那個沒有臉孔的女人……那個為復仇而來的女人……

她在哪裡？

＊＊＊＊＊＊

呼~難道自己的推斷有誤？

昕涵本以為，五個故事，會分別以五樣物件作為故事主軸，頭兩個故事分別為玉骨櫛和饕餮湯，那麼第三個故事……

叩叩聲……是聲音……不是物件……猜錯了嗎？

不！昕涵仍然堅信，物件是故事之間其中一個關聯點，若果不是叩叩聲，按標題暗示，那就只有朽木櫃了！

朽木櫃……雖然說跟之前出現的梳子和頭髮，也有若干程度的關連，但……總覺得哪裡不對勁，平時昕涵用梳子梳頭，不會對著一整櫃子的衣服，反而……

應該對著鏡子才對！

朽木櫃門鑲有一面全身鏡，正好符合昕涵這個推測，一把梳子……一縷頭髮……一面鏡子……這三樣東西，就是三個故事中的關聯之物，因為它們都有同一屬性，就是具有某項意義上的共同功能，所有女孩子都一定知道，昕涵心裡暗暗偷笑，自己每朝早花了不知多少時間，對住鏡子去梳理這把大波浪捲髮。

櫃子是載體，鏡子是媒介，看來分工是這樣了，可是，昕涵不明白的是，這個櫃子加鏡子的組合，到底是為了什麼而存在的？真的單純令死人復活而設的工具嗎？

此外，昕涵還留意到一個小細節：三個故事的結局，最後主角所珍重的人，都被殘忍地，如同行刑般分屍殺害，為什麼會這樣？

******

剛才的影像……

除了震撼兩個字之外，秀妍實在想不出其他形容詞。

一個躲在暗處，窺視目標，然後將其一箭斃命的殺人凶手！

而這位凶手，正藏身在我們之中！

想到這裡，秀妍後頸突然一陣痲涼，萬萬料不到，這裡不單止有一隻善於偽裝的野篦坊，還藏著一個殺人犯，若然楚琳真的是野篦坊所冒充，那麼這個殺人犯，又會是誰？

秀妍到現在仍不敢確定，這段影像屬於何人！由於影像太黑，凶手舉起十字弩時，她看不清楚那人的手，所以無從根據手型，來判定該人是男是女。

不過，她看見這段影像的時間點，剛好是經過陽虹身後……

是他嗎？若以距離來看，他是當時最接近自己的人，按照以往看見別人回憶的經驗來看，的確最大可能就是他，不過他不是自稱修道之人嗎？為什麼突然變成殺手了？

除此之外，另一樣令秀妍感到震撼和迷惑，亦令她全身毛管倒豎起來的，就是回憶片段中，最後那個恐怖場面……

那個沒有眼耳口鼻，整張臉光滑如鏡的女人，正嘗試用她那張臉，往視角藏身的隙縫裡擠進去！

這個沒有臉龐的女人，難道就是陽虹口中提到的野篦坊？若是，為什麼會出現在凶案現場中？她發現凶手了麼？所以才想擠進去？但問題是……凶手究竟躲在什麼地方，要這麼費勁地擠進去？

到目前為止，秀妍已經看見三個人的影像，三個都極其詭異：小宋見到四個血流披面雙目盡毀的年輕人；中年蔡老頭抱著那個可能是不祥之物的東西；陽虹……假如影像中那個視角真是陽虹的話，他躲在暗處暗殺一個男人後，為何突然冒出那個沒有臉的女人，拚命想擠進去……擠進去……

秀妍深呼吸一口，拉一拉剛才家彥送上的外套披肩。

這裡的五個人，各有心計，各懷鬼胎，秀妍有興趣知道，這五個人來這裡的真實意圖。

尤其是……陽虹……

倘若剛才那段影像是他的……

而無臉龐女人就是野篦坊……

那麼他們兩個……

很早之前就見過面……甚至認識……

三十二

「這個櫃子，現在在哪裡？」

慕湘將身子俯前，緊張地問陽虹。

蔡老頭和小宋，兩人偷偷對望一眼，臉上露出一副既詫異又疑惑的表情，好像心想，這塊石頭居然主動說話了，陽虹笑了笑。

「哈哈，要麼不開口，一開口就咄咄逼人，」他向後靠著椅子，雙手交叉胸前，「這個櫃子，是你的嗎？」

「我是問，櫃子現在在哪裡？」慕湘冷冷的重覆問題。

「韓先生，你為何這麼緊張？」小宋插嘴，有點不服氣，「為什麼不問玉骨櫛、饕餮湯在哪裡？」

「呵呵，看來被故事吸引住了，」蔡老頭再為自己倒了一杯暖水，「不過話說回來，這個故事真的非常精彩，蔡老頭甘拜下風，原來秦先生也是說故事高手喔。」

「不！不是這樣！」慕湘突然扯高音調，雙手按枱，「秦先生的故事說得這麼仔細，就好像親身經歷一樣，不說我還以為你，曾經鑽過那個櫃子裡去！」

「嘿嘿嘿，韓先生想太多了，」陽虹眼神變得審慎，「只是故事而已，現實生活中恐怕沒有這種東西吧？我是為了比賽而來，不說得逼真一點，怎可以贏獎金！」

「喂，」小宋這時望向一直低頭不語的楚琳，她沒有如之前兩個故事般，積極踴躍發言。

「孫小姐，怎麼輪到妳不出聲了？看妳苦惱的樣子，擔心比賽會輸掉耶？」

楚琳輕輕抬頭，眼神先是落在小宋身上，然後掃視在座其餘三人，露出充滿信心的微笑。

「秦先生的故事的確說得不錯，不過我的也不弱。」

她轉頭，瞇起那雙迷人的丹鳳眼，以一個意味深長的微笑，望著坐在她斜對面，今場積極發問的慕湘。

「韓先生，還差你和我了，不如由我……」

「不行！」

出乎意料，楚琳話未說完，慕湘已經斷然拒絕。

「由我先來。」

小宋、蔡老頭、陽虹三人，對慕湘斬釘截鐵的答覆，或多或少感到有點意外，只有楚琳，拿出一面小鏡子，望著自己薄薄的嘴唇微微上翹，然後，發出一個會心微笑。

「我的故事，」慕湘閉上雙眼，緩緩地說，「大家聽好了。」

悲泣女　韓慕湘的故事

素來嚮往大城市生活的綾子，離開住了二十年的鄉下，隻身前往工資較高的城市工作，雖說工資漲幅是多了不少，但城市的生活指數，也遠較鄉下為高，為了節省開支，綾子和好友結子合租了一間遠離市中心，地處偏僻，但租金相對廉宜的房子。

結子是綾子的舊同學，兩人關係一直很要好，直至升高中前，結子隨家人搬到大城市生活，留下綾子繼續在鄉下完成學業，兩人便漸漸疏遠，但命運卻偏偏把她們再次聯繫起來，跟綾子一樣，結子也想找一處便宜的地方租住，剛好在跟房東談租約時，碰上來找房子的綾子，兩人一拍即合。

結子的出現，著實令綾子喜出望外：一來自己在城市已獨居了一段時間，開始感到孤單和寂寞，結子剛好可以填補內心這份空虛；二來結子跟自己同住，能夠分擔房租，這對計畫儲錢的綾子來說，是非常非常重要的事情。

她們所租住的確實是一幢好房子！景觀開揚，空氣清新，室內裝修美輪美奐，跟酒店不遑多讓，可是，房子有一個最大缺點——位置。

從家裡出發，沿大路前往連接市中心的巴士站，步程大約四十五分鐘，再乘巴士到公司，要額外四十五分鐘，即合共九十分鐘，來回便要三小時，上班九小時，結果一天在外十二小時，奔波勞碌，回到家後，綾子基本上倒頭便睡，沒什麼時間做自己私事。

這樣的生活維持了三個月，在一個偶然機會下，綾子發現，原來有一條捷徑，可以直通巴士站。

在自己房子旁邊，有一個大約五十米圓周的草叢，穿過去，便會來到幾間已經荒廢了的村屋，而在這群空置的村屋側邊，有一條長約二十米，闊兩米的冷巷，冷巷雖然迂迴狹隘，但只要穿過了，便能直達巴士站，整段路程，不消十分鐘。

綾子歡喜之餘，心裡卻不禁疑問，為什麼有這麼好的一條小路不走，居民寧願跑四十五分鐘大路出巴士站呢？懷著好奇心，她四出打探，結果卻得到一個令人不快的答案。

這條冷巷，鬧鬼……

很多年前，一名年僅十八歲的少女，在冷巷中，慘遭一名流浪漢姦殺……

自此之後，每逢深夜，這條冷巷，便會刮起無名的寒風，以及，少女悲痛的啜泣聲……

綾子心裡清楚，冷巷之所以風大，主要因為巷道狹窄，風經過時，風速會增大，風壓亦會降低，所以一般都較為陰冷，並不是因為曾經死過人，陰氣累積所致。

但悲泣聲……

綾子全身打了個冷顫，本來她也只敢白天上班時才抄這條捷徑，晚上絕不敢走，因為她不想親身證明少女的哭聲是真是假，不過加班就……

深夜時分，綾子站在這條幽暗不明，陰風陣陣的冷巷前面，心悸顫動，本想嚥下一口口水，可是卻緊張得嚥不下。

如果不是結子來接她的話，她打死不會進來。

冷巷的盡頭，迎來一位身穿短褲，腳踏拖鞋的爽氣少女，她揮揮手，朝綾子方向跑來。

「五分鐘！我從家裡跑過來，五分鐘就到了，這條捷徑這麼好走，真不明白為什麼所有人都避而遠之。」

「結子，妳經常走這條路？」

「這麼方便，為什麼不走？」

結子關掉手腕上的計時器，邊說邊笑，綾子這時卻環顧四周，然後開始把自己的西裝裙腳往下拉，好像嫌它太短。

「不是跟妳說過嗎？這裡以前發生過不好的事情，所以沒人敢抄這條小路。」

「妳自己都說啦……以前……事情都過了這麼久，還怕什麼？年代不同了，現在的治安比以前好得多，不會有事的。」

綾子指指結子的短褲。

「可是，色狼是無分年代的，妳看妳的熱褲！比我的裙子還要短，倘若碰見色狼……就算沒有，被男人看見也不太好吧，拜託妳下次過來接我，不要穿得那麼暴露，好嗎？」

「這不叫暴露，叫健康！剛才沿途跑過來，半個鬼影也沒見到，唉……我倒想找個男人出來看看，免得浪費我這副健美的好身材。」

突然，綾子聽到一陣哭泣聲……

最初很微弱，似是從遠方傳過來，卻有愈來愈近之象，那個哭泣聲的來源，正慢慢靠近這條巷子！

「結子，妳聽到嗎！妳聽到嗎！哭聲！哭泣聲！原來傳聞是真的!!」

「哪裡來的哭泣聲？我什麼也沒聽到！」

「妳……沒聽到？怎麼可能！這麼明顯的哭聲，還一直靠近……」

「沒有就是沒有，騙妳幹嘛？我看妳今日工作太累了，返去快點休息吧。」

不用結子提醒，綾子拉著她，連跑帶跌穿過草叢直奔回家，那一刻她才鬆一口氣。

可是，剛才那陣哭泣聲……

總覺得……有點奇怪……

之後一個月，綾子不再走這條巷子，連白天也不敢，情願提早起床趕上班，結子笑她多此一舉，不過綾子不在乎，因為她的確聽到了。

可是，命運總是愛捉弄人。

由於大路有道路工程，所有住在附近的居民，都要開始走小路，本來大白天走，綾子還可以接受，但如果要加班的話……

正如今晚……

又是同一條冷巷，又是同一個伴侶，兩人手拉手向前走，結子跑得快，幾乎是拖著綾子來走，她們平安穿過冷巷，來到草叢，正當綾子以為沒事時……

哭泣聲再一次傳來……今次就在附近……哭得很悲傷，聽得綾子瑟瑟發抖。

「又是哭聲！今次哭得比上次淒涼，結子，妳聽到嗎？」

「哈哈哈，妳又來了，為什麼每次都只有妳聽到，而我沒聽見呢？妳一定是把風聲草聲當作少女的哭聲！」

少女的哭聲……

不對……那不是少女的哭聲……

那陣哭聲，雖然哭得很悲哀，但不像少女……因為比少女更稚嫩……

大路工程繼續，抄小路的生活也繼續，不過自從上次之後，綾子發現她再沒聽到哭聲，近兩星期，不論她走冷巷還是穿草叢，是白天或是深夜，均安靜得連蚊子飛過也聽到，對此綾子終於願意承認，之前兩次聽到的哭泣聲，純粹是自己幻聽，直至……

結子也聽到了！

不過，結子不是在那條巷子或草叢聽到……

她是在自己家聽到……

然而今次輪到綾子聽不到了！無論結子多麼歇斯底里，聲稱家裡傳出陣陣悲泣聲，聽得她毛骨悚然，但綾子始終聽不到！

更恐怖的，是結子所形容的哭聲，不是少女的哭聲……

是女嬰的哭聲!!

終於有一天，被這把女嬰的哭聲弄得精神崩潰的結子，失蹤了。

綾子趕快去找，把所有她可能會去的地方都找了一遍，一直找到深夜，仍然找不著，綾子無奈，沿著冷巷抄近路回去。

就在一個轉角彎位，綾子發現一名女子，倒臥在陰暗的溝渠旁邊，她拖著激動的心情，走過去。

死了！女子全身衣服被撕得支離破碎，短裙上翻，雙腿張開，胸膛至肚皮被一刀割開，血淌得滿地都是，死狀恐怖。

綾子伸出顫抖抖的手，把屍體頭髮撥開……

是結子！

結子死不瞑目的盯著前方，眼神徬徨無助，嘴唇微張，像想嚥下口水但卻嚥不下一樣，眼角的淚水雖已乾涸，但淚痕卻在臉上深深烙印，似是想向活著的人哭訴，自己剛才垂死掙扎時，所體驗到的人間慘劇，是多麼的痛楚，多麼的悲哀，多麼的絕望。

兩眼的淚水如泉水般不停湧出，綾子雙腿一軟，整個人跌坐地上，她用右手按地支撐身體……

咦……結子屍體旁邊，血淋淋的東西是什麼？

這個半月形狀的……是胃嗎？這個長長一圈的……是腸嗎？咦……這個大大塊的又是什麼……是肝？還是腎？

這些，全是結子的內臟！

她的身體內臟，全挖空了！

三十三

入夜後的山頂出奇地寂靜，四野無人，淡黃色的街燈，倒映在孤單的車道上，把翔一郎的影子拉得很長很長，翔一郎一向討厭自己的影子，因為倒映出來的他，比照在鏡子前的他胖很多，影子也把他修行多年，一身壯健的體魄給隱沒了，幸好街燈今次把他的身影拉得非常修長，看上去就像一個高高的，帥帥的男子，令他不禁多望地上的自己兩眼，因為彷彿變成另一個人似的。

變成另一個人……

野篦坊就是有能力，變成另一個人。

可是，真的只是變身這麼簡單嗎？

如果單純想取代另一個人身分，理應悄悄行事，不要節外生枝，更不要把野火會那四個年輕人給殺了，這絕對會引起其他修道者的注意，惹來他們的追捕，那個無臉的女人，看似不是想變成另一個人這般簡單。

她似乎想，透過說故事大會，達到某些目的。

那個人，那個三個月以來，不停拜訪童穆的人，幾可肯定不是伊藤，道行差太遠了，若是伊藤，十隻野篦坊都奈他不何，遑論要童穆親身去幫他驗證！

不過，這個人所搜集到的資訊也挺詳細的，知道山頂有一場說故事儀式，知道童穆年輕時曾經見過無臉女人，也知道驗證真偽的方法……

咦！

翔一郎放目四周，平時熙來攘往的山頂街道，此刻一個人影也沒有，馬路上也沒見到其他車輛，淡黃色街燈，依舊把他的身影拉得很長很長，然而這股寂靜肅殺的氣氛，卻令瘦長的身影不再瀟灑，反換上幾分猙獰和邪惡。

翔一郎閉上眼，深呼吸，皺起眉頭……

這裡所有的一切……所看見的……所聽見的……所感受到的……皆不真實……

這裡的時空，被扭曲了，這兒所有景象，都只是另一個世界的高仿物……

到底是誰，擁有這麼匪夷所思的能力？

不像是伊藤，更不是野篦坊！

這正是殺死童穆的力量！

看來，今次遇到對手了!!

冷風伴隨翔一郎的腳步聲，在空冷的街道上迴旋，他一直走一直走，直至走到路的盡頭……

一棟老派舊式大宅，在黑暗中張牙舞爪，迎接翔一郎的到來。

三十四

家彥一邊聽著慕湘的故事，一邊留意他的舉動。

本來心想，慕湘會否在說故事的過程中，向自己作出少許暗示，示意趁這個時間點，偷偷溜進地牢，可是，第四個故事已經說完了，他仍然未有動靜，看來進地牢的時間點，要靠自己了。

家彥望向廁所，地牢樓梯就在旁邊，這時候跑過去，神不知鬼不覺，只不過，他實在很想聽下去。

四個故事，雖然背景不同，劇情不同，但中間卻似乎有著某種程度的連繫，例如都是懸念開始，悲劇收場，結局一定有個人慘死，只是，家彥亦留意到，慕湘說故事時，神態比聆聽前三個故事時認真，本以為他不擅辭令，結果卻能夠把故事說得立體生動，這點倒令家彥頗為意外。

不過，慕湘為何經常盯住其餘四人的臉，尤其是小琳……

不！不止慕湘，小琳也有偷瞄，就是那種……瞥一眼馬上縮回的動作，雖不明顯，但對站在旁邊一直專心聆聽的家彥來說，這些小動作往往能夠很快注意到。

啊！這兩個人，會不會是……互生情愫？對呀！暗戀一個人，也會出現這種偷看對方的小動作，何況慕湘和小琳，都是俊男美女，比起其餘三人，雙方一見鍾情的可能性更大，如是這樣，也難怪小琳在說故事前，對著鏡子露出一個會心微笑。

可是，又不像是！兩人雖然互相偷瞄，但絕非情侶間的眉目傳情，反而兩人的眼神，均帶有些許不屑和嘲諷，就是互相不爽的樣子，這種表情，與其說是情侶，不如說是冤家。

現在只剩小琳了！她要說的故事，會否就是當年她說過的，那個童話仙女的故事？

＊＊＊＊＊＊＊

悲泣女……

昕涵嘖嘖稱奇，想不到這個慕湘，不鳴則已，一鳴驚人，他的聲線雖然冷酷，但亦細膩，特別適合說這類恐怖又懸疑的故事。

綾子和結子聽到的女泣聲，不是少女，而是女嬰，是嬰孩的哭聲，可是嬰孩的哭聲不都是一樣嗎？單憑聽感就能分別是男是女？

此外，兩人先後聽到悲泣聲，為什麼結子死了，綾子卻無恙？就因為綾子不肯定那女聲是嬰孩嗎？確定聲音身分的結子反而死了……那是否所有聽得出是嬰孩哭聲的人，都得死？

所有……知道……嬰孩身分……的人……都得死……

昕涵亦留意到，四個故事的受害者，都是被殘忍殺死，死狀雖不同，但這幾種死法，看似有某種程度的聯繫……但至於是什麼聯繫，她一時間也形容不上來。

四個故事，四樣物件，若說前三樣分別是梳子、頭髮和櫃子……不！鏡子才對，那麼今個故事，有哪一樣物件，能夠跟前三件東西扯上關係？

昕涵仔細推敲，合乎條件的只有兩項，一是那條冷巷——那條經常刮起冷風的巷子，一個女人，在暗巷中照著鏡梳著頭——想到這個畫面，昕涵自己也打了個冷顫。

但若然不是冷巷，那就只有一個可能……

悲泣女……那個發出悲泣聲的女嬰……

但問題是……

一個手不執梳、頭不長髮、目不知鏡的女嬰，跟梳子、頭髮和鏡子，能扯上什麼關係？

****

秀妍先是望望蔡老頭，再望望慕湘，兩人完全沒有示意，要他們進入地牢。

她回頭向家彥眨了眨眼，家彥輕聲對她說，再等一會。

這就好！因為她也很想聽完最後一個故事！

現時的狀況其實很清晰，五個說故事的人，各自有各自來的目的：

宋奕宸是想調查那場野火會四個年輕男女的事；

蔡老頭是想把地牢那個不祥之物毀掉；

秦陽虹是想對付被認定為野篦坊的楚琳；

韓慕湘是想搞清楚叩叩聲的來源；

孫楚琳是想營救她所謂被困的姐姐；

這五個人，為了各自的目的，圍坐在一起說故事，而當中部分故事內容，卻又跟他們的遭遇不謀而合，就以剛剛的悲泣女為例——

那個哭聲淒厲的女嬰……會否就是我在影像中所見，那個不知名女人，手抱著的東西？

若是，那蔡老頭口中所說的不祥之物……

就是悲泣女？

腳步聲自大門方向傳過來，一步一步，是相當扎實穩重的步程，秀妍、昕涵和家彥同時轉頭，想看看到底是誰，這麼晚才來參加這場說故事比賽。

秀妍瞪大雙眼，吃驚的表情躍然臉上。

翔一郎！他……他為什麼來了！

三十五

四人的視線，全集中在慕湘身上，首先發難的是蔡老頭。

「你……你為什麼會知道……」

「我知道的，比你們在座任何一個都多。」慕湘左手輕托眼鏡，望著四人，然後視線對準楚琳。

「既然知道了，你還想……」

「知道什麼？」小宋側頭，在蔡老頭耳邊輕聲問。

「沒……沒什麼……」蔡老頭搖搖頭，拿起水杯喝了一口，「韓先生的故事情節峰迴路轉，驚心動魄，我一時太投入，未能抽離而已。」

「若然這麼說，」陽虹挑釁地說，「我們在座，相信全都無法抽離……」

「因為，全是局內人！」

空氣突然停滯，一股窒息的氣氛在場內蔓延，慕湘冷冷地盯住陽虹，陽虹聳聳肩對蔡老頭笑，蔡老頭輕輕拍拍小宋的肩膀，然後小宋以一雙充滿疑惑的大眼睛，望向今晚說故事比賽的發起人。

「我還沒說，這麼快就下結論麼？」

楚琳以一個充滿自信的微笑，回敬慕湘。

「熟悉這裡的人，不止你一個。」她說，「給我安分一點。」

接著她站起身，像演說家一樣揮舞雙手。
「今晚最後一個故事，開始了。」

難破船　孫楚琳的故事

夜，大海，墳前的花，沉沒的心。

瑛兒跪在懸崖邊，望著夜空，吹著海風，縱使帶來的鮮花，已被吹得七零八落，散滿一地，但碑上的笑容仍然宛在。

那是瑛兒自己的照片。

這麼多年過去了，本來以為，對你的愛應該慢慢淡忘才對，可是，我的心情，卻始終未有因為時間的流逝而平復過來，相反，對你的思念，卻日復一日，年復一年地倍增，你的笑容，在我心中，從沒一刻遺忘過。

可是，你為什麼這樣對我……

女人的心，脆弱易碎，一旦投入感情，不能自己，一旦遭受拋棄，肝腸寸斷，就好像遇難的船隻一樣，永沉大海，毋論多麼熾熱的愛情，也會被波濤洶湧的巨浪吞噬。

所以你，從不對我投放真感情，也從不珍惜我對你的好……

因為你，怕負責任……

結果你，作出分手的決定……

為什麼！為什麼你可以做得這麼絕情！為什麼你可以將我的愛意置若罔聞！我的愛，伴隨著你那句痛心的話，沉入大海，我現在的心，就是這樣的感覺，痛苦失落，空虛孤獨，因為我知道，無論我現在做什麼事，你都不會理睬，但……

我的心，仍然被你佔有……

我實在，沒辦法忘記你……

所以，我為自己立碑，在自己的墳前獻花，向自己致以最後最深切的鞠躬，然後……

瑛兒站起來，拍拍膝蓋上的草泥，轉身沿著懸崖旁邊的小路，走到盡頭，來到一間宏偉的三層高大宅，推開閘門，走進一個小小的庭園。

一位白髮蒼蒼的老人家，正盤坐在旁邊的草地上，瑛兒沒有理他，自顧自走到大門前……

「回頭是岸。」

瑛兒掉轉頭，厲色地瞪著剛剛說話的老人家。

「不用你管。」

「死，不能解決問題，更何況，不值得為這種人死。」

「我要他內疚一生！」

「唉，這又何苦？」

「當你愛一個人愛得很深時，你就願意為他做出任何事。」

「我以前，有一個摯愛妻子，她過身後，我也悲痛欲絕，但死並不是辦法，更何況不是所有人的身體，都適合死亡……」

瑛兒身子一震，雙手互握，十指緊扣。

我的身體，正正屬於這類型！無論多熱的天氣，我都不悶吭一聲，一千米長跑，說跑就跑；大冬天人人都穿得厚厚的宅在家，我卻可以一個人跑去游泳——還是沒有暖水設施的泳池，我的體質，的確異於常人。

難道他，就是因為這個原因，拋棄我嗎？

「好好想清楚，再作決定。」

老人家沒再說下去，瑛兒推開大門，進入客廳。

一個滿臉憂愁的中年男人，不偏不倚，端端正正的坐在客廳沙發的正中間。

「做人，最緊要問心無愧，對得起人，對得起自己。」

「你，又想勸我？」

「不敢！時下的年輕男女，總有自己的一套看法，我也跟我的女兒，說過同一番話，可是，她聽不進耳。」

「叔叔你，有個女兒？」

「死了，就是因為有自己的看法，結果選擇了一條不歸路。」

男人說完嘆一口氣，雙手掩面，開始抱頭痛哭，留下瑛兒不知所措地站在大廳。

「節哀順變吧，叔叔，這些事，沒人想，亦沒人可以預料。」

「為了一個渣男而死，值得嗎？」

瑛兒眼眶突然紅起上來，心裡浪捲翻騰，萬般滋味不好受。

「更何況，因自殺而跌落地獄的人，他們所受到的折磨和痛楚，不是一般人所能想像得到，地獄使者最喜歡折磨人，尤其是那些……體質特殊，如何折磨也不會尖叫的人！」

瑛兒驚恐地後退一步，雙手緊握通往二樓樓梯的扶手。

「與其自殺受盡折磨，不如被他人所殺，讓另一個人跌落地獄代替自己受苦，豈不美哉？來！我可以幫這個忙！」

說畢，男人站起身，從袖中取出一把閃閃生光的利刃。

瑛兒那敢繼續逗留！轉身馬上往二樓跑，幸好男人沒有追上來，瑛兒跑至二樓走廊，心中突然閃過一個問號。

我既然一心尋死，自殺他殺根本沒分別，為什麼要逃？

是因為自殺，會令他內疚一些？

回過神來，瑛兒才發現，二樓走廊並非只有自己一人。

一個跟自己差不多歲數的年輕男子，正站在前方。

「你，又是來勸我吧？」

年輕人搖搖頭。

「難不成你又想殺我？」

年輕人再次搖搖頭。

「那你，站在這裡幹嘛？」

「被所愛之人拋棄，難受嗎？」

瑛兒雙眼再一次染紅，一滴淚珠緩緩落下。

「感覺是否遇到海難一樣，身心都被洶湧的波濤無情拍打，最後長眠海底？」

「你到底想說什麼？」

「我想說的是，除了自殺和被殺，還可以有第三個選擇。」

年輕人嘴角泛起邪惡的微笑。

「把那個負心男人殺了，不是更好嗎？」

瑛兒全身毛管倒豎，不是詫異年輕人提出這個邪惡建議，而是詫異自己……居然從未考慮過這個選項！

男人雖然有負於我，但我卻從沒有把他幹掉的念頭，是因為我還愛他？因此不想傷害他？寧願自己去死也不想拆散他跟新歡的感情？荒謬！我何時變得這麼仁慈？

「當有最後決定時，請再上一層，走進最後一個房間。」

年輕人說完，閉上眼，低下頭，不發一語。

瑛兒心裡有數，大步走上三樓，往最後一間房走過去。

房內空蕩蕩的……

除了站著一位尚未成年的小女孩……

「我已有最後決定……」

正當瑛兒想說出來時，小女孩舉起左手，示意不要說話，然後，從自己的小口袋中，拿出一面鏡子。

她遞給瑛兒，指了指右邊臉頰位置，微笑。

「你的臉這裡還有少少痕跡，先把它弄好吧，哥哥！」

三十六

「翔一郎！」

秀妍叫了一聲，馬上跑過去，家彥見狀也從後跟隨，上次事件，就是他救了秀妍，自己本想親自向他道謝，豈料這位伊邪那僧人，一聲不吭便離開了，今次又一聲不吭便出現了，他來這裡，肯定不是為了探望我們。

一定是有妖物在附近……

那隻野篦坊？

「翔一郎，你為什麼來了？」秀妍問。

「李小姐、祝小姐、卓先生，別來無恙。」翔一郎雙手合十，彎腰鞠躬，「想不到會在這裡碰見你們。」

「叫我秀妍好啦，不要這麼陌生。」

「可惜，我不是來聚舊的，」翔一郎左顧右盼，好像在找什麼，「請問這裡，是否正舉辦一場說故事比賽？」

「是的！」家彥回答，心想猜得沒錯，「那邊轉角位置放了張大圓枱，坐了五個人，他們正在輪流說故事，剛剛已說完最後一個故事。」

「什麼！已說完了！」翔一郎朝家彥所指方向望過去，「看來我來遲一步，你們……還是早點離開這裡為妙。」

「為什麼？」秀妍心感不安，「難道你已經知道……」

「看來你們三個都知道了，難怪會聚在一起，」翔一郎閉上眼，「野篦坊……不是一隻容易對付的妖怪，它之所以出現，極可能跟那五個人有關，我要過去看看。」

翔一郎正想走去大圓枱時，昕涵擋住他的去路。

「喂，大和尚，」昕涵瞪大雙眼，「你這樣貿然走過去，只會嚇壞我的朋友，況且他們也只是說說故事而已，看不出有什麼威脅。」

翔一郎走近，仔細打量昕涵，看得她尷尬地後退一步，然後，翔一郎的視線落在她的包包上。

「祝小姐，」他欲言又止，「妳那位朋友，是否對妳說過什麼話？」

家彥察覺昕涵身子微微一震，左手下意識地按住身旁的包包，奇怪，她為什麼會有這個反應？

「大和尚，你一出現，害我沒能專心聽最後一個故事，你可知道，這些故事之間，隱藏著重要線索，可能是破解今晚故事大會祕密的關鍵，如今卻被你干擾了！」

「與其研究故事本身，不如直接問說故事的人。」

翔一郎不理會昕涵，繞過她獨自走近大圓枱，昕涵回身再次阻擋。

「你不是擔心那隻野篦坊嗎？不如在這大宅內四處巡邏，看看那隻妖怪目前躲在何處？這樣比起打擾他們更有意義。」

家彥心想，今晚的小涵為何如此古怪？她好像千方百計，阻止翔一郎干預說故事的進行，她為何會有如此舉動？是在幫小琳做事嗎？

「那隻妖怪雖然難纏，但仍有辦法對付，」翔一郎側起身子，走前兩步，令視線可以窺見大圓枱旁的五個人。

「我擔心的，是另一樣東西……」

「還有……另一隻妖怪？」家彥問。

「我不肯定，」翔一郎罕有露出缺乏信心的表情，「總之是一股很強大的力量，足以在另一空間，隔空殺人。」

「而那股力量，就在這兒？」秀妍猜到些什麼。

翔一郎點點頭，在昕涵仍然擋在前面情況下，遠眺大圓枱那五個人，家彥猜想，他想看看那五個人中，是否會有野篦坊的存在。

他逐一觀察在座五人，最後將視線，落在小琳身上。

小琳望住他，點點頭，微微一笑，然後，眼神飄向天花板。

「請問這裡一共幾層？」翔一郎回頭問。

「三層。」家彥指了指樓梯。

「我要上去看看，你們不要跟著來。」

說完翔一郎便獨自往樓梯方向走，沒有走近大圓枱。

「誰要跟你上去？」昕涵鬆了口氣，轉頭對家彥說，「你倆趕快進地牢吧，等會兒被他們看見就不好了。」

「妳呢？」秀妍擔心地問。

「我會留在這裡，照應楚琳。」昕涵望了圓枱一眼，催促道，「快！他們起身了！」

三十七

最後一個故事說完，現場鴉雀無聲，所有人彷彿正期待即將發生的事。

然而，什麼事也沒發生。

「不錯的故事，」蔡老頭喝了一口暖水，「一個痴情的人，的確會有很強的意志，做出一些旁人無法理解的事。」

「難破船這個標題，也有畫龍點睛之效，」陽虹同意地點點頭，「因失戀而悲痛欲絕，情感和人性都沉淪在大海中，無法自拔，這情況下做出有違道德之事，絕對可以理解，只不過……」

陽虹頓了頓，瞥了楚琳一眼。

「小女孩最後那句話，什麼意思？」

一片沉默，除了慕湘用他一貫凌厲冷峻的眼神，盯住楚琳外，其他人都是低下頭，不作聲。

「我們還等什麼，現在就投票吧！」小宋站起身，瞪大雙眼，「自己的故事不准投，一共七票，最多票者勝……」

「欸欸！你沒有發覺，那邊少了兩個人嗎？」陽虹用下巴，指指昕涵的位置。

「咦！」小宋這時才發現，家彥和秀妍已經不知所蹤。

「或者上厠所吧。」蔡老頭站起身，「我們可以先休息十分鐘，老人家多病痛，我回房拿藥。」

跟隨蔡老頭離開的，是如夢初醒的小宋。

「說起厠所，我也想去。」

如是者，圓枱只留下三個人。

「對不起，我眼睛不好，這裡光線又暗，」陽虹笑了笑，「不過還是分得出幾多人站在我前面，以及……眼前的人……是男是女。」

慕湘罕有地激動起來，他站起身，怒目凝視楚琳。

「妳是故意的！故意將男女角色身分顛倒，陰陽錯配，用來諷刺我！」

「誰叫你這麼不自量力，」楚琳拿出一面鏡子，照了照右邊臉頰，「人家已經拒絕你了，你還苦苦癡纏，說個故事諷刺你，等你知難而退，已經便宜你了！」

「啊！原來如此！」陽虹性感的小鬍子向上蹙了一下，瞄了瞄慕湘，「故事中那個痴情主角原來是個男人，最後卻被小女孩一語道破，妙啊！」

「韓先生，我講過，熟悉這裡的人，不止你一個，」楚琳把鏡子收好，繼續說，「我之所以請你來，是因為我們有一個共同目標，我希望你能協助我，而不是借機示愛，明白嗎？」

「喂喂，那我有個問題……」陽虹將身子俯前，嘴角展露一個奸險的笑容。

「你們兩個，誰是野篦坊？」

楚琳也將身子俯前，對陽虹展露一個自信的微笑。

「你猜？」

陽虹突然大笑，嘴裡唸唸有詞，然後以迅雷不及掩耳速度，轉身就跑，貌似跑回自己的房間。

楚琳這時也起身，步向樓梯。

「妳去哪裡？」暮湘問。

「你們剛才看不到，我們有位不請自來的稀客嗎？」
「我去會會他！」

三十八

翔一郎走上二樓，但沒有轉入旁邊的走廊通道，他抬起頭，繼續沿著樓梯往上走。
剛才那個少女，是示意他到頂層？
他仔細打量過少女……奇怪……身上沒有妖氣……也沒散發任何詛咒氣息……
可是，為什麼渾身上下，都散發出一股壓迫感？
翔一郎到達三樓，看來沒有樓梯再上了，他望望走廊，一共五間房。
這時候，背後傳來輕盈的腳步聲。
「歡迎大駕光臨，」楚琳笑笑地說，「可惜比賽已經完結了，否則我也想聽聽，伊邪那神社的傳說，到底有多有趣。」
「我不是來說故事的，」翔一郎以無比嚴肅的眼神，盯著她，「汝……」
「別急，別急，」楚琳往前走了兩步，繞到翔一郎身後，「這兒說話不方便，請跟我來。」
楚琳再走兩步，把翔一郎甩在身後，他跟隨其後，看見楚琳來到走廊中間那道房門前。
房間不是很大，但很黑，不過翔一郎仍可隱約看見，角落裡有道石階，貼著三面牆壁，由右至左，迴旋狀通向天花板，終點位置，是一道門。

原來，這裡還有條樓梯，通往樓上天台！

楚琳熟練地走上石階，一步一步走到門前，打開，然後回頭，對翔一郎笑了一下。

寒風稍為收斂，沒有像之前吹得凜冽，在寂靜的天台上，兩個人對峙。

「波羅，」翔一郎先開口，「摩訶般若波羅蜜多，憑藉偉大的智慧，離開煩惱的此岸，到達解脫的彼岸。」

「這裡的一切，都是汝悉心布置出來的，對嗎？棄掉凡塵的娑婆世界，來到極樂的永生世界，汝所布下的波羅——彼岸的結界，把空間和時間永遠困住，進而代替真實的世界，汝能夠擁有這麼震懾的力量，在下深表佩服。」

「可是，汝到底是誰？既不是妖，亦不是詛咒之人，肉眼看，汝只是一個凡人，但凡人不可能擁有這麼強大的力量，汝……是何物？」

翔一郎長篇大論一通解釋，換來的是楚琳用手掩著嘴，打了個呵欠。

「呵～～好悶～～」她兩手一攤，順便伸伸懶腰，「這麼小兒科的事，值得用一長串理論去解釋麼？還說得這麼悶！」

「這場說故事儀式，到底是什麼一回事？」翔一郎認真地問，「野篦坊也是儀式中的一部分嗎？汝跟那隻妖，有什麼關係？」

「問題……一連串的問題……老是問問題……」楚琳向翔一郎眨了一下右眼，埋怨地道，「幸好沒有邀請你來說故事，否則未說到一半，我悶都悶死了。」

「吾不是來開玩笑的！」翔一郎舉起雙手，左手食指和右手無名指轉了個圈，結了個法印。

「雖然不知道汝為何物，但若然這裡所有一切，都是汝悉心安排的把戲，那麼吾也只好奉陪，制止這場可能導致災難的悲劇發生！」

「呵呵，想跟我交手嗎，大和尚？」楚琳掩著嘴，笑起上來，「可是我不願呢！你剛才把我悶透了，壞了我心情，而且……我還有更重要的事去做！」

楚琳說完轉身，準備離開，翔一郎阻止。

「汝是故意引我上來的！到底有何居心？」

「其實呢……」她突然回過頭來，眨了一下左眼，「想見你的人，不是我喔……」

沉穩的腳步聲，從翔一郎左邊耳畔傳過來，啪嗒啪嗒，是皮鞋走在混凝土的聲音，他把臉轉過去，往發出聲音的方向望……

一個男人，個子不高，幼眉細眼，頭髮梳得整齊貼服，穿起一套高級西裝和大衣，腳上的皮鞋擦得閃閃發亮，他的笑容比楚琳還要燦爛，正步履輕鬆，洋洋灑灑地走到翔一郎跟前，然後側起身子，唇角上翹，語帶諷刺的對楚琳說。

「妳這樣介紹我出場，我會慚愧的，」男人故作姿態，虛偽地笑，「翔一郎乃我派年輕一輩中，最出類拔萃的人才，比起我當年尤有過之，他做我的對手，是我的光榮。」

滿腔怒火，正在翔一郎心中不停燃燒，他雙拳緊握，厲色地瞪著眼前這個男人……

伊邪那的大叛徒……終於出現了……

「呵～～」楚琳此時再次伸伸小懶腰，對男人說，「這裡就交給你了，我回去囉！」

翔一郎目光仍然離不開男人，狠不得馬上把他撕成碎片，又或者把他打進畜生道，永遠墮進愚痴業障，永世不能投胎轉生！

「雖然翔一郎你可能已經認識我，但禮貌上，我還是應該自我介紹。」

男人右手擺在胸前，左手打橫向外攤開，身子微微前傾，然後裝模作樣，誇張地向翔一郎鞠躬。

「漂流落魄的伊邪那前輩，向最有前途的晚輩敬安。」

「伊藤京二，參上。」

三十九

沿著樓梯，慢慢摸黑進入地牢，靠著家彥的手機電筒，秀妍仔細地看了四周一眼，然後望住家彥，兩人同時嘆一口氣。

地牢面積不算大，只有三樣東西

雜物、灰塵、蜘蛛網。

站直身子，兩手撐腰，秀妍發現，地牢的雜物，除了幾個大麻袋外，就只剩幾張廢棄的枱椅和沙發，那把梳子，到底藏在哪兒？

「沒辦法，唯有逐個逐個大麻袋找吧！」

家彥說完，隨手翻翻其中一個大麻袋，一隻蟑螂從裡面跑出來，他趕忙一腳把它踩死，然後打開一看，全是一些廚房煮食用具，梳子應該不會放在裡面吧？

他打開另一個大麻袋，今次是裝修用的小工具，像錘子、釘子、鋸子、扳手等，部分已經生鏽，看起來已有很長一段時間沒用。

「那把玉梳子，真的藏在地牢嗎？」秀妍質疑。

「我也不肯定，」家彥滿臉無奈，「地牢本來是收藏東西的好地方，不過這裡……一眼已經看光光，除了幾個大麻袋和枱椅，沒有其他東西。」

秀妍此時突然彎腰，伸出雙手，準備打開其中一個大麻袋。

「等等，秀妍，」家彥連忙阻止，「這裡骯髒，妳穿得這麼漂亮，不宜弄污，找玉梳子的工作，還是由我來吧，妳先站在一旁！」

秀妍會心微笑，真是一個細心體貼的男朋友！本來還擔心他曾否遭遇意外，有否受傷，但自從跟他重遇後，發現他精神爽利，做起事來也倍加起勁，看來餐廳的事，並沒有對他造成任何影響。

可是，到底家彥在這段失蹤時間中，發生了什麼事呢？秀妍心裡其實很想知道。

家彥迅速把其餘的大麻袋找了找，連那幾張廢棄的枱椅和沙發也翻了翻，可是，莫講玉梳子，就連一把像梳子的東西也找不到。

「奇怪，為什麼會沒有呢？」秀妍用手指點點下巴。

「難道，梳子根本不在地牢？」家彥瞥見遠處，還有一張背靠牆角的單人沙發未找，雖然機會不大，還是過去看看。

「我在想，」秀妍也跟著家彥，朝那張沙發走過去，「會不會有人捷足先登，把梳子拿走了。」

家彥嘗試稍稍移開沙發，看看沙發底會否藏著梳子，結果，沙發剛被移開，他便發現……

「咦……秀妍，快看這裡！」

沙發底的地上有一扇鐵門，門上有一個銅製拉環，沒有鎖孔。

家彥和秀妍對望一眼，互相點點頭，然後家彥用力一拉，門馬上被拉起來。

兩人把頭湊過去，除了一股濃烈的霉臭味，從底下湧上來外，兩人發現……

一把木造的梯子，垂直伸進下層的密室中，扶著木梯子一直往下走，兩人終於來到地下密室。

由於長期密封的關係，室內到處彌漫著一股陰濕的霉臭味，秀妍嘗試在牆邊摸索電燈開關，發現這兒根本沒有燈，家彥亮起手機。

嘩，不得了！原來這層密室，比上面地牢大得多！秀妍的正前方，是一條大約三十米長的走廊，但走到盡頭，在左中右三處，分別出現三條截然不同的通道，惟不知通往哪兒。

「實在很難想像，大宅的最底層，會有一個空間這麼大的密室，」家彥舉起手機，往前方照照，「不過與其說是密室，說是地下迷宮可能更貼切點！」

「家彥，這兒的氣氛，比上面陰森恐怖得多，」秀妍邊說邊四處張望，「我們還是快點把梳子找出來，然後趕快離開。」

兩人沿著唯一的通道往前走，很快便來到三岔口，秀妍仔細觀察三條路：右手邊那條最短，因為燈光照過去，已經能照出一扇門；中間那條不論照多少遍，都是黑漆漆的，似乎是一條又長又直的通道，不知道要走多遠才到盡頭；左手邊那條往右拐了個彎，視線受阻，看不見前方是什麼來著。

「這邊，」秀妍指指右手邊的門，「我們先從最近的房間開始搜索，希望梳子就在這兒。」

她順勢右轉，腳下一雙高跟皮靴，發出兩下噔噔的聲響……

不過，秀妍聽到的，不止自己的皮靴聲……

在她背後，還傳來兩下微弱的喀喀聲……

四十

當楚琳從樓上回來時，昕涵早已在客廳等待。

「妳剛才上去，見到翔一郎嗎？」

「大和尚？」楚琳瞪大雙眼，嘟起小嘴，「原來你們是認識的！怪不得剛才見你們三人，跟他傾得這麼熟絡。」

昕涵鬆一口氣，心想，如果楚琳是妖物，翔一郎必定出手，他不出手，證明楚琳是一個人，剛才還擔心會生意外，這下總算放心了。

然而，楚琳今晚種種怪異的行為，確實又很難給出一個合理解釋，至少，她跟自己五年前所認識的楚琳，性格相去甚遠，簡直是……判若兩人。

兩個人？

昕涵搖搖頭，不會的，若是野篦坊，翔一郎早出手了，但……會否在妖物之外，隱藏著另一可能？

「韓先生呢？他剛才還在圓枱附近耶！」楚琳四處探頭張望。

「他一聲不響，往庭園去了。」

「蔡爺爺和小宋呢？」

「我沒見到他們。」

「那……那個姓秦呢？」
「他回到自己房後，再沒有出來。」
「唔……」
楚琳突然若有所思的，走到大圓枱前坐下，昕涵見附近沒有其他人，決定問個明白。
「楚琳，妳現在可以坦白告訴我，這場聚會，這些人，和邀請我來的真正目的，是什麼嗎？」
「真正目的？」楚琳臉上瞬間露出迷惑和不解的表情，「我不是跟妳說過嗎？借用魔方的力量，打破囚禁我姐姐的封印，把她救出來呀！」
「可是，妳根本沒有姐姐！」
「我有，只是，不是妳所想的那種姐姐。」
楚琳輕描淡寫的說出這句話，卻已把昕涵嚇得半死。
「妳……楚琳，這是什麼意思？」
楚琳深呼吸一口，好像在猶豫應否說出來，她望望昕涵，再望望整個空無一人的大廳，右手掀起翠綠色裙腳，盯著自己一對米白色高跟鞋。
「我沒有騙妳，」她最後決定說出來，「我的目的，是要救出姐姐，要救出姐姐，必須借助妳手上魔方的力量，作為回報，我會令魔方在破壞封印的過程中，吸收更多能量，好讓魔方變得更強大，助妳日後繼續守護家族。」
「而吸收能量的方法……也是破除封印的方法……就是這場說故事儀式！」
昕涵發出一聲驚呼，她開始明白楚琳想說什麼。
「難道……難道吸收的是……」

「五個故事的內容……和說故事人的生命……」

昕涵嚇得後退兩步，一手扶著椅子，一手按著包包裡的小東西。

小明！在增強自己的力量，打破封印的同時，也會毫不憐憫地摧毀身邊所有一切……

這就是它的作風：霸道、跋扈、不留情。

但這也是祝家強盛的原因。

「那麼，」昕涵聲音有點顫抖，「你們五個豈不……為什麼？妳要救姐姐是妳的事，為什麼要牽扯無辜？妳邀請他們來，但明知小明會把他們……為什麼要他們送死？」

「哼哼，你以為，他們會不知道後果嗎？」她冷冷地說。

咦！

「我告訴妳，我們五個，從頭到尾，都知道說故事所帶來的後果，但我們仍然堅持這樣做，因為我們各有各的理由，想把故事說完，原因雖不同，但目標一致。」

目標？

「我們要，把那位大人召喚出來！」

昕涵全身發毛，為什麼這句話，聽上來感覺特別怪異？

那位大人？頭一次聽到這個名堂？誰？沒有名字麼？

楚琳站起身，徐徐走到昕涵面前，纖幼的手指輕輕撫摸她美麗的波浪長髮，一股溫柔憐憫眼神，定睛地望著她。

「那位大人，正是我的親姐姐！」

我出生在一個幸福家庭。

我有一個爸爸，一個哥哥，一個爺爺。

呀！還有一個妹妹。

我的家，是經營建材銷售生意，由於爺爺管理得宜，生活算是比上不足，比下有餘，雖不算富，但亦不窮，到我爸爸接手後，生意穩步發展，所以我們一家，生活算是無憂。

爺爺，是個很勤力的人，早年埋頭苦幹，白手起家，如今七十高齡，退下火線，把專注力由公司轉移至家庭上，在我心目中，爺爺是個了不起的人物。

爸爸遵循爺爺教誨，子承父業，把生意繼續發揚光大，然而，他也不是一個徹頭徹尾的工作狂，回到家，他會肩負起一個好父親的責任，教育我們兄弟姊妹成才，我很尊敬爸爸，也很愛爸爸。

哥哥自小陪我一起長大，讀書玩耍，嬉笑胡鬧，可以說，他是我童年時最大的精神支柱，什麼開心的事我會跟他分享，不開心的事我也會向他訴苦，他就好像我的哈哈袋，我的受氣包，喜愁與共，我們之間，沒有什麼祕密可言，得此大哥，此生榮焉。

至於妹妹……她總會在我感到孤單時出現，在我覺得苦悶時逗我笑，她每次出現，我的心情都會轉好，世間上所有困擾，在妹妹談笑風生中，全都顯得微不足道，可能大家都是女孩子吧，比起爺爺爸爸哥哥，她更了解我，更明白我的所思所想，所以若只談女兒家的事，我更喜歡妹妹，可是，有一件事，我始終大惑不解——

為什麼妹妹，要戴著面具？

她每次在我面前出現，都必定戴上面具，那是一個非常可愛的貓仔面具，給妹妹戴上非常合適，也頗切合她的性格，可是，我最初以為她只是想逗我玩，戴幾次就會除下來，但之後每次見面，她都依舊戴著，這就不禁讓我產生一個疑問，她的臉怎麼了？

我嘗試伸手去除，卻被她敏捷地躲開了，問她為什麼整天帶著面具，她只是嘻嘻兩聲，笑而不答，我雖然不明所以，但也不勉強，心想或者她的臉受傷了，改日問問兄長或爸爸不就行了麼？

我一生最遺憾的事，就是沒能見到媽媽，聽說她很早就死了，爸爸很傷心，爺爺也很傷心，但每次問起他們，他們都三緘其口，好似媽媽的死是避忌，不宜對小孩子說，但我下個月都滿十八歲了，為什麼還要隱瞞？

我問哥哥，希望他知道些內情，但他似乎也不願多說，只笑著講，過去的事已經過去，還提來幹什麼？最重要是現在，只要活著，才會有未來。

但……那個可是媽媽欸！怎麼可以說到跟自己完全沒有關係？哥哥你也太過分了吧！

懷著疑惑和不安的心情，我跟妹妹在房內，談起這件事上來。

「我總覺得，他們有事瞞住我，妹妹，妳知道是什麼嗎？」

戴著面具的妹妹，只是發出嘻嘻的笑聲。

「不會連妳也想瞞我吧！」

「不敢，姐姐想知什麼，我會如實告訴妳。」

「那麼，妹妹可知道，媽媽是如何死的？」

只見妹妹沒有作聲，坐在地上的她屈腿而坐，右手輕撥一下及肩長髮，由於她戴住面具，我看不到她的表情。

「姐姐，妳有沒有發覺，家中欠缺了一樣什麼東西？」

「欠缺？我沒察覺欠缺了什麼啊！」

「當然，因為妳從小到大，都沒見過那個東西。」
妹妹說畢，站起身，走到窗前。
「這也是為什麼，家中的玻璃全都塗上顏色，好讓它們不反光。」
「妳愈說我愈糊塗了，到底是欠缺了什麼東西？」
妹妹轉過頭，面具冷冰冰地對我說。
「鏡子。」
鏡子？什麼是鏡子？
「這就是姐姐想要的答案，媽媽的死因。」
我完全聽呆了，媽媽的死，就是因為死在鏡子手上？這個鏡子有多厲害，比起槍刀還致命嗎？
「妳不信，問問爺爺父親就知道了。」
「他們不肯說的。」
「只要妳向他們提起鏡子，他們一定會說。」
我抱著半信半疑的態度離開房間，跑到客廳，剛好爺爺爸爸哥哥全在，他們好像正商量公事，說有大地產發展商想跟他們合作云云。
「爺爺爸爸，我有件事，今日一定要問清楚。」
「乖孫女，有什麼事令妳這麼緊張？」
「我想問，媽媽的死，是否因為鏡子？」
爸爸臉色大變，他走到我面前，捉住我的手臂。
「妳是從哪裡聽來的？」

「妹妹剛才說的，若你們不信，我可以叫她下來，大家說過清楚。」

這時不單爸爸，爺爺哥哥也臉色大變，這是我有生以來，看見他們三人的臉色這麼難看。

「妳……妳說什麼……我的乖孫女……」

「我說，媽媽的死，是否跟鏡子有關？」

「不！不是這句，是後一句！」

後一句？後一句有什麼好驚訝？

「我說，倘若不信，我叫妹妹……」

爸爸舉起一隻手，制止我繼續說下去。

「媽媽生下妳不久便難產而死，妳……何來妹妹！」

******

我是誰？

我在哪兒？

沒有光，沒有聲，萬籟俱寂，身體就像死了一樣，失去知覺的，躺在這片虛無大地上，說是大地，其實我也不敢肯定，因為四周黑漆漆，聽不見聲音，嗅不到氣味，甚至連空氣也感覺不出來，不知道我到底是躺著、浮著、抑或吊著，因為身體完全沒有知覺，唯一肯定的是——我有意識。

這是世界末日麼？還是世界啟蒙時？為什麼周遭一切，好像宇宙剛誕生時的情景？除了意識，我什麼感知也沒有，甚至連自己叫什麼名字也不知道，等等！我有名字嗎？還是我只是隻沒有名字的蠕蟲，在這浩瀚無盡的宇宙中苟延殘喘，微不足道的生物是不配有名字，也不配有感知，能夠保存意識，已經是最大的施捨，我應該感恩才是。

我到底以這樣的姿態，活了多少年？這片漆黑死寂的空間，又是什麼地方？我不知道，也不需要知道，因為……

時間和空間，對我而言毫無意義。

上天剝奪我的感知，卻保留我的思想，我就像一具會思考的木頭人一樣，縱使身體動彈不得，但腦袋卻運作正常——我恨透上天這項安排，假如我真的只是一條卑微的蠕蟲，上天應該把我的思考能力也剝奪，因為思考帶來苦惱，也同時帶來塵世間最可怕，最能毀滅一切的東西。

情感。

不知多少次，我為自身的狀況而孤泣落淚；不知多少次，我渴望能夠在漆黑的空間中，找到另一個同病相憐的物種；不知多少次，我祈求上天能把我的意識和思考一併奪走，因為我實在無法忍受，在這個世界，完全沒有機會接觸和溝通的情況下，所感受到那份最純粹，最毛骨悚然的感覺……

孤獨感。

我一直認為，我的靈魂，是被囚禁在一個沒有感知的軀殼中，外面的世界就算多熱鬧，我依然感受不到，活死人，沒有哪個形容詞比這個更貼切了，假如……我尚算是一個人。

然而，就在我慢慢習慣這份孤獨和寂寥，開始承認這個世界只有我是唯一存在時，上天卻對我開了一個最大玩笑……

我找到另一個自己。

在另一個時間，另一個空間，我看見……第一次看見，漆黑以外的景象。

我見到一個嬰孩……我居然知道那是個嬰兒的物體……躺臥在一張長方型的床上，他身上蓋著一張軟綿綿的被子，兩手伸在外面，一動不動的，但整張臉卻被毛巾包裹著，看不見他的容貌。

然後，有人進來了，一對年輕男女，身旁還有一個穿白袍的男人，和一個穿白裙的女人，白袍男人走近嬰孩，翻開毛巾瞄了半眼，嘆一口氣，緩緩轉過頭來，向那對年輕男女搖搖頭。

年輕女人不甘心，走過去把毛巾再次翻開，隨即尖叫一聲，發了瘋似的狂抓自己的臉，年輕男人連忙制止，最後女人不知是累了還是暈了，伏在男人肩上，失去知覺的她軟攤在其懷中，男人輕撫她的頭髮，眼眶漸漸濕潤起來，同時望著床上的嬰孩，不停地搖頭……搖頭……

那個女人到底看見什麼，會有如此瘋狂的反應？男人為何要不停搖頭？

那個嬰孩……真的是嬰孩嗎？

我望著它，一股莫名的親切感，突然從內心深處湧上來，我有份強烈的感覺，那個嬰孩狀的物體，就是我！

我的軀殼，我的容貌，就是這副模樣，但為什麼我會知道？我也說不上來，就等同我知道那四個是人，那長方型的東西是床，那軟綿綿的東西是被子一樣，縱使我，之前完全沒接觸過這些東西。

我的身軀，存在於另一個世界！但我的意識，卻滯留在這片漆黑的空間中！

為什麼會這樣？

白袍男人把嬰孩抱起，然後對白裙女人說了幾句話，白裙女人開始為嬰孩注射一支針，注射了什麼？我不知道，我只知道，年輕男人這時扶著年輕女人，慢慢步出房間，一邊走，一邊嘆氣。

是安樂死！他們想判我死刑！不！我沒死！我沒死！我在這裡！不要把我當死人，我仍活生生存在於另一個空間中，我……我要回去……我一定要回去……回到自己的身體裡！

我想盡辦法，希望能夠鑽進眼前的影像中，返回自己的肉身，可是無論如何努力，總有股力量把我推出去。

不！不要！我還在這裡，不要把我殺死!!

正當我抱頭痛哭之際，影像突然變得模糊，剛才的黑暗亦已經不再籠罩著我，代之而起的，是一片風光明媚，山水依偎的小丘陵，我挨著柳樹，遙望夕陽，一個人在沉思冥想。

我知道，我又回到現實了。

這，才是屬於我的真正世界。

這，才是屬於我這個詛咒之人，孤獨的世界。

嬰孩不見了，四個人的身影也消失了，我本以為，我又要再次過著一個人的生活，然而……

一張我從未見過的臉——一張俊俏靈秀，害羞怯懦年輕人的臉，正嘗試湊過來。

我沒作聲，依舊挨著柳樹，看看這張俏臉的主人想做什麼，只見他停在我眼前，跪在我耳邊，溫柔地，輕輕地，喚了一聲。

「嗨！」

四十一

翔一郎兩拳緊握，咬牙切齒，死命盯著眼前這個男人。

伊藤京二，終於現身了！想必今次發生在大宅這台戲，也是他精心策劃的陰謀之一。這個出身神社，最後卻背叛神社的男人，千百年來，從來沒有人能收拾他，或者上天今次正好給我一個機會，替天行道，把這個老妖物澈底誅滅。

翔一郎猶豫應否先發制人，說實話，即使是一對一，他也沒信心打贏伊藤，伊藤是千年一遇的術法天才，對詛咒的理解和應用，絕非一般泛泛之輩所能望其項背，自己悟性雖高，但跟對手比起來，仍然有一大段差距。

不過幸好，那個姑娘，居然就這樣走了，她……看似平凡，但卻充滿壓迫感，奇怪！這股壓迫感從何而來？

「小妮子始終是小妮子，」伊藤微笑著，「無論能力多強，還是一個貪玩嗜吃的小妮子，相比之下，她姐姐成熟多了。」

姐姐？

「翔一郎，高野山的修練生活，過得如何？」伊藤問翔一郎。

「上次事件你大顯身手，技驚四座，確實令我大開眼界，想不到當年那個哭過不停，嚷著要回家的小毛孩，如今已能獨當一面，單挑各路邪魔妖怪，看來你師傅，真的對你悉心栽培啊！在下身為同門長輩，也倍感光榮。」

「已被逐出師門的人，沒資格跟神社稱兄道弟，更沒資格提起我師傅！」翔一郎緊握雙拳，氣憤地說，「為了一己私利，背叛神社，出賣同伴，還把幾個威力巨大的詛咒，偷偷從被囚禁的法器中釋放出來，為眾生增添更多混亂元素，把你的名字跟伊邪那神社相提並論，簡直是污衊！」

「呵呵，拳頭握得這麼緊，想揍我麼？」伊藤笑笑，「論資排輩，我應該跟你師傅是平輩吧……不不不……可能比你師傅還大一點……唉！年紀大了，記性不好，勿怪！」

「連你師傅也不敢以晚輩稱呼我，你若向我動手，就犯了同門不得以下犯上的戒條，你一向視戒律如命根，此等道理，你一定比我更清楚。」

「自從你被三尊者逐出師門後，」翔一郎架開雙手，擺出作戰姿態，「你早已不是伊邪那神社的人，在下也無須對你客氣。」

「且慢，且慢，」伊藤右手伸進西裝口袋，不慌不忙地說，「大家都是文明人，不必每次都動刀動槍，用武力解決問題，況且……」

他拿出一支潤唇膏，往自己嘴上輕輕一抹。

「……今晚這場盛會，是鬥智，非鬥力。」

被他一言驚醒，翔一郎慨嘆自己差點誤了大事，一心只想著為神社清理門戶，被仇恨沖昏頭腦，完全忘卻自己今晚前來的目的，大宅裡面可能發生的悲劇，才是最迫切要處理的事宜。

「樓下舉行的說故事儀式，是你的傑作吧？」翔一郎冷靜下來，決定先探聽虛實，「那場野火會，四個年輕人被殺，無臉的女人，童穆的死，以及這場所謂五個人說故事聚會，通通都是你的幌子？你的最終目的，根本就是想奪去李小姐身上的能力！」

「你假意邀請她，引誘她來這裡，然後把她的能力據為己有，對於你這位愛好各種千奇百怪詛咒的收集者來說，她這種罕見的力量，一定覬覦已久，求之不得吧？」

「不對不對，」伊藤搖搖頭，滿臉委屈，「不諱言，那位詛咒之人李秀妍，我的確很感興趣，而她亦已被我納入未來的計畫中，可是今晚發生的事……這場說故事儀式……他們五個人……並不是我的主意！」

「那會是誰的主意？」翔一郎急著問，「剛才那個女孩？」

「唔……」伊藤猶豫了一下，「嚴格來說，不是！不過呢……事件的遠因，跟她也有一點點關係。」

「遠因？什麼意思？」

「就是字面意思，」伊藤走到天台一旁，抬高頭，仰望夜空，「跟我年紀一樣，那是一件……很久很久很久以前的事了。」

很久很久以前？難道……

「那股能隔空摧毀一個人的力量，到底來自誰？」

伊藤露出一個似笑非笑的表情。

「你可知道……在三界六道，凡塵極樂中，最可怕的東西是什麼？」

翔一郎擺出一副迷惑的表情。

「癡。」伊藤詭譎狡獪地笑。

四十二

喀喀……喀喀……

這聲音，像是敲門聲，但又……

「家彥，聽到了嗎？」秀姸儘量壓低聲線，貼住他耳邊說，「剛才兩下好似是敲門聲，難道就是韓先生所提到，想你調查的喀喀聲？」

「嗯，」家彥放輕聲線回答，「這個聲音，我在三樓時聽過一次，總覺得它不像敲門，反而像故事中的敲櫃聲。」

「就是敲敲衣櫃朽木，就有東西從裡面爬出來……咦！家彥，為什麼你臉色變得這麼難看？不舒服嗎？」

「不，沒事，我們趕快去找那個衣櫃和梳子吧。」

「不過昕涵在我們臨行前提醒過，」秀姸記起好友的囑咐，「說櫃子不是重點，櫃子裡面的鏡子才是重點，等會兒發現衣櫃，我們可以查看……」

後面木梯突然傳來響聲，秀姸回頭，看見有個男人正扶著梯子急步下來，最後幾步幾乎是跳下來的，非常熟悉的身影……咦！這不是小宋嗎?!

「小宋，為什麼你下來了？」秀姸走上前問。

聽到一把溫柔而認識的聲音，小宋緩緩把頭抬起來，表情有點意外。

「啊！原來是李小姐，還有卓先生，你們……為什麼也下來了？」

秀妍心想，看來他們三人，目標是一致的。

「你是否，想找一把玉梳子？」家彥聰明地一語道明。

小宋見沒辦法再隱瞞下去，攤開雙手，坦率地說。

「對，就是玉骨櫛。」他一雙大眼望著兩人，「相傳那把梳子能鎮壓妖氣，只要找到它，就能……」

「就能什麼？」秀妍好奇地問。

「就能解除邪惡……所有邪物都會失去力量……到時那隻女妖也不能再纏著我……」

秀妍望著家彥，看見他露出一個驚訝的表情，這也難怪，如果她之前不是見過小宋的回憶片段，她相信自己也會有同樣反應。

那四個滿臉血肉淋漓，雙目盡毀的年輕人，果然是小宋認識的！

「你是否之前曾經歷過什麼？」秀妍嘗試誘導小宋說出真相，好讓她掌握全盤局勢，「才會遇見那隻女妖？」

小宋深深嘆一口氣，不情願卻又無奈地說出來。

「幾個月前，我和我的朋友，因為好奇和貪玩，曾經嘗試舉行說故事儀式。」

「然而，全都死了……我四個朋友全都死了……」小宋開始有點激動，「是那位大人把他們全殺死！」

秀妍和家彥互相望了一眼，兩人同時擺出一副不明所以表情。

那位大人？什麼來的？

「傳說當你完成第五個故事後，那位大人就會出現，」小宋說時，左右顧盼，「但我遲到了，我四位朋友不等我便開始……騙人的，他們也只是說了四個故事而已，那位大人便現身，把他們給殺了！」

「那位大人，長什麼模樣？」家彥問。

「女子，一名長髮無臉女子，」小宋續說，「我以為我逃過一劫，誰不知……我每晚做夢都夢見這名女子……還有我死去的四位朋友……他們通通都要我的命……這幾個月來我寢食難安，心想，是否我把自己的故事說出來，就能解脫？」

「所以，你就來參加這場說故事比賽？」今次輪到秀妍問。

「對，一來想試試是否把儀式完成，無臉女子就不再找我。」小宋嘆一口氣，「二來，我收到可靠消息，知道玉骨櫛跟那位女子有關，可以用作鎮壓她之物，而那把梳子，就藏在地牢中。」

「我明白了，剛好我們也在找這把梳子，讓我們來幫你吧！」秀妍回過頭來，望住家彥，「家彥，你說好不好？」

只見家彥若有所思的，一動不動呆站原地，腦子裡像忙著想什麼事情，沒有回應秀妍。

「什麼事了？」秀妍擔心地問。

家彥此時像被驚醒似的，迅速回神，望住秀妍和小宋。

「來，我們去找吧！」

三人先向右拐，進入三岔口右邊房間，家彥輕輕推開沒上鎖的門，裡面除了幾張椅子和一張枱子外，幾乎什麼都沒有……說是幾乎，因為還有一樣東西，放在枱子上。

一個蒙塵的綠色髮夾。

「看！家彥！」秀妍拿起髮夾，用手輕抹塵埃，「有髮夾，就一定有梳子！看來我們找對方向了！」

「但這兒放眼所見，沒有地方可以藏東西，看來梳子不在這裡。」

「那一定是在另外兩條通道上，通道的盡頭，應該是房間，」秀妍放下髮夾，跑回門前，「快！我們回頭找找看！」

兩人轉身往回走，就在她離開時，秀妍瞥見，小宋神色緊張地，拿起髮夾，藏在袖口裡。

奇怪！他為什麼要帶走髮夾？

古怪的行為不止小宋，秀妍察覺到，家彥的行為舉止，也變得愈來愈謹慎，他不單小心翼翼地用手機電筒，照向前方每個角落，還把她挪到自己身後，好像試圖用身體保護她。

再次來到三岔口，今次是二選一。

「不如先走左手邊那條，」秀妍對家彥說，「看看拐彎後的路通往那兒，再決定是否繼續走。」

「不，」家彥眼神猶豫，盯住那個拐彎，「還是先走中間這條吧，那個拐彎，我覺得……」

家彥突然停止說話，秀妍明白原因，因為她也聽見了……

那個敲門聲……或者敲櫃聲……再次響起……就在拐彎那條通道上……

更可怕的是……秀妍感應到……有個東西……正從拐彎那邊走過來……

四十三

「那位大人，正是我的親姐姐！」

昕涵聽到楚琳的說話，腳步一虛，整個人站也站不穩。

「為什麼稱呼親姐姐做那位大人？她沒有名字嗎？」

「她的名字，不能直呼，否則禍患無窮。」楚琳意味深長地望向昕涵，「情況就等同妳包包裡的金屬方塊一樣。」

昕涵下意識的用手護住包包，楚琳笑了。

「妳稱呼它做小明，但小明真是它的名字嗎？不是吧！小明只不過是一個稱號，是伊藤先生幫它改的，一個讓人容易記得的稱號，姐姐也一樣，她也有名字，那位大人只是對她的尊稱。」

果然是伊藤！又是他在搞風搞雨！他現在也在這裡嗎？不過最令昕涵好奇的，是楚琳如何跟伊藤扯上關係？

「小明跟我姐姐，其實還有一個共通點，」楚琳站起身，開始圍著圓枱，順時針方向走，「就是對看不順眼的東西，統統除掉！」

昕涵的心蹙了一下。

「遇神殺神，遇佛殺佛，是他倆的特性，凡是有損他們利益的事，阻住他們前進的障礙，都會逐一解決，對於這點，相信妳比我更清楚吧，昕涵姐姐？」

昕涵的心再一次蹙痛起來，她低下頭，把金屬方塊從包包裡拿出來，放在掌上。

小明，在幫助祝家強大昌盛的同時，不知埋葬了多少擋著家族前路的人，不論是生意上的敵人或合作伙伴，它都會毫不憐憫地一一加以鏟除，有時甚至殘忍到全家受害，家破人亡，為的，只是祝家的興旺。

所以祝家之所以能夠站在企業之巔，腳下卻是踩著無數被害者的萬骨塚。

這是爺爺當年的選擇，選擇一個邪門霸道，但卻異常有效的方法，光大祝家……

現在輪到我的選擇……

「我知道，妳會毫不猶豫地，追隨妳爺爺的方向，所以，我才看上妳。」

「小明的屬性，跟我姐姐很相近，兩股都是威力巨大的力量，只要姐姐在內攻擊，小明在外削弱，裡應外合，囚禁封印必可打破，到時小明吸收了封印的力量，守護力加倍，對妳和妳家族以後的發展，都有好處。」

「可是，卻要犧牲無辜的人。」昕涵望望五張空椅子。

「這也是無可避免，」楚琳若無其事地說，「我已有代替品，不會有事，只是其餘的人……」

「那麼妳姐姐……那位大人……現在逃出來了嗎？」昕涵把方塊收回包包中，「故事已經說完了，儀式也結束了，為什麼仍沒有動靜？」

「這個……我也感到奇怪，」楚琳望望四周，「按理說封印應該被打破了，姐姐也早該現身了，為何遲遲不見人？莫非……」

「莫非什麼？」

「封印尚未打破，又或者剛才來的大和尚……」

「會不會，是妳姐姐那邊出了狀況？」

昕涵只是隨便說個可能，豈料楚琳眼神一轉，馬上繞著圓枱，急步走到昕涵面前。

「那五個故事，妳已經全聽過了，」她問，「妳認為，五個故事之間，有什麼相關聯繫？」

昕涵閉上眼，靜心回想，五個故事，到底有哪些元素，彼此是互相牽連的。

首先，正如之前所推斷，每個故事，似乎都有一樣關鍵物件，貫穿主題：小宋的玉骨櫛……很明顯就是那把玉梳子；蔡老頭的饕餮湯……表面看來好像是湯，但昕涵還是傾向，那條令湯變味的頭髮，才是關鍵之物，梳子配頭髮，也比配湯合理。

陽虹的朽木叩……昕涵相信跟蔡老頭的故事一樣，表面是衣櫃，實質是衣櫃裡的鏡子；可是慕湘的悲泣女……到底是那條陰風陣陣的冷巷……還是悲泣的女嬰……這個她還不敢肯定。

最頭痛是楚琳的難破船……好像沒有什麼東西能跟之前故事結合，關鍵之物到底是啥呢？不會是墓碑吧？

前四個故事，四個人死，而且死法非常殘忍……阿博下半身被撕開；阿倩半個頭顱在煲湯；沈太整個後半身被輾去；最可憐是結子，她生前受到污辱被割破肚皮，流出的內臟一地都是。

可是，難破船呢？最後好像沒有酷刑般的人送命，為何這個故事偏偏沒有？

昕涵想得入神，完全忘記了楚琳就在身邊。

「怎麼樣？想通了嗎？」

「頭三個故事，梳髮鏡，都是模仿女人梳頭的景象，至於第四個……冷巷……不不不……那個女嬰好像合理些……但……一個女嬰懂得梳頭嗎？還要一邊哭一邊梳？這個關連好像有些牽強！」

「假如，」楚琳幽幽地笑著，「那個不是女嬰呢？」

「怎麼可能！」昕涵反駁，「故事明明說，最初以為是少女的悲泣聲，及後才發現是女嬰的哭泣聲！」

「那如果，少女的身體，從未長大呢？」

昕涵站在原地，呆若木雞，不知如何反應。

楚琳的意思，是一名已經是少女年紀的人，但身體各個器官，包括聲帶，仍然處於女嬰狀態的……怪胎？

「第五個故事，道理也是一樣，愈隱藏的東西，就藏在愈明顯的地方。」

楚琳這樣解釋，令昕涵仿如醍醐灌頂，茅塞頓開。

「那個……那個人……就是關聯……瑛兒……瑛兒本人就是……」

「野篦坊！」

一把沉穩而富魅力的磁性聲音從身後傳來，昕涵回頭，發現久未露面的陽虹正站在身後，不過他今次目露凶光，渾身上下充滿殺氣。

「梳子、頭髮、鏡子、女嬰，交織出今晚說故事大會的真正主題……當然少不了野篦坊自己。」

陽虹手上拿著一把巨大的十字弩，弩上裝了一支箭。

「妳的故事出賣妳了，孫小姐。」

他舉起十字弩，瞄準楚琳。

「野篦坊，受死吧。」

從那天開始，我便再沒見過妹妹。

她好像從未出現過似的，完全不留痕跡地，消失在我的日常生活中。

每次當我問起妹妹的事，家中三個男人均異口同聲地道，這個人根本不存在，一切只是我幻想出來，因為我一直渴望有個妹妹。

可是，這麼多年來，跟妹妹相處的這段時光，是多麼的真實……多麼的逼真……跟她交談……跟她玩耍……那份氣息……那份觸感……對了！

我連忙翻開衣櫃，打開收藏在裡面深處的紙皮箱——這是我專門用來擺放心愛之物的箱子。

妹妹的面具，就放在紙皮箱內！

我拿起這個貓仔面具，柔軟的指尖觸碰到冷硬的塑膠質料……

就是這份觸感！不會錯！每次當我想除下妹妹的面具時，總會被她乖巧避過，但我的指尖，有好幾次還是能夠觸碰到面具的表面。

妹妹是真實的！她故意放這個面具在紙皮箱內，目的是提醒我記住她的存在，因為這個箱子只有我和她知道，這個面具，除了她，沒有第二個人可以放。

但她為什麼突然消失？我不知道，除了面具，又好像沒有其他證據，證明妹妹曾經存在……不！還有一樣東西可以證明……

鏡子。

妹妹說過，我們家沒有鏡子，只要能夠證實這點，就說明妹妹的確曾經出現在這個家中。

鏡子……鏡子……一個閃閃發亮，能反映自己容貌的東西，我找遍整間屋子，也沒找到類似的東西，看來妹妹的說法是對的……

那三個男人，隱瞞著媽媽的真正死因。

我氣沖沖地去找爸爸，事到如今，不論是妹妹的失蹤或媽媽的過身，都已經瞞不下去了，我來到房門口，準備敲門之際，房內傳來爸爸和爺爺的對話。

「好！這間大屋不錯，我們就搬進去吧！」

搬家？搬哪兒？我側耳細聽。

「父親滿意就好，我最初還擔心，父親會不喜歡山頂的屋子，嫌它偏僻，又冷又濕。」

「賺到錢，當然要住更好的房子，何況我們將來還會請司機，交通不成問題。」

「對！跟大財團合作就是爽！他們一筆訂單頂得上我們以前的十單，而且還會源源不絕下單，有他們做合作伙伴，我們以後都不愁生意。」

原來是因為生意賺大錢，看來對方是個闊綽豪爽的人。

「這個當然！你以為祝老先生是何許人物？當今地產發展商第一把交椅！有他照顧，我們的生意只會蒸蒸日上。」

「哈哈哈，總算泊到個好碼頭，也找到一間合乎未來身分的房子，父親，你知道嗎？這棟大宅，有個很好聽的名字。」

「什麼名字？」

「聽櫛亭。」

聽櫛亭……這個名字……

「什麼怪名字！老人家我聽上來，一點也不喜歡。」

「經紀告訴我的，說是大宅初建成時的名字，如果父親不喜歡，也可以改掉。」

「改，把它改掉吧，又不是公園涼亭，叫什麼亭！」

「好，那我明天跟經紀講……」

我退出去，沒有打擾他們，因為我的思緒，全放在新屋的名字上。

聽櫛亭……這個名字……似曾相識……好像在哪裡聽過……但我明明是頭一次聽到……

我回到房間，細心思考這幾日所遇到的怪事——

媽媽生完我後難產而死，但我卻多出一個妹妹；

而妹妹她，終日戴著面具；

家人否認妹妹的存在，但妹妹確確實實出現在我面前；

屋裡沒有鏡子；

家人決定搬家，新家的名字我好像在哪裡聽過，叫聽櫛亭。

這個名字，非常困擾我，為什麼？

帶著這些疑團，我們正式搬進新屋，是一座很有氣派，三層高複式大宅，前有庭園，後有靠山，聽聞是塊風水地。哥哥很開心，因為屋子比以前大了，爺爺爸爸更開心，因為正式晉身富豪圈子，但我卻不開心，因為搬新屋後，我發現仍然欠缺一樣東西。

鏡子。

這不就很明顯嗎？舊屋沒有新屋也沒有，肯定是他們三人故意不放鏡子！妹妹是對的，我開始懷疑媽媽不是難產而死，她應該是在生完妹妹後，因為某些事故意外身亡，又或者是……被家人害死的！

全身雞皮疙瘩的我，就在這個新居，在三個男人的歡笑聲中，度過十八歲的生日，然而，生日並未有為我帶來祝福，因為一星期後……

爺爺死了。

裡之章——亭深聽櫛

＊＊＊＊＊＊

「嗨！」

他是誰？為什麼會在這兒出現？

「請問……這裡是什麼地方？」

我坐在樹下，一動不動，看看他會說什麼？

「喔！原來妳是……欸！我疏忽了，妳不單不能開口說話，也聽不到我說什麼，對嗎？」

「真可憐，是被父母遺棄？那……我坐在這兒陪妳一會，好嗎？」

真多事！

「妳挨著這棵樹……是桃樹嗎？梅樹？抑或杏樹？」

是柳樹！這樣都看不出？傻瓜！

「我瞎猜的，其實我對這些植物沒有研究，只是……見妳挨著的姿勢很美，才好奇一問。」

無聊！

「我……我可以……和妳做朋友嗎？」

什麼？

「我真傻，妳根本聽不見，還不斷向妳發問，不過這也好，妳不回答，我當妳應承了！」

……

「好！那以後我們是朋友了，記住喔！」

就這樣，他硬坐在我旁邊，不發一語，靜靜地陪我看著夕陽。

這是我跟他第一次相遇。

他是從哪裡來的？不知道，他為什麼能到這裡來？也不知道，我只知道，我活在這個冷清清的世界，孤獨了一輩子，到現在我差一步就能逃離這個囚牢，上天才派一個人來陪伴我？這是憐憫我嗎？不！我不能因為他而誤了正事，計畫必須繼續進行，我決定不理他，由得他坐在一旁自言自語，事實上，我也無須理他，像他這類卑微的人，我根本不屑一顧。

因為我是神。

自從見到那個嬰孩之後，我便開始有能力，在這片本來漆黑一片，虛無飄渺的空間中，創造屬於自己的新世界！

首先是光，突然頭頂冒出一個熾熱的大火球，叫做太陽嗎？然後大地開始出現，有山、有水、有樹、有草、甚至出現氣候，看得見雲，感覺到風，所有一切，都跟隨我的意願進行，因為，這是我所能感知的世界。

而這時候的我，意識也開始具現化了，就跟那個嬰孩，跟那四個人一樣，變成一個真正有血有肉的人。

原來我，在這個時空中，擁有創造一切的能力，我的強大意識，能夠把東西從沒到有，把虛空變實體，只要我想，就能創造出來。

我是造物主。

這時我才發現，原來我的力量是如此巨大，說變就變，說改就改，說留就留，是生是死，一切全在我掌控之中。

只要，是這個空間的東西……又或者……曾經出現在這個空間的東西……

所以，我要在這個小丘陵上，長出一棵柳樹，斜陽無限，涼風輕拂，這就是我想要的環境！每天挨在樹下沉思冥想，心情也愉快起來。

可是，我仍然不滿足。

因為我感到孤獨。

這裡雖山清水秀，但卻是冷冰冰的。

因為沒有其他人。

我是這裡的神，卻是孤寂的神，我是這裡的造物主，卻是沒人認識的造物主。

這樣，跟死人有什麼分別！

我所見到的影像——那個嬰孩和四個人的影像，盤古以來，一直在我眼前出現，彷彿在提醒我，我現在身處的環境，只是囚禁住我的牢房，不是真實的，真實的環境，就是影像所見的那個世界。

而我的計畫，我的目標，就是回到那個世界！

我所見到的嬰孩，是存在於另一個世界的我，我和她本為一體，但活著的型態卻有所不同。

我……活在這片單調荒蕪，無邊無際的山水中，只有意識，沒有肉體。

她……活在那片色彩豐富，有形有相的現實中，只有肉體，沒有意識。

所以……我必須找到她……奪回自己身體……

「一個人寂寞嗎?」

年輕男子再次開口。

「每次見妳,都是坐在這棵樹下發呆,姿勢還是一模一樣,真服了妳。」

我有把他創造出來嗎?好像沒有,因為除了花草樹木,日月風雨等大自然元素,我似乎並未嘗試過造人,他到底是從哪裡冒出來的?

「不過,這裡的景色真的一絕!看!那個夕陽,在醉紅色的落霞中載浮載沉,若隱若現,難怪妳只管坐在這兒不願走,能夠在夢中看到這樣的落日,真是死也願意。」

夢中?他以為在做夢?

「唉,人生……總有很多煩惱事,如果能夠找到一塊地方,像這裡一樣舒適自然,聞聞撲鼻花香,就算只能在夢境中出現……」

「你聞到花香?」

我終於按捺不住,開口問他。

「妳……妳……妳不是聾的嗎?不是啞的嗎?為什麼……為什麼……」

傻瓜!

「我只是不想出聲而已。」

「那……我之前所說的話……妳全聽到了?」

「嗯。」

「我……我……」

「不用慌，我不介意。」

他，天真得來帶點稚氣，真是有趣。

「你不是想跟我做朋友麼？可以喔！」

我心想，反正計畫還需要點時間，短期內，仍要逗留在這片風景雖美但孤冷的世界中，有他陪伴也好解寂寥。

「好啊！那作為朋友，我可否向妳提出點建議？」

「什麼事？」

「妳呢……可否……笑多一點……」

我瞪大雙眼，這個小子，膽敢……

「妳看妳，長得這麼美麗，但臉上總是缺乏笑容，冰冰的，繃繃的，一點也不好看。」

不錯！我的確很少笑，長久的孤獨洗刷了我臉上的表情，默默的沉寂也把我訓練得冷若冰霜，我幾乎每天只會坐在小丘陵上，挨著樹，兩眼望前，要麼不斷重複看著另一個世界，那個躺在床上的女嬰，思考如何回到自己的身體裡，要麼欣賞這片由自己一手創造出來，如詩如畫，但孤冷寂寥的世界。

我望著他，瞪著他的俏臉，忍不住笑起來。

「對了，就是這個笑容！原來妳還有兩個深深的酒窩，很迷人喔！」

「你很可愛。」

「為……為什麼……用可愛這兩個字來形容我？」

「因為……因為這兒根本沒有花，何來花香？」

「怎麼可能？我明明聞到撲鼻的花香味。」
我再一次笑了，笑得很開心。
「那是……我身上的香氣。」

四十四

癡？什麼意思？是癡迷？還是癡戀？

不，不能相信伊藤!!他一向狡黠，擅用言語和文字，引導對手走上錯誤的方向，掉進預先布置好的陷阱，他利用這種虛虛實實的心理戰，每次都能成功令對手自亂陣腳，絕對不能被他動搖。

不過，倘若他說的是實情呢？翔一郎自問，對這棟大宅內發生的事所知不多，對參與這場說故事儀式的人背景也知之甚少，若要了解整個事件的來龍去脈，眼前的人，就是最好的查問對象。

「誰人的癡？為誰而癡？」翔一郎試探地問。

伊藤踏前一步，唇角微微上翹。

「翔一郎，你戀愛過嗎？」

翔一郎一下子語塞，這個……自己從來沒想過這個問題，一向勤於修練的他，壓根兒沒時間去想其他事情，尤其是感情事，一生肩負除魔伏妖的天職，哪能……哪能將一個女子留在身邊！

「看你的樣子，還是處男吧，呵呵呵！」伊藤嘲笑，「你對神社捨身奉獻的精神，在下深表佩服，但在這個世界上，並不是所有人跟你一樣，對愛情無動於衷，有些人，對感情事還是看得比較執著……」

「這個癡的人，是個女人？」

伊藤停頓片刻，瞥了瞥翔一郎好奇的眼神，暗自偷笑。

「不要以為只有女生會如此，男生對感情事執著起來，也是非常恐怖。」

「誰？」

「一見鍾情，從此魂牽夢縈，就算被趕離那個世界，也千方百計想回去，為的，只是再見那名女子一面。」

咦！這個男人，甚麼跟童穆有幾分相似？都是看了那個女人一眼後……難道……難道他們看見的，是同一個人！

「為什麼這個男人，會愛上一個……沒有臉孔的女人？他本來就認識她嗎？」翔一郎問。

哈！哈哈！哈哈哈！

伊藤開始笑起來，笑得很瘋癲，聲音響遍整個天台，良久，笑聲才戛然而止。

「看來你還未搞清楚狀況，翔一郎，」伊藤仍然隱藏不住那輕蔑的笑容，「那個可憐的無臉鬼，只是一枚棋子罷了。」

「如果她是棋子，那麼這個令人魂牽夢縈的女人，是誰？」翔一郎承認有點驚訝。

「當然是那位大人！」

翔一郎望著伊藤，心想他的說話到底有幾分真，幾分假。

那位大人……翔一郎修行多年，從來沒聽過這名號，還要是女子，她到底是什麼來頭？

說實話，自己完全不諳感情事，根本不明白為何一名男子，可以這麼癡情地，執著地，鍥而不捨去見一名女子，不過，既然稱得上大人，那麼一定是有點本事，尤其是，隔空殺人的力量。

「童穆，是她殺的嗎？」他質問，「因為她想殺人滅口？」

「唔……」伊藤故作沉思，然後懶懶地，將已經知道的答案說出來，「姓童那個矮子，那位大人已經放他一馬，只奪去他的雙目，他還向你吐露真相……違反承諾，當然該死！」

「那位大人的名字，不能說嗎？」

伊藤沒有正面回答，他繞到翔一郎身後。

「不過就算他知道，也無妨，」他貼著翔一郎耳邊，輕聲地說，「因為那位大人，有很多名字。」

翔一郎急忙走前兩步，轉身面向伊藤，擺出作戰姿勢，然而伊藤沒有理他，自顧自繼續說。

「今晚參與說故事儀式的五個人，他們不約而同地，抱著一個共同目的，就是把那位大人召喚出來。」

「除了你剛才見到那個姓孫的小妮子外，其餘四個，某程度上，都被自己的癡所困。」

「其中一個，貪玩無知，連累同伴慘死，自己惡鬼纏身，希望完成儀式得以解脫。」

「另外一個，年輕時妄想得到永遠的財富，草率地許下承諾，如今恨不得將這個承諾毀掉。」

「還有一個，就是我剛才跟你說的，一個痴心妄想的男人，企圖獲得美人的青睞。」

說到這裡，伊藤突然打住了，翔一郎心裡算算，不是尚有最後一個嗎？為什麼不說了？

出乎意料的，伊藤露出一副不爽的表情。

「最後一個，跟你和我都有點關係……」

這句說話，大大出乎翔一郎意料之外！他豎起耳朵，等待伊藤繼續說下去，可是他卻突然收起笑容，一臉認真望著自己。

「翔一郎，何謂伊邪那四大流派？」

冷不防對方突然問起關於伊邪那學派的問題，雖然只是基本知識，所有弟子都會知道，但翔一郎還是沒能即時反應過來。

「怎麼樣，師傅沒教過你嗎？」

「當然有。」翔一郎回過神來，開始解答。

「所謂四大流派，是指伊邪那神社，在應對詛咒之人時，常用的四種解決方法，由於每種方法都有自己一套獨特的學問和技巧，所以便分出四個流派來。」

「驅咒流，入門流派，但凡詛咒徵狀輕微至中等，容易驅散，又沒不良後果者，便驅之散之。」

「破咒流，易學難精，但凡詛咒徵狀嚴重，咒入膏肓，藥石無靈，不能驅之祛之，便只能將其誅殺，破之滅之。」

「祛咒流，難學難精，理論上天下所有詛咒皆能祛除，但若操作不好，祛咒者自身反受其害，故學習的人最少。」

「控咒流，把詛咒之人身上的詛咒引導出來，據為己用，或以容器困之藏之，是伊邪那神社最難掌握的一門術法，也是四大流派中最難精通的一派。」

翔一郎一口氣說完，咬牙切齒望著伊藤，心想，他不會是為了炫耀自己是個控咒流高手，才問這個問題吧……不對！應該說，他是為了炫耀自己集四派之大成，屬千年一遇的天才，才會問這個問題！

「很好，很好，」伊藤拍拍手，鼓掌讚賞，「驅破祛控，四大流派解釋得非常清楚，果然是勤力用功的好門生。」

「這最後一個人，難道是伊邪那的門生？」

「是，亦不是，」伊藤搖搖頭，開始解釋，「很久很久以前，進入伊邪那神社修行的人，很多時連第一關驅咒流也過不了，他們下山後，便將學會了的部分技能，在民間招搖撞騙，試圖用學得不完整的功夫，替人驅咒賺錢。」

「後來，這些人聚集在一起，組成一個團體，名字叫做——驅魔獵人。」

「這群驅魔獵人，大多以口授方式，將自己平生所學，傳授徒弟，千百年來，一代傳一代，傳到今天……他們的驅魔水平，視乎師傅的水準而定，有高有低……當中有一個獵人，本事還是有的，他對驅魔的工作異常熱情，簡直達到走火入魔的境界，而他目前的癡迷……」

「就是要找出野篦坊，為他的女兒報仇。」

四十五

有個東西……正從拐彎那邊走過來……

秀妍左手開始顫抖起來，很強的執念……是渴求生命，絕不甘心的執念……為什麼會這樣？

她脫下半隻手套，嘗試感覺危險來自何方，執念愈來愈強，代表那東西愈走愈近，她索性脫下整隻手套，以備必要時，硬扛那個東西……

也就在這時，執念消失了！

秀妍詫異地望著前方，望住那個拐彎……

發生什麼事？剛才那東西明明就站在轉角位，甚麼忽然憑空消失了？

家彥好像也察覺到有些不妥，他向前走了兩步，來到轉角位，秀妍從後跟隨。

原來拐彎後是一條只有十米左右的通道，通道後是一個小小的空間，像儲物室，也像雜物房，沒有門，所以秀妍和家彥可以一眼看光儲物室的布置。

只有一個衣櫃。

若果之前沒有聽過喀喀聲，或者沒有聽過陽虹的故事，可能會對這個放在儲物室正中央的衣櫃，置若罔聞，不當一回事，可是現在，秀妍和家彥都開始警戒起來。

家彥慢慢走過去，屏息靜氣，嘗試把櫃門打開，秀妍把另一隻手的手套也脫掉了，她相信兩隻手發揮的威力，足以對付衣櫃內突然彈出來的東西。

櫃門打開，空蕩蕩的，什麼東西也沒有。

「奇怪了，剛才明明……」

秀妍突然停止說話，因為她發現一直躲在他們身後，默不作聲的小宋，兩眼放空，眉頭緊繃，開始進入失神狀態。

「小宋，你沒事吧？」

小宋眼神惶恐地望向她，額頭滿是汗珠，如雨點般灑落臉頰，然後……

他突然舉起右手，把剛才從隔壁房間拿走的髮夾，直插入眼!!

見到如此淒慘的畫面，秀妍忍不住尖叫起來，家彥迅速跑到小宋身邊，一手抓住他的手臂，但那支髮夾已經插進他的左眼！

「妳是誰……啊……是妳……野火會……就是妳把我的同伴全部殺掉……還纏著我不放……為什麼……我也只是好奇玩玩而已……為什麼整天在我眼前出現……」

小宋開始胡言亂語，秀妍和家彥合力，想制止他再把髮夾插入自己的右眼，然而就在這時……

先是背後再次傳來兩下喀喀聲，氣流也隨之改變，秀妍轉身，看見剛才被家彥打開後順手關上的櫃門，突然自動打開，半虛掩的門邊，伸出一隻蒼白的手……

執念再一次重現，秀妍倒抽一口涼氣，打了個哆嗦，看著這個東西，慢慢地從櫃子裡爬出來……

這個……這個東西……不正是自己在回憶片段中，所見到的……沒有眼耳口鼻，整張臉光滑如鏡，一直試圖往隙縫擠進去的女人!!

野篦坊？她就是陽虹口中那隻野篦坊？

等等！邏輯不對呀！陽虹不是懷疑楚琳是野篦坊假冒的嗎？那麼她現在應該跟昕涵在外面才對啊！倘若眼前這名無臉女子是野篦坊，那外面的……是誰？

說時遲那時快，正當秀妍還在思索時，無臉女子突然身體俯前，敏捷又迅速地，撲向他們三人。

家彥眼快，一手把秀妍推開，自己亦及時側身閃躲，唯獨小宋精神恍惚，未能及時反應過來，結果被女子撲個正著。

「為什麼……我已經遲到了……我沒有參與……妳還一直纏著我不放……我今次來就是想擺脫妳……梳子在哪裡……梳子在哪裡……我不想死……我不想死……妳走開……妳走開……」

小宋拔出髮夾，試圖往女子臉上插，卻被女子一手擋住，然後她用另一隻手——一隻五指修長，指甲尖得尤如刺矛一樣的手……

直插入小宋心臟……

秀妍尖叫，還未來得及反應，已被家彥一把拉住。

「來！這邊逃！」

本來是打算往梯子方向逃，可是無臉女子幹掉完小宋後，迅速回身，擋住去路，秀妍和家彥沒法，唯有往三岔口，中間那條未走過的通道逃去。

兩人頭也不回，不停往前跑，希望儘快忘卻剛才小宋慘不忍睹的死狀，也同時祈求這條通道，能夠平安帶他們離開這兒！

可惜，通道未有帶他們回到地面，而是通去一間更偌大，更寬闊的正方形房間，跟剛才右手邊房間一樣，這裡除了枱子和椅子，什麼都沒有，除了……

門口正對面的牆上，掛著一幅佔去半塊牆壁的水彩畫。

秀妍走過去，抬起頭，望著畫。

五個人，圍坐在一片白茫茫的背景中，其中一個雙手大動作在空中揮舞，像在高談闊論什麼，其餘四個正耐心聆聽，仔細看，四人中有一個是女生。

這五個人，都沒畫上臉孔。

秀妍望著這幅詭異的水彩畫，心裡有種說不出的不安。

不是跟今晚五個人說故事的情景很相似嗎？連性別也符合，說是描繪今晚這場儀式也不為過，但這幅畫，是誰畫的？

她走近畫像，仔細察看，水彩用色很深，顏料也很乾淨，像是新畫上去……

「秀妍，這裡沒有其他出口，看來我們被困了，等會兒那隻野……咦！妳看什麼看得這麼入神？」

「家彥，你看看這幅畫，是不是跟剛才他們說故事的情景，極其相似？」

「唔……這幅畫畫了五個人……他們也好像正在說故事……的確很像……但為什麼通通沒有臉孔？」

「我也不明白，」秀妍搖搖頭，「五個人都沒有臉孔，難道全是野篦坊？不對，這幅畫似在暗示其他方面的東西……沒有臉孔……沒有臉孔的人，最大特徵是什麼？」

家彥雙手抱胸，左手摸摸下巴。

「秀妍，若從這幅畫的畫工，能看出一些端倪嗎？」

對繪畫一向擅長的秀妍，嘗試以一個藝術系學生的身分，加上獨一無二，閱讀別人回憶能力帶給她對視覺敏感度的加持，再仔細把畫察看一遍，然後點評起來。

「這幅畫構圖太簡單了，明顯不是出自專業畫家之手，筆跡到處充滿生澀和稚氣，比較像是……一個初學畫作的小孩子，閒來無事隨手畫畫。」

「小孩子？不會吧！」

秀妍望望房間四周，看看除了掛畫之外，還有沒有其他發現。

「家彥，你覺得那把梳子，會藏在這裡嗎？」

「但這裡跟剛才的房間一樣，放眼所見，沒有能藏東西的地方。」

縱使家彥所說的都是事實，但秀妍仍不甘心，嘗試在枱面和椅子附近搜索，當然，完全沒有發現。

砰砰砰！房門突然被人重重拍了幾下，秀妍這時才發現，進來後房門被鎖上了。

「是我鎖的，」家彥馬上解釋，「這裡沒有其他出路，我怕那隻妖怪追上來，所以把門鎖上了。」

砰砰砰！房門再次被人重拍，但伴隨拍門聲的，還有一把年老男聲。

「開門，快開門！」蔡老頭虛弱地喊著。

「家彥，快把門打開，」秀妍催促，「妖怪還在外面，蔡爺爺可能會沒命。」

門打開，兩人合力把蔡老頭拉了進來，然後馬上關門。

「謝謝……謝謝你們。」

「蔡爺爺，你有沒有……遇見一個無臉的女人……」

「沒有。」

「那小宋呢……」

「見到了，滿身是血，躺在地上。」蔡老頭嘆了一聲，「可憐的小伙子……」

「你為什麼會下來的？」

「那個不祥之物，就在這房間中。」蔡老頭望著秀妍說，「我想妳，在我面前，親手把它毀滅。」

四十六

陽虹拿著十字弩，殺氣騰騰對準楚琳。

昕涵被這幕情景震懾了，因為她完全沒有料到，陽虹進房是拿武器對付楚琳，還是一把罕見的十字弩。

「野篦坊，妳逃不了，」陽虹眼神凶狠，語氣激動，「我終於可以替女兒報仇了！」

「你的女兒？你的女兒是誰？」楚琳雙手交叉放在胸前，站在射程內跟他對峙。

「忘記了嗎？」陽虹忿忿不平，「難怪……這麼多年了，那場車禍……害死了多少人……但妳根本不在乎，妳們這些妖怪，視人命如草芥！」

「車禍？死了很多人？」楚琳閉起雙眼，很認真地去回想，「呀！記起了，秦先生，你誤會了，那個東西，不是我。」

「妳還想狡辯！」陽虹調整站姿，「我已經調查得很清楚，為了追蹤妳，我查訪了很多見過野篦坊的人，花了那麼多功夫，絕對不會錯！」

「但還是錯了，」楚琳搖搖頭，「錯手害了你女兒的，是被野篦坊之血詛咒的人，她是……她是誰根本不重要，最重要是，我不是你的獵殺對象。」

昕涵呆若木雞望著他倆，誰是誰非，一時也搞不清楚。

「少裝蒜了，妳若不是野篦坊，為什麼要隱藏身分，選擇在這棟大宅裡舉行？」陽虹繼續說，「在這兒，你根本沒可能分辨出誰是妖，誰是人，我說得對嗎？」

「秦先生，」昕涵終於抓到機會插話，「你剛才的話是什麼意思？」

「祝小姐，妳有所不知，」陽虹若有所悟地說，「這棟大宅，有道力場保護，把妖氣淡化了，就算道行再高的人，也很難分辨出人和妖，這樣，正好方便野篦坊繼續偽裝孫小姐。」

「昕涵，不要聽他的！」楚琳緊張地望著自己的好友，「他含血噴人！」

「祝小姐，妳試想想，」陽虹有條不紊地說，「一個已經跟妳失聯五年的人，突然回來，不單獨見妳，反而邀請妳參加一場怪異的聚會，妳不覺得可疑嗎？她選擇在這棟能夠淡化妖氣的地方進行儀式，除了想掩飾她的真正身分外，還想利用妳！」

「昕涵，別信他！」楚琳瞪大雙眼，目光誠懇，「我找妳的目的，之前已經跟妳說清楚了，不要被他挑撥離間。」

「等等！你們兩個都住口！」昕涵走到一旁，跟兩人保持一段距離，「秦先生，你說楚琳是野篦坊，這不是一個能隨隨便便說出口的指控，你可有證據？」

「證據？我有！」陽虹悻悻然說，「鏡子……難道妳沒有發現，她自來到大宅那一刻開始，便經常照鏡子？」

這點其實昕涵早注意到了，的確，楚琳自來到這棟大宅後，便不停照鏡……

「祝小姐妳可知道，她為什麼要經常照鏡子？因為她要保持住自己的臉容，保持住孫楚琳的外貌，所以便要經常照鏡，以免稍一不慎，變回空白的一張臉。」

昕涵瞪著楚琳，像在問她陽虹這番說話是真的嗎？她沒有反駁。

「再告訴妳一件事，妳便知道我所說的話句句屬實。」

陽虹突然露出一副憂傷亦無奈的表情。

「妳可知道，為什麼這場說故事儀式，需要五個人？」

昕涵搖搖頭。

「這是因為……要對應野篦坊身上的五項特徵……」

野篦坊身上的特徵？這隻妖怪有啥特徵！還不是一隻沒有臉孔的妖怪……等等！難道是……

昕涵用手掩著張大了的嘴巴，定睛望著陽虹。

「我想妳已經猜到了。」

陽虹氣定神閑，慢慢吐出這句說話。

「我們五人，分別欠缺五感中的其中一感，以此對應野篦坊沒有五官的特徵。」

昕涵瞬間恍然大悟！

難怪小宋對楚琳的香水味無動於衷；
難怪蔡爺爺整天喝白開水，而他故事中的主角，喝湯亦索然無味；
難怪慕湘談話時，老是盯住人的臉，原來他是在讀唇；
「那麼你……」昕涵望住陽虹。
「我有夜盲症，眼睛算是半盲。」他的十字弩仍然對準楚琳，「至於她，應該是沒有觸覺。」
「野篦坊沒有觸覺的嗎？」昕涵感到訝異。
「這個我也不敢肯定，至少典籍沒有相關記載，」陽虹下巴指指楚琳，「妳最好自己問她。」
楚琳仍然沒有作聲，昕涵這下替她焦急了，妳不出聲否認，難道是默認陽虹所說的一切？
她走近楚琳，輕聲地問。
「他所說的一切，是真的嗎？」
楚琳冷笑一聲，走到附近地上的角落，右手提起一支點燃的蠟燭。
「這就是你們想知道的答案。」
楚琳把左手，放在蠟燭上方，任由皮膚被火焰灼燒！
昕涵和陽虹，都被她這個動作嚇呆了。
「快停手，楚琳！」她大叫，「妳這樣會燒傷自己，很痛的！」
昕涵突然停住了，她想起一些事情……
跟楚琳初次在庭園見面，寒風凜凜，但她穿得很單薄，完全不覺冷……
跟楚琳在二樓房間中對話，自己曾經把她的手腕抓得一片紅，然而她卻毫無反應……
現在，楚琳把自己的手放在火上燒，但她沒哼過半句聲……

楚琳……難道妳……

不會的！不會的！昕涵仍不甘心，她嘗試盡最後努力，確認楚琳身分。

「五年前，妳在這兒……就在這兒……跟我和霍爾說了個故事……那是一個什麼故事？」

楚琳沒有回答，只是把蠟燭移開，對昕涵露出一個燦爛的笑容。

她剛才被燭火灼紅了的手……居然慢慢癒合……

「祝小姐，請妳站在一旁，」陽虹盯實楚琳，「箭矢無情，我怕傷到妳。」

四十七

「到底那個不祥之物，是什麼東西？」

家彥確保門鎖好後，回到秀妍和蔡老頭的身邊，認真地問。

「其實只要朝那邪惡的東西望一眼，你們都會知道。」

蔡老頭一臉慘白地盯住兩人，然後，徐徐地，唏噓地，開始述說他的故事。

「我年輕的時候，是一名混混，不務正業，最愛賭博，結果惹來一屁股債。」

「當我差不多走投無路，想自殺了結生命時，一名年輕女子突然來找我。」

家彥留意到秀妍身子微微一震，是什麼原因令她有如此反應？

「她帶我去最好的酒店住宿，給我吃最好的美食，還給我大量現金，說是我每個月的生活費。」

「天下間沒有免費午餐，作為回報，我問她是否想我替她做些什麼事？我甚至已經準備好替她殺人，但她只笑笑說，總會有這一天的到來。」

「如是者，一晃十八年，由少年到中年，一直過著奢華生活的我，終於等到那位少女，所講的那一天到來……」

家彥察覺秀妍的身子今次抖動得更為明顯，她似乎非常投入這個故事，為什麼？

「她來到我下榻的酒店，手裡抱著一樣不知是什麼的東西，叫我向天發誓，一定要用生命守護，不能有所疏忽。」

「否則，財富失去，健康失去，生命也會走到盡頭。」

秀妍此時將身子俯前，雙眼不停閃爍，像發現謎底一樣興奮。

「那個不祥之物，是一個嬰孩嗎？」

家彥和蔡老頭，同一時間露出驚訝表情。

「原來李小姐已經……猜到了。」蔡老頭淡淡地說。

「你一心以為，既然這個嬰孩能夠帶給你財富，多加照顧也是理所當然，因為你希望它能夠繼續保佑你，繼續帶給你源源不絕的金錢，所以你便發誓了。」

「對，可是我後悔了。」

「為什麼？」今次輪到家彥問。

「那個嬰孩，不是普通的嬰孩，它不會長大的！」

家彥留意到秀妍，終於露出吃驚的表情。

「它……永遠停留在嬰兒階段，幾十年來，不吃不喝，卻不會死亡！」

「這個……是魔鬼怪嬰嗎！」家彥忍不住說出心底話。

「說得沒錯！」蔡老頭點頭同意，「它絕對是魔鬼，是不祥之物，不單不會死，一到晚上，更會發出悲愴絕倫，淒厲恐怖的哭泣聲！」

家彥跟秀妍，不約而同地對上一眼。

悲泣女……

「我忍夠了！實在忍夠了！」蔡老頭雙手抱頭，痛苦地說，「幾十年來，我每晚飽受只有自己才聽到的悲哭聲煎熬，精神萎靡，健康每況愈下，這樣下去，我不用違背承諾，也命不長矣。」

「所以，我最後把那個不祥之物帶到這裡來，因為這裡據說是鎮邪之地，只要安放於此，便可以有效地把它鎮壓。」

「既然都鎮壓了，為什麼還要回來毀掉？」家彥好奇。

「因為自從把它帶來這裡後，」蔡老頭開始激動起來，兩眼冒火，「我的財富失去了，健康也從沒好轉過，到最近，我更證實肝癌末期……」

「一切一切，都是這個嬰孩害的！十八年過著富豪生活，自從接手嬰孩後，財富便沒有再增長過，健康卻愈來愈差，精神更加是折磨虐待，一切一切，都不是那位年輕女子，曾經承諾過給我的！」

家彥暗自思忖，或許，那名年輕女子所承諾的，是以前半生十八年的財富，換取後半生守護魔嬰的責任，蔡老頭貪圖一時富貴，草率發誓，結果上當了！

「反正我都快要死了，」蔡老頭怨憤地說，「我也不怕什麼違反不違反誓言了！只要，在我臨死前，能夠親眼見到嬰孩被你們殺死……」

「為什麼蔡爺爺你自己不動手？」

「因為我當年曾許下承諾，會保護嬰孩，所以我是殺不了它。」蔡老頭無奈地說，「只能靠你們了。」

「但這個嬰孩在哪兒呢？」家彥望望四周，「放眼所見，沒有能藏東西的地方。」

蔡老頭沒有作聲，只是定睛望著那幅掛牆水彩畫。

這幅畫，佔去半塊牆壁，也太大了吧……

莫非後面……

「家彥，快！幫我拿下來。」

秀妍一邊叫著，一邊走到畫的左手邊，如此同時，家彥機靈地走到畫的右手邊，兩人合力，把水彩畫從牆上搬下來。

果然，這麼大的一幅畫，為的是擋住牆身正中央位置……

一個長方形桃木櫃子，就放在嵌入牆內的架子上……

那個嬰孩，就在裡面嗎？

「小心！」蔡老頭突然叫了出來，「不要被它嚇倒！」

家彥在想，這個不祥之物，極其量只會在他們打開櫃門時，發出恐怖的悲泣聲，自從聽過故事後，他和秀妍已經有心理準備。

兩人走到櫃子前面，互相對望一眼，點點頭，然後打開櫃門……

這……這是……這是什麼……

秀妍馬上尖叫一聲，迅速用手掩著嘴巴，家彥也很想大叫，因為這是他平生見過，最怪異，最噁心，最畸形的物體。

櫃子裡，是一具乾巴巴，像嬰屍般的物體……
它的頭髮很長，幾乎把整個小小的身軀覆蓋著……
然而，在髮與髮之間，仍能瞥見嬰孩的臉孔……
跟乾巴巴的身體不同，那是一張白皙、光滑、平坦的臉……
一張家彥非常熟悉的臉……
一張沒有五官的臉……

爺爺是在晨運跑步時，心肌梗塞而死。

懷著悲痛的心情，我們送了爺爺最後一程，當時的我並沒有想太多，爺爺年紀大了，雖則沒有什麼大毛病，但突發性心臟病，以他這個年紀，也不算罕見，所以我當時認為，爺爺只是天壽已盡而已。

可是，原來爺爺的死，只是厄運的開始……

銀行突然催討爸爸還債，害得爸爸四出奔波籌錢，供應商也突然因周轉不靈倒閉，我們手頭上供貨給祝家的合約，恐有毀約之慮，又是爸爸，親到祝家求情，懇求祝老先生通融，然而，祝老先生不單沒有同情我們，反而趁火打劫……他想用市價三折的價錢，收購我們公司。

這和搶劫有什麼分別！爸爸最初不同意，拒絕祝老先生，但所有事情的發展，都好像跟我們作對似的，一步一步逼我們走上絕路，尤其是，哥哥的死……

他是在回家的路上，被人從高處掉下的電池，擊中頭部致死。

荒謬吧？至少我覺得非常荒謬！一枚小小的電池，碰巧從高處掉落，碰巧哥哥經過，碰巧擊中那個移動中，從高處望下去只有那麼一點的頭顱，世間上哪有這麼巧合的事！是命運嗎？還是，冥冥中有股力量，想把我們全家殺盡，以鏟除祝家收購的最後障礙！

我是這樣想，但爸爸明顯不是，哥哥的死擊潰他的最後防線，心灰意冷下，爸爸把公司賤賣給祝家，從此隱居聽櫥亭，閉門不出，可能是心裡太過鬱結，也可能是太過氣憤，爸爸由那天開始，一病不起，半年後，爸爸帶著翻身無望，鬱鬱寡歡的心情，含淚離世。

現在就只剩我一人。

我獨自坐在大廳，看著兒時的照片，看著一家人開心快樂的過去，眼睛不期然流下一滴淚水，我抬頭望望鐘，凌晨一時，還沒有睡意，這已是我連續第五晚失眠。

背後突然一陣冷風，從廁所那邊吹過來，我以為是門未關上，站起身，回頭一看……

我看見妹妹，戴住面具，站在廁所門口！

我呆了足足有半分鐘，她也站在那裡跟我對望半分鐘，好像在等我似的。

「妹妹！」

我大聲喊，開始往前跑，她馬上遁入通往地牢的樓梯，我跟上，發覺妹妹已經不見蹤影。

但我察覺到，地牢角落，有一扇之前沒注意到的鐵門，打開了，往裡張望，似乎通往更深的地底。

我沿著木梯子往下爬，心想妹妹是否躲進去了，一腳踩在濕漉漉的地板，順著唯一的通道往前走，在一個三岔口上，我再次見到妹妹。

她一動不動地站著，看了我一眼，然後轉身，往中間的通道跑去，她是故意引我到這裡來！到底想帶我去哪兒？

終點是一個頗大的房間，但房裡空蕩蕩的，什麼也沒有，妹妹站在正中央，面向我，可愛的貓仔面具此刻變得有點詭異。

「妹妹……」

本來是很高興重遇她的，畢竟我只剩下她一個親人，可是，她身上實在有太多謎團，一日不問清楚，一日也不敢對她投放太多的熱情。

「妳……真是我的妹妹？」

「當然喔，姐姐。」面具後傳來熟悉的聲音。

「那妳為什麼失蹤了？」
「不是我失蹤，是妳失蹤。」
「什麼！」我相當詫異。
「姐姐，是時候醒來了，不要再沈湎於過去痛苦的回憶中。」
「妳……這是什麼意思？」
「妳生活在回憶中太久了，已經漸漸忘記來這裡的目的，而我的作用，就是提醒妳。」
「來這裡的目的？」
「回到妳出生時的狀態，重見妳的家人，透過接觸，在裡世界尋找突破封印的方法！」
「裡世界？」
「對！這裡所有一切，都是從妳的記憶和想像構建出來，是妳的裡世界！因為妳擁有龐大的精力，所以才能夠活著並自由進出這個世界。」
「妳意思是，這個世界不是真的？」
「半真半假，」妹妹踏前一步，「是妳過去與現在的經歷合併而來，所以，妳會對某些地點或東西，有種說不上來的熟悉感。」
「例如，聽櫥亭？」我好像開始記起一些事情。
「對！」妹妹再踏前一步，點點頭，「這是妳在表世界中，為妳所居住的地方，為囚禁妳的地方，所起的名字。」
「表世界？表世界又是一個什麼樣的地方？」
「孤獨的世界，寂寞的世界，山水雖美，卻只有妳一個人。」

「為什麼？為什麼會這樣？」我開始有點激動，「我的家人，我的生活，縱使有著悲歡離合，但這裡的一切是多麼的真實，偏偏卻是我想像出來的裡世界！」

「至於那個地方，那個不知名，只得我一個人生活的孤寂世界，卻是現實的表世界！」

「我知姐姐妳很難接受，但事實正是如此，」她向前踏出第三步，已經走到我跟前，「這就是我們之所以來這裡的原因——先從裡世界回到過去，認清自己，尋找方法，去逃出囚禁妳的表世界！」

「按妳所說，我現在的真身，是存在於那個孤獨的世界中。」

「意志上的真身，是。」

「什麼意思？」

「肉體上的真身，存在於第三個世界中，不是表亦不是裡，妳不能去那個世界，因為妳被囚禁住，但妳可以透過裡世界，妳強大的精神力，經歷那個世界的遭遇——妳過去的遺憾。」

「那即是我是真的有爺爺、爸爸、哥哥？他們是真實存在的？」

「嗯。」

「那……妳又是什麼？為什麼爸爸說，我出世後媽媽便難產而死？」

此時已經離我很近的妹妹，突然抬起頭，舉起右手，把面具除下。

很漂亮啊！妹妹的臉很瘦，下巴尖尖，嘴唇薄薄，眼睛很有靈氣，她對著我笑了一下，兩邊臉頰露出長而深的酒窩，膚色很白，一頭濃密黑色長直秀髮，在除下面具那一刻，像瀑布一樣散落肩上。

她，絕對是個美人，為什麼有這麼出眾的外貌，卻一直戴著面具？

這時，妹妹拿出一面鏡子。

「知道為什麼家裡一面鏡子也沒有？因為爸爸他們不想妳照鏡。」

「媽媽不是難產而死，她是生下妳後，被妳嚇死的！」

她把鏡子遞過來，我照了照。

我見到的，是一張沒有眼耳口鼻，扁扁平平的臉！

******

我猛然驚醒。

清晨的陽光分外溫暖，我連忙跑到溪邊，一邊聽著潺潺流水，一邊探頭往水裡看。

一張美麗的臉龐，浮浮沉沉的，展現在我眼前。

我馬上鬆一口氣。

已經不是第一次了！每次當我進入裡世界，回顧我在另一個現實中的生活時，我會暫時忘記表世界裡的一切，忘卻自己的身分，因為，我總是全程投入，無法抽離自己想像出來的情景和空間。

我是一個畸嬰，我的肉身，存在於另一邊的世界，不具備任何成長條件，但我的意識，卻不知道什麼原因，飄流到這個空間中，能夠以正常人的姿態，在這片土地上自由生活，但遺憾的是，我是孤獨地一個人生活，

這是我的悲劇，我的意識和肉體一分為二，存活在兩個世界中，我不能過去另一邊世界，因為正

如妹妹所言，我被囚禁住了——被這邊世界囚禁住了，我所能做的，是透過我的能力，我強大得足以開天闢地的精神力量，創造出另一個空間，另一個宇宙，裡世界，就此誕生。

我到底是神？是人？還是妖？我自己也想知道答案，但妹妹說得好，管她是人還是非人，能夠有這股強大的創造力，令三界眾生也為之窒息，是什麼東西也沒所謂了，妹妹很羨慕我，說可以在一個沒有人的地方畫山水畫，在一個立體的世界中繪上繽紛的色彩，實在是一件賞心悅目的事。

可惜，她來不了我的世界，我也去不了她的世界，因為那個封印的存在，分隔了兩個世界的聯繫，除了切斷我和她，也阻擋了我和自己的肉身，我跟她的相見，只能在裡世界中進行，我的強大精神力，就好像連貫兩個世界的橋樑一樣，把我和妹妹連結起來。

我和妹妹，並非胎生的親姊妹，而是命中注定的一樹雙生，相依相伴的孿生姊妹，外貌一樣，但性格各異，妹妹活潑調皮貪玩，而我則沈著冷靜嚴肅，但我們心意相通，無論相隔多遠，最終也能相遇，她找到我的肉身，知道我所開闢的這片天地，甚至有能力進入我所創造的世界，她要助我一臂之力，離開這裡，回到她的身邊，對此，我心懷感激。

計畫已經展開，我們兩姊妹也各施所長，各盡己責，為了達到目的，我們不惜鏟除所有擋路的人，因為我實在不想永遠被困在這片孤冷的囚牢中，直至……

「這裡真好！山明水秀，清幽雅致，正適合我……發白日夢時到訪。」

我到現在仍然弄不清楚，他是如何能來到這裡？而且不止一次半次，每隔三五七天，他會突然出現在我面前，一副懶洋洋的躺姿，陪我看落日，陪我看星辰。

「怎麼樣，來了這麼多天，習慣嗎？」

「很好啊！很喜歡！」

他是人，在另一邊世界生活，不知什麼原因，來到這個世界，我不知道他是如何辦到的，尤其是在我即將要逃離這個世界的時刻，他的出現，或多或少打亂了我的部署。

「妳看我帶了什麼給妳？」

我低頭一看，是滿籃子鮮花。

「你在哪兒找到花的？」

「我走到很遠很遠才找到。」

咦！難道我在不知不覺間，也創造出花來嗎？

「妳好像，一直都是孤孤單單，悶悶不樂的，摘些花點綴一下，心情也會很快好起來。」

我臉紅了。

坦白說，跟他相處的這段時光，我很開心，這是我第一次和外人溝通；第一次近距離和陌生人促膝長談；也是第一次，跟一個異性接觸。

他對我而言，是遲來的緣分，他的純真開朗性格，深深吸引著我，令我封閉又冰冷的心，悄然溶化，假如……假如可以的話，我跟他在這邊世界，兩個人，一起生活下去，未嘗不是一件幸福的事，只不過……

我不想被他摸清心意，我們繼續以這種若即若離的關係交往，是我們之間最好的結果，因為我很快就要離開這個地方，而他最終亦會回到屬於自己的生活圈子，他對我而言只是一名過客，而我對他而言，也只是一位夢中偶遇的女子。

不過，我仍然非常感激他的出現，對於我這個生而孤獨的人，若果沒他的陪伴，這段日子，確實會少了很多樂趣。

「我可否……看看妳手上那把梳子？」
心跳突然噗通噗通起來，為什麼會這樣？
「我……只是好奇而已，妳那把梳子，看起來很特別。」
「怎麼特別？」
「我經常看見妳，用這把梳子梳頭……很美……這把梳子白中帶綠，長髮梳到盡頭時，梳子碰到妳潔白無瑕的肌膚，宛如仙女下凡，出水芙蓉，我……。」
我笑了笑。
「這把梳子，叫玉骨櫛，是用上等白玉造的，梳頭時，會聽到一絲一絲，頭髮夾在櫛子間梳刷的聲音，像風聲，又像雨聲。」
「這麼神奇，讓我聽聽。」
他的頭就這麼湊近我的臉，心跳再一次加速。
我把梳子往長髮一梳，他閉上眼，耐心地聽著，第二梳，他仍然一動不動的靜默著，第三梳，他終於張開眼，露出一個愉快的笑容。
「澌澌……澌澌……真的非常好聽，不過這種窸窸窣窣的聲音，反倒像下雪的聲音，孤葉上的積雪，是這個意境！」
「你喜歡的話，我可以送給你，讓你天天梳頭。」這是我平生第一次送禮。
「謝謝妳，但不用了，我一個大男人，頭髮又這麼短，派不上用場的。」
「哈哈哈，這樣喔……不如我跟你玩個尋寶遊戲……將來某一天，我把梳子藏起來，由你來找，找到就還給我，可以嗎？」

「咦，好玩啊！不過這裡地方這麼大，我怕我會找不到。」
「我不會藏在這裡的，我會藏在室內的地方。」
「這兒哪有室內地方？」
「放心，時間和空間，對我而言不成問題。」
「好，一言為定。」
我淺笑，站起身，望望柳樹四周。
「聽雪……不！玉骨……嗯……櫛……聽櫛……我所住的這塊地方，一直沒有名字，不如就從今天開始，把它改名為聽櫛亭。」
「聽櫛亭？為什麼叫亭？」
「因為，我們都愛在柳樹下遮蔭乘涼，不是嗎？」

四十八

「驅魔獵人？」

翔一郎聽到這四個字，心知事態嚴重。

妖怪也好，詛咒之人也好，它們雖然危險，但比起一個走火入魔，矢志報仇的修行之人來說，危險性反而最少。

學道明道，一個修行的人，所學懂的知識，所學會的技巧，一定比普通人多，如果心術不正，把學會的本事通通用在一己私利上，這類人往往比妖怪更具毀滅性。

站在翔一郎眼前的男人，就是最好例子。

「他啊，性格不知說是認真好，還是執著好，」伊藤用右手手背，輕輕掃了掃左邊肩膀上的灰塵，「五年來一直對野篦坊窮追不捨，從不間斷。」

「不過這個人倒算有點本事，雖然只是跟隨本派棄徒學藝，但也學得似模似樣，配合手上擁有的法器，還算是個合格的驅魔獵人。」

「他之所以參加儀式，」翔一郎猜測，「是因為他一直追殺的野篦坊，也是其中一名參加者？」

「唉，其實他也挺可憐的，」伊藤唏噓地說，「老來得女，結果五歲就……」

「被野篦坊所殺？」

「其實也不算是，」伊藤豎起右手食指，左右微微搖擺，「野篦坊在換臉過程中，造成現場一片混亂，一架貨車衝入人群，撞死了他的女兒。」
翔一郎心想，既然野篦坊不是直接殺害女兒的真凶，不知道有沒有可能，化解這場衝突？
不過，他明白，偏執狂就是偏執狂，倘若這位驅魔獵人一口咬定，間接殺人者都是凶手，那他也沒辦法。
他望望伊藤，雖然這個人陰險狡獪，詭計多端，但翔一郎今次偏向相信，他所說的一切都是真話，這場鬧劇並非出自他的手筆，因為……以他高傲驕矜的性格，若是他做，一定會認。
「聽你所說，今晚這場儀式的目的，是要召喚那位大人，」翔一郎踏前一步，厲眼瞪著伊藤，「但如何做到？單憑說幾個故事，就能召喚出來嗎？」
「嘿嘿嘿，當然不能，」伊藤不屑地笑著，「那位大人被封印在另一個空間中，需要一股強大的力量，幫助她打破封印。」
「這兒哪來強大的力量……」
翔一郎話音剛落，瞬間語塞。
他想起昕涵……
那個魔方……
「翔一郎，你不是這麼善忘吧？」伊藤故意提高音量，誇張地問，「祝小姐那個可愛的朋友，不正是最佳人選嗎？」
原來如此！利用魔方強大的力量，助那位大人逃出封印，但以魔方唯我獨尊的特性，五個人恐怕命不久矣……相信他們自己也不知道這波暗操作吧！
不對，有一個人，一定知道。

「剛才那位姑娘……姓孫的……她到底是那位大人的什麼人？」翔一郎想起她身上那股令人不安的壓迫感。

「唔……不能說……不能說……」

「竟然吞吞吐吐起來，完全不似你的作風。」

「這是因為，說了……會招來殺身之禍……」

「哈哈哈哈，伊邪那神社第一高手，集四大流派於一身的罕見天才，千百年來壞事做盡從沒受過良心譴責，現在居然會擔心殺身之禍?!」

翔一郎罕見地語帶嘲諷笑起上來，但想不到伊藤的笑聲比他更大，幾乎整個夜空，都迴盪著他那輕蔑浮誇的恥笑聲。

「我的確擔心……擔心你喔……我的好晚輩……嘻嘻嘻嘻～～」伊藤恣意地說，「你將來仍要肩負斬妖除魔的重責，為本派發揚光大，任重道遠，大好前程，倘若中道崩殂，實乃我派之悲啊！哀哉！哀哉！」

翔一郎忖度，這個躲在幕後操縱一切的人，一定是那位大人，他會是伊藤的戰友嗎？不像是，如果是戰友，關係應該更親密一點，伊藤在處理事件時，也該會更主動一點，而不是老以旁觀者身分，去觀察整個事件經過，這不符合他的性格。

另外，從剛才伊藤的語氣亦可以聽出，他跟這個人，認識倒是認識，但不算熟稔，他不致於懼怕，卻無意冒犯，甚至頗為敬重，就是那種旗鼓相當，各領風騷，惺惺相惜的可怕對手。

如果真是這樣，那問題大了！伊藤在自己的領域，已經是個絕頂高手，到底是誰可以跟他比肩，令他也不敢貿然冒犯……

「我再問你一次，那位孫姑娘到底是誰？她是那位大人的什麼人？」
「你猜猜。」
「她身上……為什麼會有一股……難以言喻的……壓迫感？」
「有嗎？」伊藤假惺惺說，「為什麼我看不出來呢？」
「那股壓迫感……」翔一郎繼續，「是一股很強大的力量……很凶惡的力量……但不是來自她本人……像是……有人在她背後……替她撐腰一樣……」
翔一郎猛然醒覺，走前一步，正眼厲色瞪著伊藤。
「相比之下，她姐姐成熟多了，」翔一郎終於抓到重點，「姐姐！你提過她有姐姐！那我明白了！」
「娑羅雙樹，不生不滅，姐姐為根，妹妹為葉，姐姐用引，妹妹以導，力量就是這樣釋放開去，難怪會有這股壓迫感！妹妹在這裡，姐姐一定也來了！」
他走前一步，距離伊藤只有兩步之遙。
「這對姐妹，到底是什麼妖怪？」翔一郎續問，「你是如何認識她們的？」
面對翔一郎連珠發問，伊藤只是眨眨眼，沒好氣地走近天台圍牆，轉身挨著。
「你知道一個人，怎麼才稱得上幸福？」
翔一郎皺皺眉頭，又來了！他又想扯開話題，用他的口才，用他的詭辯，迷惑對手。
「眼不見為淨，耳不聽為樂，味香莫為辨，感覺從心來。」
伊藤像唸詩一樣，唸出這二十個字，可是翔一郎一句也聽不懂。
「人最大的苦惱，就是強求，尤其在物質上，眼所見，耳所聞，身體感官所能感受到，所能享受到，都會造成貪慾，貪慾一起，心思便不純，思想不再由心引導，惡夢便由此而生，災禍亦從天而降……」

「就例如，一個從來沒見過美女的人，一旦讓他見過，畢生難忘，那以後尋常女子，他就看不入眼了。」

「一個從來沒有富過的人，一旦讓他享受過富豪生活，由奢入儉難，他以後便不能忍受普通人的生活。」

「一個與女兒相依為命的人，一旦失去至親，怒火與怨恨植入心中，一旦爆發，便再也見不到之前彬彬有禮，充滿魅力的那個好爸爸。」

「所以，現在擺在你面前的，有兩個選擇，」伊藤豎起兩隻手指，「若果你想清理門戶，替神社爭一口氣，你可以向我動手，不過，這樣你便會耽擱不少寶貴時間……」

「又或者，你放棄為神社出口氣的機會，馬上趕去大廳，在下一個受害者出現之前，趕快收拾那邊的亂局，當然還有……那位你非常重視，曾經救過她一次，現在可能要再救一次的……李秀妍。」

翔一郎咬牙切齒，怒目相向，然後雙手突然舉起，合十，結了個法印，指住伊藤。

「選擇，選擇，到處都是選擇。」

伊藤兩手左右攤開，身子前傾，完全不作防備，只露出一個狡黠微笑。

「你到底會如何選擇呢，翔一郎？」

四十九

秀姸鼓起勇氣，抱起那個乾巴巴，被長長頭髮纏住全身的嬰屍般物體，幸運的是，她沒有看見任何影像。

她輕輕撥開臉上的頭髮，果然，嬰孩是沒有五官的。

「它很輕喔！」秀姸抱起它左右擺動，「身子很小，但為什麼頭髮這麼長？」

「它的身體，似乎只有頭髮會不停成長！」蔡老頭回憶，「我當年接收它時，它的頭髮跟初生嬰孩一樣長……」

「雖然樣子是有點嚇人，」家彥這時湊近秀姸，「但看著它安安靜靜的躺在臂彎中，也變像一個普通嬰孩，一點也不像是邪惡的東西，我們是否真的需要……」

「要！一定要！」蔡老頭開始歇斯底里，「它絕對是個邪物，必須趕快把它毀掉！不然你們必定遭殃！」

秀姸跟家彥對望一眼，表情既無奈又不忍，兩人正想著該如何回應時，包裹嬰孩的毛巾突然鬆了鬆，從裡面掉出一樣東西來。

一把白裡透綠，光潔油潤，晶瑩剔透的密齒梳，展現在兩人眼前。

「這把……一定是這把了……玉骨櫛!!」

家彥與高采烈地馬上把它從地上拾起。

「原來梳子就藏在嬰孩身上!!怪不得找來找去也找不到，來！我們一起回去……」

淒厲的慘叫聲，伴隨痛苦的呻吟聲，刺進秀妍的耳朵，她望向發出絕望聲音的來源，一幕她此生從未看過，來生亦不想再看，比地獄酷刑更慘絕人寰的恐怖場面，正活生生地在她面前呈現出來。

蔡老頭突然張大嘴巴，兩眼反白，臉容扭曲，身子前傾，全身僵硬又筆直的倒在地上，雙手痙攣地在前面橫掃，他拚命掙扎，試圖想擺脫什麼東西似的，然而一切都是徒勞，當他最後一動不動扒在地上，雙眼死白地瞪著前方，鼻和口開始滲出深紅色血液時，秀妍知道，他已斷氣了。

「快逃！」

還未弄清楚發生什麼一回事，秀妍已被家彥拉住，打開房門，往來時那條窄窄的走廊方向逃出去。

「蔡爺爺他，為什麼會死的？」秀妍抱著嬰孩，邊走邊問，「那隻野篦坊根本不在場啊？」

「不關野篦坊的事，可能是違背誓言的結果，」家彥焦急地說，「上面一定出了狀況，必須儘快趕回去，我擔心小涵。」

不知是否玉骨櫛的幫助，兩人沿途沒有碰見野篦坊，順利跑到木梯子前面。

「秀妍，快爬上去！」家彥催促。

兩人沿著梯子往上爬，很快便回到地牢那層，家彥趕緊把銅環拉起，將沉重的鐵門關上，然後，把附近的沙發全拉過來，壓在門蓋上。

「好了，這樣就安全了。」

「家彥，很奇怪，那隻野篦坊……無臉的女人……去哪裡了？」

毫無預兆，秀妍手袋突然上下左右劇烈跳動，嚇得她連忙將之扔在地上，跑到家彥旁邊，兩人看著散落一地的物品，電話、銀包、紙巾、唇膏……以及一面化妝用的鏡子……

一個黑影，慢慢從鏡子裡，無聲的，默默的，一點一點的擠出來！先見到一雙纖瘦白皙的手，左右伸出撐起地面，然後頭部開始冒出，烏黑的長髮……緊接著是一張柔順平滑，潔白無瑕的臉……

兩人被這個景象嚇得呆立原地，完全不懂反應，直至眼前這個沒有五官的女人，整個身體，從鏡子裡走了出來，然後一腳踏破那面鏡子，他們才從震驚中清醒過來。

解釋了！一切都解釋了！

秀姸盯著她，她就是回憶片段中，踩在男人的屍體上，拚命想鑽進那條隙縫中，拿著十字弩那個視角的藏身之處……擠進去……擠進去……擠進去……

為什麼要擠進去？因為那個人，並不是躲在櫃子中，而是躲在鏡子裡!!

這所以那個被殺的男人，完全沒有閃避意識，因為，他以為只是面對一面鏡子，根本不知道，在鏡子裡，有一把十字弩正對準自己！

這個無臉女人……原來能透過鏡子……自由穿梭……

秦陽虹，跟她一樣，知道鏡子的祕密！

無臉女子突然衝向秀姸，今次速度比上次衝向小宋時快，動作也比上次靈敏，秀姸側身一閃，避開她的攻勢，可是卻一時情急，躲到地牢的死角去，假如這時無臉女子朝自己再衝過來，自己就無處可逃。

然而，女子卻突然轉身，往家彥方向撲過去，家彥連忙跑開，雖然成功避過，但跟秀姸一樣，鑽進另一邊的死角去，地牢本身不大，要讓三個人玩捉迷藏，有點捉襟見肘。

正當秀姸猜想，她下一步會選擇撲向自己，還是家彥時，無臉女子卻文風不動，靜靜地站在原地。
奇怪？突然停止攻勢？
「秀妍，千萬不要被她的臉湊近！」家彥站在房間另一端，大聲呼叫，「我今晚在餐廳，就是碰上她，差點掉了性命！」
什麼！原來家彥在餐廳碰見她了！這麼重要的事，為什麼現在才告訴我！
秀妍擔心之餘，亦開始上下打量眼前這位無臉女子，坦白說，像她這種無差別的攻擊，其實效果一般，如果能集中精力，只對付我或家彥其中一人，可能更易成功，不過，她現在停止攻擊，只站在通往大廳的樓梯一動不動，情況有點奇怪……咦！樓梯？
啊！明白了！明白了！她的目的，是要阻止我們兩人離開！假如她只針對我或家彥展開攻勢，雖然有可能成功擊倒其中一人，但另一人就有機會逃離地牢，所以她才守住樓梯，不敢輕舉妄動。
但為什麼，她不想我們其中一個逃出去？
「秀妍，」家彥突然舉起一隻手，手裡握著玉骨梳，「等會兒妳掩護我，我帶這把玉梳子逃出去！」
家彥……你真是個大傻瓜……超級大傻瓜!!你怎可以為了讓我逃跑，用自己做餌引開敵人!!
只見無臉女子馬上衝到家彥面前，想搶他手上握著的東西，家彥順勢往地牢深處跑，把無臉女子引離樓梯。
女子繼續追著家彥不放，家彥圍著房間走，嘗試不回頭望她的臉，然而空間有限，女子速度亦愈來愈快，他已經避無可避……不行！雖然家彥一片苦心，但我決不能自己一個人逃走，掉下他不顧而去！

因為，他只是一個普通人，不應該跟妖怪糾纏……

要跟妖怪糾纏的，應該是一個詛咒之人……

秀妍把嬰孩放在地上，張開兩隻光脫脫的手，朝無臉女人衝過去，按照以往的經驗，她深信她有足夠能力，將妖怪彈離十尺……過去多次靠這招成功脫險，希望今次也能奏效。

然而，當她靠近無臉女人，雙手快要觸碰到時……

影像，再一次在無聲無息情況下，突然竄進秀妍的腦海，令正全神貫注對付無臉女子的她，頓時間失去一切防備。

視角雙眼不停開開合合，好像剛睡醒一樣，望望自己躺著的四周，不是床，是硬硬的木地板，視角似乎就一直睡在地上，室內非常昏暗，只有一個好像正在燒菜或煲湯的火爐，火光勉強照亮地方，室內布置相當簡陋和陳舊，看上去好像是一間荒郊野外的破屋子，視角這時起身，發現前面正坐著四個人。

一個沒有下半身的老頭子……

一個沒有後半身的高瘦男……

一個沒有右邊身體的半邊男……

一個表面看起來尚算正常的肥胖男……

他們四個，定睛望著剛起身的視角，然後，不約而同地笑上來。

只見視角突然舉起雙手，奮力地揉搓臉部，力度之大，就好像要把臉上的眼耳口鼻全部擦拭出來一樣。

四個男人笑得更猖獗，雖然聽不到笑聲，但從他們誇張的表情來看，視角的舉動完全觸碰他們的笑點，是幼稚，亦是無知，是嘲弄，亦是諷刺。
然後，視角接過老頭子遞來的一碗水……
水中人，擁有一張光滑如蛋殼，但沒有五官的臉……
「秀妍！！！」
隨著家彥一聲慘叫，秀妍發覺自己全身酥軟，並逐漸失去知覺的，軟趴在地上。
她最後能看見的，是那個給自己放在地上，手腳微微晃動的無臉怪嬰，以及……
那位剛才撲過來的無臉女子，已經成功趁著秀妍窺看回憶時，把她那張光滑的臉湊近，貼在秀妍的臉上！

五十

昕涵呆呆站在原地，努力嘗試接受一個新事實。
她不是孫楚琳！
當表哥進入房間時，她居然認不出這位當年跟她一起講故事的人；
一向膽小怕鬼的她，今晚居然說了和聽了這麼多恐怖故事；
如今，當被問及她當年說了個什麼故事時，居然答不上來；
再加上，她的身體居然毫無知覺；
雖然很早已經察覺到可疑，但昕涵一直不肯相信，或者不願相信，這個一直在喊自己做昕涵姐姐的妹妹，原來是隻妖怪。

「祝小姐，妳現在相信了吧。」

陽虹舉起十字弩，瞄準楚琳。

「我再跟你說一遍，你的殺女仇人，不是我。」楚琳聳聳肩，笑著說，「還有一點，懂變臉的妖怪，不止野篦坊一個，同理，懂假裝的東西，也不是妖怪獨有。」

「那麼，妳到底是誰？」

昕涵兩眼通紅，走上前，一把按住楚琳的雙肩。

「若要硬說的話，可能是比野篦坊更高級一些的生物吧，哈哈哈！」楚琳嬉笑回答。

「祝小姐，無謂浪費唇舌，讓我現在就收拾她。」

「放心，昕涵姐姐，他傷不了我的……等等！姐姐不要！」

縱使楚琳想阻止她，但昕涵已經將身體擋在前面，因為她看見陽虹舉起十字弩，扣動扳機，箭矢如疾風般，向楚琳直竄出去。

她用身體護著楚琳，她這樣做，不是不顧自己安危，而是她深信，手袋裡面那個銀色小魔方，那個一直以來保護自己的小明，會把這支箭反彈回去，反傷射箭的那個人……對於這點……她一直深信不疑……

然而……

隨著楚琳一聲慘叫，昕涵摸摸腹中那支黑黝黝的箭矢，痛楚令她雙眼昏黑，兩腿一軟，整個人倒在地上。

血不停在淌，淚不停在流，小明沒有像以往般保護我，第一次令我受傷，第一次令我心傷，為什麼會這樣？我不是它的真主人嗎？我對它不好嗎？為什麼……為什麼……它今次要背叛我？

昕涵虛弱無力，躺在楚琳的懷中，縱使兩個人，四隻手，拚命掩著傷口，但深紅色的液體仍然不斷湧出，沒有遏止跡象。

「昕涵姐姐……為什麼……為什麼明知我不是……仍要幫我擋……」

這是昕涵今晚第一次，看見一向輕佻自負的楚琳，淚盈滿眶，憂心忡忡地望著自己。

「因為……妳永遠是我的好妹妹……」

昕涵伸手撫摸楚琳的臉，本以為她會避開，誰知她不但沒躲，還把臉挨過來，讓昕涵肆意去摸。

一張柔軟的臉，臉上盡是淚水……

「你死定了，秦陽虹！」

楚琳一腔怒火，想起身朝陽虹衝過去，卻被昕涵拉住。

「不，不要。」

她從來沒想過，臨死前陪伴在側的人，竟然是一位五年不見的朋友，亦從來沒想過，小明……這個爺爺留給自己的守護神，最後竟然沒有保護自己！

昕涵不怪小明，因為在繼承爺爺遺志時已經知道，小明力量雖大，但作為它的真主人，其實存在極高風險，翔一郎曾經說過，小明隨時有反噬主人的可能，警告過自己千萬要小心，如今似乎應驗了。

她忍著痛，笑了笑，這叫自食其果嗎？就算是，她也只好認命，她無悔成為爺爺的接班人，亦無怨肩負起守護祝家的使命，就算現在爺爺站在她面前，重新給她一次選擇的機會，她仍然會說，爺爺，我願意！

只是，她不明白，為什麼一直保護自己的小明，到最後一刻竟然捨她而去？

「對不起，昕涵姐姐……是我連累妳了。」楚琳開始哭起上來。

「不，射傷我的是他，不是妳。」

「妳根本不明白，」楚琳淚水直流，其中一滴滴落手背上，「我利用妳的魔方，吸收結界的力量，好助我姐姐能逃出封印，逃離那個世界。」

「這個我知道……」

「這棟大宅，聽櫛亭，就是困住我姐姐的地方，由於封印力量過於強大，魔方在吸取力量的過程中，也要捨棄自身的部分力量，以換取將來更強大的……」

「所以……就在小明自我調整，還沒來得及回復力量之際，我就擋在妳前面……」

「對……」楚琳用她那雙血淋淋的手，抓緊昕涵手腕，「妳其實無需替我擋……」

「嘿嘿嘿，終於覺悟了嗎？」

一直默默站在一旁的陽虹，沒有為剛才誤傷人而感到內疚，相反，他重新上箭，對準楚琳。

「殺人兇手！」楚琳指著陽虹說，「你的目標是我，為什麼傷害昕涵姐姐？」

「是她自己擋在前面，關我什麼事？」

他把黑色的箭矢舉起。

「廢話不多說，現在沒人可以幫妳擋箭了，受死吧，野篦坊！」

「六道眾生，也有善惡之分……」

一把耳熟的雄渾聲音，從二樓樓梯方向傳過來。

「雖非嫡系，但伊邪那有你這個好殺戮的外家弟子，也真夠失禮！」

翔一郎雙手合十，擋在昕涵前面，正面對著陽虹！

我和妹妹，開始籌劃今次的行動。

要打破表世界的封印，單憑我自己的力量向外衝是不成的，必須有兩股旗鼓相當的力量，裡應外合，封印之力才會被削弱，我才有機會逃離這個世界！

但世間上還有另一股力量，能與我匹敵嗎？我非常懷疑，畢竟我已是這邊世界的神，連我也沒法做到的事，那邊世界相信也沒可能。

然而，我錯了。

「姐姐，姐姐！我找到了！」

「妳找到那邊世界的神？」我站在地牢那個三岔口上，問妹妹。

「差不多吧，」她笑笑回應，「有一個像神一樣存在，能夠庇佑人的法器，可以幫到我們，只要它的主人願意，我就有法子，把妳救出來！」

「那是個什麼法器？」

「不知道名字，但聽聞裡面住了一個很霸道的神，」妹妹繼續，「但凡阻礙它所庇蔭的，或者傷害它所保護的，它都會把這些障礙一一鏟除，好像妳喔，姐姐！」

我……我哪會是這樣！

「法器的主人同意嗎？」

「這個請姐姐放心，只要我略施小計，法器的主人就會上當。」

「難道妳想用……我們的原始能力……去騙他？」

「當然，那邊世界的人類，很笨的。」

「但我不明白的是，像這樣一位威力巨大的神，為什麼會被封印在法器裡？又為什麼願意服從一個人類，甘心做他的守護神？」

「這個我也不太清楚，好像是跟契約有關，什麼守護一家人，令家族永遠昌盛下去……」

我退後一步，手腳激動得不停顫抖。

「這家人姓什麼？現在的主人又叫什麼？」

「姓祝的，豪門大族，主人叫祝昕涵，是個么女，我正打算向她埋手。」

晴天霹靂！難怪！難怪！原來當年祝老先生是得到法器的庇佑，為了掃除事業上的障礙，我一家就成為犧牲品，爺爺爸爸和哥哥，先後慘死在法器的影響力底下，雖然當時的我在這邊世界，只是個長不大的怪胎，但……不知什麼原因，每體驗多一次這段經歷，心裡就會淌多一次血。

一切都是天理循環，以眼還眼，我知道應該甚麼做！

「妹妹，妳又是的，這麼重大的事情，現在才跟我說？妳又不是不知道，祝家害死了我們家人！」

「是妳的家人吧！」妹妹雙手放在頭後面，若無其事地說，「我只是在裡世界中充當他們的女兒，這所以他們根本看不見我，我的任務，是時刻提醒妳不要過分沉溺。」

「好啦，那妳的計畫是怎樣的？」

「這個房間，」她指指三岔口中間那條路，「已經安放好姐姐妳的肉身——妳跟這邊世界的唯一連繫，我之前曾經拜託某人好好看管，豈料他最後還是被恐懼佔據，於是我騙他這裡是鎮邪之地，把妳帶到這裡來，看！人類真的很易騙！」

「然後，我把祝昕涵引來這裡，釋放法器內的力量，與此同時，姐姐則透過妳的肉身，將兩邊世界——兩個聽櫛亭連繫起來，封印一旦解除，姐姐便可以返回妳的肉身，返回這邊世界。」

我微笑，這個妹妹，平時看似貪玩不正經，但認真起上來，也有條不紊，鉅細無遺。

我從口袋中拿出那把玉骨櫛，遞給她。

「麻煩幫我，藏在我的肉身上。」

「這是什麼東西？」妹妹拿著梳子，左看右看，「為什麼要這樣做？」

「一個承諾，一個遊戲。」我笑笑。

妹妹聳聳肩，轉身進入中間通道那個大房間，甫進入，我馬上看見一幅之前沒有，如今佔去半壁的水彩畫。

「是我畫的，好看嗎？唉！我又不能進入妳的國度畫畫，只有在此無聊地……」

她想把畫除下，我連忙制止。

「妹妹，告訴我，」我一臉認真地問，「妳為什麼會畫上五個人，而這五個人……都是沒臉的！」

「我也不知道什麼原因，」妹妹好像被我的認真嚇怕了，「就是隨心所欲，想畫就畫，突然想畫五個人就畫五個人，至於無臉……姐姐妳在這個裡世界，不也是無臉嗎？」

不對勁！這五個人，令我想起一件事。

一件他曾經告訴過我的事……

五刑之人……

「五刑之人？什麼來著？」妹妹用梳子梳理一下她的長髮，發出下雪般的澌澌聲音，「聽都沒聽過！」

「妹妹，打破封印的計畫，我們暫時擱置。」

「因為姐姐有件事，必須先搞清楚！」

「為什麼！」

＊＊＊＊＊＊＊

「這是我小時候聽來的故事，從前有個作惡多端的怪物，害人無數，然而由於妖力高強，就連一眾天神也不能將之消滅，正當無計可施之際，一名小神建議用禁忌的陣法，把它永久封印在虛無黑暗中，但這個陣法，需要犧牲五個凡人的性命。」

我望著他，望著他一臉認真的說起故事來，心裡有份說不出的不安。

「這五個人，並不是普普通通，單純掉命的犧牲，而是要飽受身體和精神上的巨大折磨，死不去也活不來，終始一生，被困在一處杳無人煙的地方，永遠陪同那隻怪物一起封禁，由於他們五個，身體均會承受不同程度，像行刑般的傷害，所以又稱五刑之人。」

「結果，天神們採用了這個方法？」

「當然，犧牲的又不是天神自己，五個凡人對祂們來說，是最廉價的成本。」

「那最後，怪物被成功封印了嗎？」我擔心地問。

「是的，怪物沒有再出現，人們心裡感激，舉行各式祭典崇敬天神，完全不知道天神其實把他們出賣了，諷刺不諷刺？」

「那這五個人，需要什麼樣的……我意思是，他們接受了什麼樣的酷刑，作為封印的代價？」

「這個故事就沒有交代啦，但說到酷刑，不外乎是斬首斬腳，或把你全身切割得皮開肉爛，甚或乎挖眼割鼻……」

「又或者，整張臉皮剝下來？」

他停住了，一雙好奇的眼神，定睛望住我。

「哈！想不到妳外表這麼清純美麗，腦子裡也會有這些噁心的主意。」

我臉頰立時泛紅。

「這個故事，是我小時候外公說給我聽的，他還說，凡事總要付出代價，有得必有失，你要做的，就是選擇對自己最有利的，若因此犧牲其他人的利益，也在所不惜，聽起上來，跟那些自私的神沒有分別。」

看來他的外公行事作風相當霸道，跟那個法器中的神不遑多讓……咦？難道……

「你的外公，聽起來是個大人物，請問他叫什麼名字？」

「名字就不提了，反正我也不是姓祝的，他們家的事，跟我沒半點關係。」

我震驚得嘴唇微微發抖，雙眼也開始沾上淚水，不行！不能讓他看見！我馬上別過臉去。

事情已經很清楚了！他的外公、那件法器、五刑之人……哼！祝老先生，你真是一個狠角色！

妹妹曾經跟我說過，這件法器裡的神，威力雖然巨大，但有反噬之惡，隨時會把主人和周邊相關人等，通通幹掉，叫我不用心急為家人報仇，因為祝家可能自食其果。

這個五刑之人，應該是一個伏魔陣法，以殘缺身軀之怨，遏制妖怪的力量，以邪制邪，果然符合祝老先生的口味，他應該是想暗示，必要時可犧牲祝家以外的人，來制止法器的反噬。

可是，對象搞錯了，這位外孫，似乎並沒有遺傳他的鐵石心腸。

「我，做不到外公的要求，」他嘆一口氣，「為此吵過幾次，我很不開心，想離開這個家，但又無能力，於是關自己在房內，不知不覺便睡著了，哈！這倒好！睡著睡著便來到這裡了，還跟妳相遇，算是因禍得福！」

若果法器真的反噬，那不止主人祝昕涵首當其衝，其家人也難以倖免，包括他。

不行！他不能出事！因為我……因為我……對他……

有股難以言喻的感覺，一種前所未有的感覺。

五刑之人，若果真的能遏制法器裡那個東西，使之不能反噬，那他會安全嗎？

弄殘並犧牲區區五個人類，我做得到……

不過，以防萬一，我必須幫他找個替身……

我轉過頭來，雙手捧著他兩邊臉頰，正面望著他，他瞪大雙眼，吃驚地反望著我，好奇我為什麼會有這個動作，我笑笑，溫柔地，催眠地，對他說。

「你現在閉上眼，留心聽我說。」

他閉上眼，聽話地遵從。

「從今日開始，你要忘記這裡所有一切。」

「你要忘記聽櫛亭，忘記這個夕陽，忘記這棵柳樹，忘記所有跟我說過的話。」

「因為，我要幫你找個替身，代替你去受罪。」

「當這個五刑之人儀式完成後，你便可以再次前來，到時我要你……」

「拿起玉骨櫛，幫我梳頭。」

他點點頭，徐徐地倒在樹下，睡著了。

而我手裡，握著一條棕黑色的短髮……

自那天開始，他沒再出現，而我，亦開始執行五刑之人計畫。

我問妹妹，當天為何突然畫上這麼一幅畫來，她支吾以對，反問我為什麼暫緩破印計畫，我推說擔心法器力量太強不受控，先布置一個陣法束縛其力量，對我而言可能會比較安全。

我最初找了幾個人，打算在另一個空間施展五刑之人陣法，但後來察覺陣法在他所存在的那邊世界進行，會更能保護他，所以便找來幾個身體五感有殘障的人，加上妹妹，在那邊展開五刑之人儀式。

妹妹擔心陣法會削弱法器的威力，若果因此未能助我衝破封印，那之前所做的一切都是徒勞！

然而我，並不後悔。

為了他……

當我再次一個人坐在樹下，再次一個人望著夕陽，再次一個人獨守夜空，那份無言的孤獨，再一次證明他的重要性，當你一直一個人生活，絕對不會明白何謂孤獨，但當你嚐過兩個人的甜蜜後，一旦分離，孤獨感將會比起以往任何一段日子，來得激烈，來得難受。

他的離開，我雖不捨，但更想他能平安無恙，我不知道五刑之人能否遏制法器的力量，如果不能，他便有危險，但如果能，我可能永遠被困在這個空間中，孤獨一生。

然而我，並不後悔。

為了他……

這次分別，或許正好給我一個機會，重新認清自己，假如我在以後孤獨的歲月中，漸漸把他淡忘，漸漸不再記掛，那這份感覺不要也罷，可是，假如我始終沒法忘記，曾經在我生命中出現過的他，到時我便知道，真正的愛情，曾經默默探訪過我……

表之章——櫛風沐月盼歸來

五十一

家彥衝上前，想把那個無臉女子拉開，然而她右手一揮，輕鬆把他反彈回對面牆壁上。

不行！再這樣下去，秀妍將會被她完全取代！從此消失在這個世界上!!不可以！絕對不可以!!

重新爬起來的家彥，打算拼盡全身最後力氣，跟無臉女子硬碰，他知道，今次可能不是反彈這麼簡單，不過就算要了他的命，他也要把秀妍救出來。

他深呼吸，提起腳，眼神堅定地盯住目標，然後打算一鼓作氣衝過去……

一陣哭聲……一陣淒愴得令人全身發麻的悲泣聲……響遍整個地牢，哭聲悲透入骨，顫慄心寒，家彥一邊掩著耳朵，一邊找尋聲音來源……

是那個怪嬰！

說也奇怪，這時無臉女子突然停止把臉湊近秀妍，只見她雙手掩著耳朵的位置，仰頭曲腰，狀甚痛苦，之後便衝上樓梯，往客廳方向逃去。

家彥沒有追趕，趕緊把躺在地上的秀妍抱起來，看看她的狀況。

秀妍雙眼緊閉，嘴唇微張，一臉蒼白，全身乏力，身體開始出現間歇性抽搐，情況跟之前自己一樣，但更糟糕的是……

她的臉，正慢慢消失。

家彥急得哭出來了，馬上把自己的臉湊近，希望能把秀妍臉上的妖氣吸過來，他寧可消失的是自己，也不要秀妍受苦，然而，此舉並沒有任何作用，秀妍的臉，仍然時隱時現，漸漸變得模糊。

怎麼辦？怎麼辦？秀妍她……快不行了……到底有什麼方法……到底有什麼方法……可以救回她一命？

「恐怕只有她，才能救你的愛人。」

由於太擔心秀妍的安危，家彥完全沒有察覺，一個瘦削男人已經走到他身後，他抬頭一看，萬分驚訝。

韓慕湘！

「你見過她吧？我應該一早察覺！」他繼續說，「只有她能救回你的愛人。」

她？難道是指柳雪？

慕湘為何會知道柳雪的存在？

「所有人，進入櫃子後都是單程路，來到這個世界後就沒法回去，」慕湘冷冷地說，「只有你例外！」

對啊！難怪要我找梳子還她，原來早已安排一切。

「她把所有人摒諸門外，除了你，」他忿忿不平，「我可以教你方法回去，但有個條件。」

「什麼條件？」家彥心想，就算要他的命，他也會應承。

「把我也一併帶走。」

慕湘轉頭，定睛望著已經不再哭泣的長髮嬰孩。

******

這是哪兒？

為什麼我會覺得，全身輕飄飄的，像靈魂脫離肉體一樣？

秀妍試圖從昏睡中清醒過來，但頭很暈，身很軟，四肢無力，她掙扎了一會，最終決定放棄。

是死了嗎？

剛才那個無臉女子把臉湊過來時，自己真的有種氣絕感覺，就像被人用雙手勒住頸項，瀕死的狀態……直至她聽到，家彥大叫自己的名字，然後，一陣哭聲……

家彥？他在哪裡？剛才一聲叫喊，難道無臉女子轉頭對付他嗎？不！不可以！我必須去救他！

秀妍嘗試起身，但全身酥軟無力，只能躺在地上像死屍一樣，這時候，她突然想起剛才見到的回憶片段。

影像應該屬於那個無臉女人，可是為何這般詭異？那四隻怪物，身體嚴重殘缺，卻仍然活著，它們到底是什麼東西？從無臉女人的視角來看，她似乎仍未接受自己的變化，那四隻怪物的嘲笑，正好證明這點，那個女的，看似是在不情願和不自知的情況下，新加入成為它們一分子。

更奇怪的是，我居然能夠看見妖怪的回憶，根據之前經驗，我之所以能夠看見，原因是——

它們不是生來妖怪，而是由人類變成的！

「好吧！我帶你去，不過，她是否歡迎你，我可不保證。」

是家彥的聲音！

秀妍慢慢睜開眼睛，看見兩個人站在她前面，一個是家彥，另一個是韓慕湘。

「來！我們出發吧！」

秀妍看見家彥和慕湘朝樓梯方向走去，家彥手上仍握著那把玉骨櫛，而慕湘則彎腰躬身，把那個怪嬰抱起。

不！不要把我丟下！不要！

我舉起手臂，試圖把他們叫停，可是他們走得很急，根本看不見，然而就在這時……

影像再一次在毫無預兆下展現，今次看見的，比以往任何一次均來得清晰，來得仔細，來得……驚艷。

漫天飄雪！在蔚藍色的天空襯托下，雪花不停在空中飛舞，陽光照進晶瑩剔透的結晶體中，令整個大氣到處散布著點點白色，但又透出絲絲金黃的飄雪，像極螢火蟲的尾巴，在藍天白雲下起舞。

降雪的雲，不是應該厚重而灰暗的嗎？為何在這麼晴朗明媚的陽光下，能夠降下如此美麗的飄雪？

視角踏著雪，沿著坡道一直往上行，所行的似是山路，雪很厚，視角幾次因為踩得太深，要費力把腿從雪坑中拔出來，但觀乎視角用雙手把腿拔出來時的動作，以及手和腿的粗幼大小，應該是男性沒錯。

視角繼續往上走，終於來到一片比較平坦的空地，這裡積雪較少，視角總算能夠以較快的速度往前推進，而事實上，視角好像已急不及待的衝上前，因為在前面不遠處，佇立著一棵已然枯萎的樹，而在樹下，站著一名少女。

啊！很美啊!!少女年齡大概只有十八九歲，身型高挑，眼睛秀氣靈動，溫柔撫慰，下巴尖尖，唇形異常美麗，皮膚也出奇地白，彷彿跟現場的雪景融為一體，像瀑布一樣的黑色長髮，披散在她身上那件粉紅色，近乎半透明的絲質長裙之上，白襯紅，就像冬日的陽光，她的存在，溫暖了這片雪地。

咦！等等！這名少女，不正是蔡老頭的回憶中，那名手抱嬰孩，前來求助的出塵脫俗女子嗎！

視角走近，正面對著少女，少女馬上向視角展示一個迷人的微笑，兩邊臉頰瞬間露出一對酒窩，醉人醉己，甜蜜如漆，很明顯，這位少女跟視角，是一對能夠溶化這片冰天雪地的戀人。

只見少女突然含羞地別個頭去，背對視角，然後舉起左手，往左邊的長髮輕輕梳了一下，這時視角才發現，她手上原來拿著一把梳子……白裡透綠，光潔油潤，細膩緻密，在陽光照射下，映照出白綠相間和諧美感的……玉骨櫛。

視角拍拍少女肩膀，把梳子借過來鑑賞一番，欣賞完後，好像說了些什麼，少女最初不同意，臉有難色，但經不起視角遊說，最後微微點頭。

也就在這時，少女的臉，開始出現微妙變化。

先是眼睛、眉毛、前額；接著是鼻子、臉頰；再來就是嘴唇和下巴；最後是兩邊耳朵和頭髮。少女的臉，由上至下，由左至右，由前至後，線條慢慢變得粗獷，輪廓也漸漸變得男性化，頭髮也愈縮愈短，不消兩分鐘，少女的樣貌，已經不再少女，反而變成另一個人……她眼前的這個男人……

韓慕湘！

假如視角正是韓慕湘的話，那麼這位能變臉的少女……

＊＊＊＊＊＊

翔一郎望住倒在地上的昕涵。

她受傷了！她居然也會受傷？那個與她命運綑綁在一起的銀色方塊，為什麼沒有保護她？

那個東西……祝小姐稱它為小明……力量之大足以毀天滅地，為何卻沒能替主人擋下這一箭？奇怪！非常奇怪！

翔一郎抬起頭，環視室內四周，果然跟剛才天台一樣，這棟大宅，被困在波羅——彼岸的結界中，空間和時間在這裡不再重要，取而代之，是結界者的個人意志，難道是這個原因，令小明沒能發揮作用？

不對，沒可能！小明是遠古三大邪神之一，是古往今來最邪惡的詛咒沒有之一，即使這個結界者有多厲害，小明也不可能在完全沒有還擊情況下，任由其主人身受重傷。

翔一郎有個不祥的預感……小明……正在下一盤大棋……

它想借著今次機會，把自己變得更強……

為了變強，不惜暫時捨棄自己的主人……

他走到昕涵前面，替她檢查傷口，然後從口袋裡拿出一瓶綠色的藥水，遞給昕涵。

「祝小姐，喝了它，這是我派止血靈藥，能暫時凝固傷口。」

翔一郎心裡慶幸，自己最後決定放棄對付伊藤，也正因為作出這樣一個決定，方能及時替祝小姐止血，但她失血過多，撐到現在已經算是奇跡，必須馬上送她進醫院，否則性命堪虞。

至於伊藤……說實話，就算剛才真的選擇出手，翔一郎自問也未必能傷他汗毛，實力畢竟太懸殊了，不過，善於洞悉人心的他，想必已看準自己一定放棄攻擊，所以完全沒有出招的打算，不戰而全身而退，無論肉搏戰抑或心理戰，他都是個高手。

翔一郎眼角瞥了楚琳一眼，看見她拼了命的摟著祝小姐，染滿鮮血的手猛按著傷口，緊張得聲淚俱下。

「等一會才對付妳。」

他站起身，走到陽虹跟前，奇怪了？為什麼他一身驅魔裝備，但眼神卻滲出……絲絲妖氣？

「破魔矢，」翔一郎盯著那支黑黝黝的箭，一點懼意也沒有，「似乎你真的想置祝小姐於死地。」

「你是……神社的人？」陽虹先開口，十字弩牢牢地瞄準翔一郎，「你誤會了，倒在地上那位小姐，並非我原本的目標，她才是！」

陽虹斜眼瞄了瞄楚琳。

「世間萬物，也有好壞之分，」翔一郎決定先說以理，「你不分青紅皂白展開殺戮，跟妖怪本身又有何分別？」

「我明白，你女兒的死，帶給你莫大的痛苦，野篦坊或許是促成意外的元凶，你的憤怒是有理由的，但你為了替女兒報仇，不惜殺害所有被懷疑是野篦坊的人，像這樣無差別地去殺人，死在你手上的冤魂，恐怕比起野篦坊還要多，試問你的女兒泉下有知，會喜歡這個一身罪孽的爸爸嗎？」

「住口！你沒資格批評我！」

陽虹眉毛向上蹙了一下，陰陰地笑。

「嘿嘿，我明白了，你跟她原來是一夥的，身為神社的人，想不到會跟一隻妖怪勾結。」

「我沒有勾結妖怪，」翔一郎踏前一步，嚴厲地說，「反倒是你，身為驅魔之人，為什麼身上會帶有妖氣？」

「我？哪有？」陽虹緊張地說，「你……不要含血噴人！」

本來作為驅魔獵人，對付妖怪時偶然沾上妖氣，也是平常不過的事，但經驗告訴翔一郎，這絲絲妖氣極不尋常，不像作戰時誤沾上去，反倒像一直匿藏其身。

「小涵！」

樓梯傳來一聲驚呼，翔一郎望過去，見到兩個人正急步跑上來……

＊＊＊＊＊＊

家彥叫了一聲，以最快的速度，跑到昕涵面前。

他發現表妹腹中插著一支箭，半瞇著眼，奄奄一息！

「小涵!!發生什麼事？」他馬上撲前，用手護著昕涵的傷口，兩眼激動落淚。

「表哥！你是專誠來送我最後一程嗎？」

「是誰幹的！是誰幹的!!」

「是他！」楚琳血紅的手指著陽虹，「是他幹的好事！」

「你……你……」家彥氣炸，轉身欲衝向陽虹，但被慕湘阻止。

「快！只要找到她，兩個人都可獲救。」

家彥忍著悲傷，回頭對昕涵說。

「小涵，妳等我，我不會讓妳死，我一定把妳救回來。」

「秀妍呢？」昕涵雖然身負重傷，但頭腦仍然清醒，「為什麼不見她一起上來，出事了嗎？」

家彥沒有回答，站起身跑上樓梯，他的目標是三樓，那個他來時的大衣櫃……

他知道，衣櫃本身沒有問題，有問題的是櫃門上那面鏡子……跟無臉女子一樣，他也是穿過鏡子而來！

能夠輕鬆從野篦坊手上把自己救出來，除了她別無外人……

所以她一定有辦法，把同樣為野篦坊所害的秀妍救回來……

以及，把身受重傷的小涵治好……

家彥拼了命跑上三樓，轉入走廊，直奔最後一個房間。

他打開房門，那個大衣櫃還在，他馬上鑽進去，慕湘從後跟隨，兩個男人雖然擁擠了點，但還是可以。

「對著鏡子，輕敲兩下。」慕湘說。

「不是櫃門嗎？」

「出入口是鏡子，衣櫃只是載體。」他解釋，「快！再晚一步便救不到她倆了！」

家彥關上櫃門，閉上眼，深呼吸，腦中只想著那片雪花飄飄，月夜朦朧的山上小屋，然後，他輕輕敲了兩下鏡子。

由於是鑲嵌在木門上的鏡子，所以輕敲時聲音很像叩門，家彥本來以為，他會被吸進鏡子裡，然後從另一邊爬出來，然而，身體完全沒有這種感覺，望望四周，仍在黑漆漆的櫃子裡，他心想，是否敲得不夠響。

他再敲了兩下，今次用力一點，但仍然沒有被吸進去的感覺，他失望地嘆了口氣，然而這時候，慕湘卻推開櫃門……

五十二

我的天啊！這裡……這裡不正是……我要來的地方！

漫天飛雪，月色迷離，前方就是那棟小屋子，跟自己離開時的情景一模一樣。

家彥回頭望望慕湘，只見他一手抱著嬰孩，另一手向前揮了揮，示意我先進去。

家彥馬上拔足狂奔，跑到屋前，一手推開門，這時已顧不得禮儀。

一個身型瘦削，膚白臉尖，穿起鬆身睡裙的女子，正悠閒地躺在那張搖椅上看書……

就跟家彥離開時一樣，姿勢沒有改變……連衣著也沒有更換……

「回來了？」柳雪翻著手上的書，沒望家彥一眼，「想不到你這麼快就回來了。」

「柳雪……」家彥情急之下直呼其名，回心一想還是有點無禮，「柳小姐……那隻野篦坊，懂得利用鏡子傳送，它跟妳到底有什麼關係？是妳派來的嗎？」

「你不是有事相求嗎？」雪繼續看書，頭也沒抬起來，「既然有事相求，為什麼還用這種語氣跟我說話？」

她已經看穿我的來意了！家彥心想，救人要緊，還是先把那隻妖怪放在一旁。

「秀妍，被野篦坊的臉湊近，現在危在旦夕，」家彥說，「妳既然能把我救回，一定有辦法救她！」

「她的臉，是否已經若隱若現，好像快要消失似的。」

「對……對……」家彥訝異她竟然連這些細節也知道。

「那恕我無能為力，」雪把身子向後一靠，搖椅開始上下擺動，「已經死了的人，我是救不活的。」

「不！她沒死，」家彥緊張得踏前一步，「她還有救的，我知妳一定有辦法，就好像上次把我救回一樣。」

「救你，不等於救她……」雪依舊沒看家彥一眼，「上次已經網開一面，你撿回一命，應該感恩才是，還對我諸多要求？」

「那……就當我求求妳，好嗎？」家彥急得如熱鍋上的螞蟻，「請妳出手救救秀妍。」

「啊～～」雪終於放下手上的書本，一雙能夠看透人心的迷人眼睛，正牢牢地盯住家彥。

「你今次來，就只為了秀妍？」

「不！不是的！」

家彥並沒有忘記自己另一目的，他舉起那雙染滿表妹鮮血的手。

「請妳……把小涵也一併救回，她中了箭，失血過多，恐怕支撐不了很久。」

「呵呵，你這算是為了兩個女人，」雪用手背掩著嘴，輕輕地笑，「來求另一個女人嗎？」

「說實話，對於妳，我了解甚少，甚至懷疑過妳是妖怪，」家彥覺得，沒有必要在柳雪面前說謊，「但從妳的語氣，說話的態度，以及曾經救過我這一點，我知道妳並非壞人，若果我誠懇去求妳，妳一定不會見死不救。」

「了解甚少？妖怪？」雪若有所思，「如果我真是妖怪，又如何？」

「如果妳真是妖怪，也只會是一隻美麗而善良的妖怪。」家彥誠心地說。

「哈哈，口甜舌滑，這麼抬舉我，小女子當之有愧，」雪展示一個魅惑笑容，露出長而深的酒窩，「不過就算我想救，也救不了那麼多。」

「妳……什麼意思？」

「我的能力有限，恐怕兩個人中，你只能選一個去救……」

柳雪摸摸披在右邊胸前，一把濃密長直黑髮，然後把它們全撥向左邊，長髮像瀑布一樣散落肩上，意態迷人。

「還記得我上次問你，但你仍未回答我的問題嗎？如果只有一個可以救活，你想救愛人？還是親人？」

家彥沒有回答，實際上他根本不知道如何回答，兩個人對他都是同等重要，他實在不忍心，亦不可能，捨棄其中一個。

「為什麼？為什麼要我做出這麼殘忍的選擇？」家彥問，「秀妍和小涵，對我同樣重要，我……從未想過她們其中一個會捨我而去。」

「人生總是要面臨抉擇，」雪幽幽地說，「當兩者將來不能並存時，趁現在放棄一個，結局可能會更美好。」

將來不能並存？什麼意思？

「我願意用我的性命，去換取她們兩個安然無恙！」

「呵呵，你的性命，我沒興趣……也不稀罕……」

雪左手托腮，露出一抹輕輕的淺笑。

「這樣吧，只要你，應承我一件事，我幫你就是……」

家彥不敢相信自己的耳朵，這個剛才還不肯救的女人，為什麼突然改變主意？

「只要能救到她們，什麼事我都會應承。」

「你不是，把梳子帶回來了嗎？」

家彥啊家彥！甚麼把這件事給忘記了！他趕忙拿出那把玉骨櫛。

「好，那現在……幫我梳頭。」

家彥以為自己聽錯，呆站原地，不懂反應。

「怎麼樣，不是連梳頭這麼簡單的事也做不來吧？」雪背向家彥，甩一下頭，長長秀髮曳搖落下。

「就這麼簡單？」

「就這麼簡單！」

家彥走上前，開始輕輕地，溫柔地，撫摸柳雪如絲般順滑的頭髮，然後開始用玉骨櫛慢慢梳理，每梳一次，都會聽到澌澌……澌澌……如下雪般的聲音。

「這聲音……」家彥眼睛半合，陶醉地說，「很好聽，像輕雪打在孤葉上的聲音，我好像……在哪裡聽過……」

柳雪嬌俏的酒窩，伴隨她的淺笑，甜蜜地展露出來。

「你等會兒先回去，我……還有些事要辦。」

她盯著門外。

五十三

秀妍用盡全力撐起身子，從地牢走出大廳。

很奇怪！剛才的眩暈感消失了，身體突然回復氣力，視野也開始清晰起來，現在所有人都聚集在大廳中，必須儘快趕去。

韓慕湘！他是認識那名會變臉的神祕少女，若果沒猜錯，少女應該就是整個事件的核心，但她是誰？慕湘為什麼認識她？不理了！總之家彥跟他在一起，恐怕有危險。

步出大廳，秀妍看見圓枱附近聚集了一大批人，她趕快望了一眼，卻沒發現家彥和慕湘的蹤影，雖然仍有點不適，但腦筋已經非常清醒，站在圓枱附近的這些人，正劍拔弩張的對峙著。

翔一郎面向陽虹，雙手擺出備戰姿勢，而陽虹拿著十字弩指著翔一郎，目露殺機，果然，影像中那個持十字弩的殺人者，就是陽虹。

楚琳跪坐在地上，正千方百計，阻止躺在地上那個人流出更多的血，而那個人……是昕涵！她好像中箭了！傷勢看似不輕。

「昕涵！」秀妍馬上跑過去，跟楚琳一起按住傷口，但發覺傷口已經止血，昕涵的臉色還好。

「秀妍，妳沒事就好，剛剛表哥一個人上來時，我還以為妳有什麼不測。」

「家彥去哪兒了？」秀妍在大廳周圍望了兩眼，疑惑地問。

「上樓了，不知跑上二樓抑或三樓。」昕涵微笑回答，「韓先生陪著他。」

他們兩人果然是一致行動的！但秀姸好奇，什麼事令家彥非得丟下昕涵不理，也要跑上樓？本來秀姸想追上去，但觀乎翔一郎和陽虹的架勢，一場大戰似乎一觸即發。

而她，有說話要問陽虹。

「秦先生，請放下你手上那把十字弩，」秀姸轉過身來，面向陽虹，「我知道你就是那個……暗殺者……躲在鏡子中……為什麼要濫殺無辜？」

「那個不是人，是野篦坊假扮的，」陽虹不慌不忙，略帶自豪地說，「我把他殺了，那隻野篦坊便馬上跳出來，踩在屍體身上，還想把臉湊過來，幸好我躲在鏡子中，她奈我不何！」

「躲在鏡子中？」翔一郎眉頭一皺，「是誰教你這個方法？」

「伊邪那一派，臥虎藏龍，知道這些祕招的人，大有人在。」

「可是，據我所知，這不是本派的招數，」翔一郎疑惑，「這個方法，有點旁門左道，而且，似曾相識……」

「似曾相識？」

「對，」他踏前一步，盯住陽虹，「這個人，你都認識的！」

「哼哼，那個瞎子，枉我拜訪那麼多次，他都堅持不幫我……就跟妳一樣，李小姐！妳完全幫不了手，看來我也無須幫妳了！」

「重點不是這個，」翔一郎搖搖頭，「我想說的，是他年輕時因為看了不該看的東西一眼，便被奪去視力。」

「他被奪去虹膜、瞳孔和晶體，只留下乳白色鞏膜……所以逃過一劫！」

「這又如何？」陽虹大聲質問。

秀妍雖然不知道他們所說的那個瞎子是誰，但她明白翔一郎的意思。

「他的雙眼，沒有晶體……沒有晶體！」

秀妍大叫，她想起野火會那四個雙目盡毀的年輕人，以及剛才在地牢，小宋把髮夾插向自己的眼！

那個無臉女子，不單能藏身鏡中，還能藏身……如鏡子般的晶體！人的雙目……

陽虹突然痛苦地跪下，十字弩跌在地上，他的右眼，像火山爆發般，噴出如岩漿般的血漿，整隻眼爆破，他竭力忍著痛楚，伸手拾起十字弩，瞄準楚琳，可是他的手已經抖得很厲害，扣下板機，箭射在後面的牆上，而就在這瞬間，他的左眼也爆了！他不支倒下，不再掙扎，不再執著，靜靜地躺在一池血泊中。

倒在地上的他，身子突然蠕動一下，左眼鑽出一樣東西……不！是一個人……是那個無臉女人！她從眼睛中爬出來後，一腳踏扁陽虹的頭顱，然後搖搖晃晃的，站在屍體身上！

******

這是昕涵平生以來，見過最殘忍的死法。

本以為血止住了，體力也恢復了，等會兒便可以站起身，一起對付陽虹，豈料他就這樣不明不白的死了，取而代之卻是一隻妖怪，野篦坊？他們是這樣稱呼的，這是她第一次看見這個無臉女子。

「再等一會吧！很快，妳的傷口便會癒合，不會留下疤痕的！」

我回頭望住楚琳，她向我眨了一眼，笑得很燦爛，像放下心頭大石般，但一雙淚眼仍在淌淚，額頭也好像多了幾條皺紋，她是真心替我擔憂的。

我再望望傷口，不單血不流了，傷疤也正慢慢消失，但最神奇的是，那支黑黝黝的箭正一點一點地退出來，最後掉在地上，就好像箭矢從未插在我腹中一樣。

「妳，對我做了什麼？」

「不是我，是姐姐。」楚琳笑笑地說，「我姐姐很公平的，妳幫了她，她是不會虧待妳。」

身體慢慢康復了，昕涵站起身，盯著眼前這個無臉女子，本來女子是正面向著翔一郎，卻在一秒間突然轉身，飛身撲向昕涵。

「小心！」

情況有點混亂，先是聽到秀妍向自己大喊小心，然後感覺楚琳從後把自己推開，避過無臉女子的攻擊，緊隨翔一郎一個箭步追上，一手扯住無臉女子的肩膀，把她摔往另一邊的牆上，砰砰一聲，無臉女子撞在牆上，但落地時仍然雙腳站地，長髮垂在前面，擋住整張臉。

奇怪！剛才她不攻擊正面的翔一郎，反倒突然轉身攻擊我，為什麼？

她再次展開攻擊，今次是秀妍！她朝秀妍衝過去，翔一郎馬上回身，擋在秀妍前面，雙手做了一個法印，兩隻食指指向無臉女子，但是……

她再次改變方向，向我直飄過來！真的是飄！原來她可以雙腳離地，一百八十度改變方向，以飄浮方式衝過來！看來她剛才是假裝攻擊秀妍，引開本來站在我前面的翔一郎，真正的目標其實是我！

但為什麼？為什麼一定要這麼執著地攻擊我？

雖然身體已經好了許多，但速度和反應卻未能馬上提升，昕涵打算往右閃，卻一時不慎碰到椅腳，整個人滾倒在地上，眼看無臉女子快要把臉湊近時……

楚琳雙手張開，擋在我前面。

無臉女子猶豫了……居然猶豫了！她本來舉起的左手，可以順勢往楚琳方向一把爪過去，但手卻停在半空一動不動，為什麼不攻擊楚琳？

這時翔一郎以迅雷不及掩耳的速度，趁無臉女子猶豫之際，兩隻食指篤中她的背部，她痛苦地抬頭仰天，舉起的左手揮了揮，把他打退五尺之遙，隨即她曲起身子，轉了兩圈，突然消失在眾人眼前。

「她想故技重施，鑽進人的眼睛裡，趕快合起雙眼，不要讓光線走進晶體。」翔一郎大叫。

眾人馬上閉起雙眼，然而就在此時，昕涵聽到一把熟悉聲音，從樓梯方向傳過來……

「秀妍，小涵，妳們沒事吧？」

是表哥！永遠在錯誤時間出現在錯誤地方！他下樓梯一定要睜眼吧……

昕涵張開雙眼，跑往樓梯，想阻止家彥下來，同一時間撲向樓梯的還有秀妍，她看見秀妍那雙急不及待，望穿秋水的眼睛，昕涵知道今次大件事了！

一陣風聲掠過，昕涵猜想無臉女子會選擇他們三人中的哪一位？就在這時，她隱約看見在家彥前面，一個虛浮、半透明、女人的身影，正試圖鑽進他的眼睛裡!!

不行!!

就在昕涵發出悲劇般的叫喊時，莫名的狂風突然從室內捲起，把半透明的女人吹上天花板，只見她不停旋轉，愈轉愈快，吹得她的長髮也開始甩脫，最後狂風把她吹到客廳，像被重壓似的，大字型，動彈不得地，釘在圓枱上。

這時女人已經回復之前的形態，頭髮已被剛才的旋風吹得支離破碎，本來一張光滑無瑕的粉臉，如今已經變得血跡斑斑，滿臉鮮血的她，拼命想掙脫束縛著她的那股重壓，然而無論她多努力，仍然擺脫不了命運的枷鎖。

最後，悲慘的結局等候著她，先是左手一壓，整隻手臂馬上變得粉碎，接著右手一壓，無臉女人馬上成為沒有雙手的妖怪，兩腿一壓，剛才快速飄浮的絕技再也施展不出來，最後整塊臉一壓……

無臉女子不再掙扎，因為不需要了，餘下纖瘦的身軀，此時鑽出千百條白色的蛆蟲，開始蠶食其身體，直至最後一塊肉也噬掉時，楚琳輕輕地，在昕涵耳邊說了一句。

「小明，回來了。」

男子：……

女子：……

男子：……

女子：……

男子：妳沒有說話想跟我說？

女子：謝謝你，把我的肉身帶回來。

男子：妳需要的，因為那個儀式……

女子：你知道了？

男子：見到妳妹妹，一切都明白了。

女子：對不起。

男子：我等待的，不是這句話！

女子：對不起，我不應該把你……當成他……

男子：我不明白，妳創造我出來，不正是為了用我替代他，留在妳身邊嗎？

女子：不是，我只是……想救他。

男子：所以就可以犧牲我？

女子：所以我才說對不起。

男子：我有什麼不好？我跟他外貌相似，會討你開心，也一直願意留在妳身邊，我不介意做替身，只要，能永遠留在妳身邊……

女子：但你始終不是他，那份感覺……不一樣的。

男子：什麼不一樣？

女子：我最初的原意，是用你代替他犧牲，這樣他就安全了，可是……跟你相處這段時間裡，你待我實在太好了……可以說比他更好……而且愈來愈像他……所以我……有段時間糊塗了，以為你可以完全替代他，留在我身邊。

男子：那段是我們最甜蜜的時光，還記得嗎？妳穿起那件粉紅色衣裳，在雪地上翩翩起舞……

女子：但可惜，你始終不是他，樣貌雖似，但性格完全不同，看來我，還是欠缺造人的本事。

男子：所以妳就這麼殘忍，把我趕出這個世界，還封鎖我回來的路？

女子：為你好！我不想再見你，但亦不想犧牲你，救他的事，我再想辦法。

男子：是嗎？妳真的這樣想……

女子：什麼意思？

男子：不要以為我什麼也不知道，若要削弱封印的力量，五刑之人的儀式，必須在那邊世界進行吧？

女子：你……

男子：而妳，卻把我送到那邊世界……碰巧在那邊世界，我的聽力開始出毛病……

女子：……

男子：妳的計畫，從來沒有改變，妳對我好，假意喜歡我，一切一切，都是為了確保將來能犧牲五個人，所做的準備……

女子：看來我小看你了。

男子：我相信，那邊世界，他們四個，現在已經全部犧牲了。

女子：嗯。

男子：還差我一個吧！
女子：那你會怎麼做？
男子：我會……如妳所願，做妳最期待的結局。
女子：謝謝你。
男子：看看這片夜空，這堆繁星，還記得我們一起依偎相擁的時光嗎？
女子：……
男子：妳可以……在我離開之前，對我說一句，我愛你嗎？
女子：……
男子：這是我，最後的心願。
女子：……
女子：……
女子：謝謝你。

寒風止　暮光盡
霜泣雪冷別離時

五十四

那晚的事，好像發了一場惡夢。

三個人死了，死得也夠淒慘，幸好我的亡者具現化能力沒有釋放出來，否則現場情況只會更混亂。

慕湘失蹤了，沒有人知他去了哪裡，我問家彥，他不是和你一起上樓嗎？家彥支支吾吾，只說上樓後他們便分道揚鑣，以後的事，他並不清楚。

至於楚琳，自那晚以後，我再也沒見過她，不過她今次並非不辭而別，臨行前，跟昕涵有正式拜別，總算是有個交代吧！不過昕涵在跟她見面後，顯得格外心事重重，不知是因為捨不得這位好友，還是有什麼特別原因。

野篦坊的詛咒沒能在我身上發揮作用，漸漸消失的容顏也重新落到我的臉上，家彥歡天喜地的摟著我痛哭，翔一郎看完我之後，也認為沒有大礙，我問他可否帶我回神社，他苦笑一下，說還有很多正事要做，便自己一個離開了。

昕涵也痊癒了！她的腹腔傷得那麼重，居然一點疤痕也沒有留下，皮膚完好無缺……不！皮膚甚至比之前還要白滑幼嫩，到底是什麼奇蹟，保佑了昕涵，免於遭受跟摯親生離死別的痛苦？

我覺得是她……

那個在慕湘視角，同時也在蔡爺爺視角中，出現過的女人。

雖然我不知道她是誰，但從今晚這場說故事儀式，家彥和昕涵所披露的訊息，再加上我所看見那五段回憶，這個女人，似在幕後操縱一切！

今晚這場聚會，是楚琳發起的，他們五個人，各有各前來的原因，最後三死一失蹤，唯獨楚琳沒事，而昕涵說過，她是為解救姐姐而來，那麼合理推測，該名女子，就是她的姐姐。

所以，劇本就是，妹妹舉行儀式，把四個人獻祭，成功救出姐姐，發起人當然不會犧牲自己。

可是，慕湘見過這位幕後主腦，蔡爺爺也見過，他倆是同謀嗎？若然是，為什麼一個死去一個失蹤？因為不是親妹妹的關係？還是，他們都被騙了？

慕湘……他想見的人，難道就是這名女子？他跟她是什麼關係？被抱走的無臉女嬰，也跟這名女子有關嗎？如是，那就真幽默了——蔡爺爺一心毀掉嬰孩，慕湘卻一心護著嬰孩，這兩人幸好沒打起上來。

陽虹為追殺野篦坊而來，最後卻被反殺，這也是他一生最大的諷刺吧？他不知道自己早已被她盯上，鑽出鑽入眼睛好幾次了！翔一郎說他是外家弟子，所學所識並不全面，不過，他為了報亡女之仇，鍥而不捨追查野篦坊的下落，我對他這份堅持，還是佩服的。

小宋或者是最幸福的死者，因為他所知最少，對他而言，他的死，也只是交上惡運，碰上惡鬼，飛來橫禍而已，他並不知道這麼多的內幕，若然知道，可能死不瞑目。

還有一件事令我耿耿於懷，我所看見那四隻噁心的怪物影像……到底是什麼東西？為什麼那個無臉女人會有這段回憶，她經歷過嗎？如果真的經歷過，那這個無臉女人……可能不是野篦坊……

她只是個詛咒之人……

唉！太多的問題，太少的線索。

我坐在樹下，靜靜看著家彥躺在草地上，閉上眼，好像睡著了，這次郊遊是他提議的，說發生了這麼多事，生死瞬間，他更加珍惜和我一起共處的時間，想和我在樹下浪漫一番。

但……他明顯有事隱瞞……

慕湘失蹤事件是其中之一，此外，家彥到現在仍不肯透露，那晚在餐廳遇到無臉女人後，到底去了哪裡？他亦不願講跟慕湘分道揚鑣後，自己在三樓做過什麼？種種蛛絲馬跡，均暗示他有事瞞住我！

我摸摸他的頭，看著他熟睡的樣子……

家彥，不是說好彼此要坦白嗎？什麼事令你不願對我說？

你到底，隱瞞些什麼？

五十五

踏入地牢三岔口中間那間房，望著那幅偌大的水彩畫，昕涵把小明放在掌心，以無比銳利的眼神，問正站在前方的楚琳。

「妳才是野篦坊！」

楚琳沒有理她，自己一個走到那幅畫下面。

「這幅畫是我畫的，漂亮嗎？」她往上指指，自豪地說，「花了很長時間和很多工夫……想不到原來我這麼有耐性！」

「秦陽虹說得沒錯，妳果然是野篦坊。」昕涵舉起小明，踏前一步，「害了這麼多條人命，妳到底有什麼陰謀？」

「不是已經跟妳說過嗎，昕涵姐姐？」她轉過頭來，笑笑地說，「我要救出姐姐……」

「那妳姐姐呢？她人在哪裡？」

「這個嘛……」楚琳嘟起小嘴，淘氣地說，「我也不知道。」

「妳該不會是騙我吧！」昕涵愈想愈氣，「說是為了救姐姐，最後姐姐連個影都沒有，卻死了三個人……是四個，如果把那個無臉女人也計算在內的話，我絕對有理由懷疑妳，根本是利用小明，去完成妳的殺人計畫！」

「不！妳誤會了，」她把雙手交叉放在胸前，「我所講的說話句句屬實，我想破除封印，已經破了，我想幫妳增強小明的力量，亦已經完成了！」

「妳說就是？為何我這個主人反而不清楚？」

楚琳再次笑了，她走到昕涵面前，輕聲地說。

「妳是否見到那個女人，半透明的狀態？」

昕涵呆了，的確，她看見那個女人，以幽靈般的形態，想鑽進表哥的眼睛裡。

這是她以前，從未見過的景象。

「不是所有人都能看見這個鬼魅般狀態，」楚琳解釋，「即使是以前的小明，也不能令主人看見。」

「妳意思是……」

「小明的力量已經強化，令它有足夠能力，令主人看見危險……並且在沒有魔方在手的情況下，保護自己！」

昕涵放低舉起的手，盯住自己的銀色方塊。

「妳現在，已經有隔空殺人的能力，」楚琳湊近耳邊，悄悄地說，「不信可以試試看……」

「我不要！」

昕涵被楚琳的話嚇了一跳，手一滑，魔方跌落地上。

「這是我應承過妳的事！」楚琳望住地上的方塊，「以後妳便和小明一樣，可以彈指之間，把祝家所有障礙物清除……」

「不！」

昕涵從未想過，自己也會……變成一個擁有特殊能力的人，這算是詛咒嗎？我已成為詛咒之人嗎？

「哈哈哈，真奇怪，妳不是一直以守護家族榮譽為己任嗎？既然小明的能力增強了，順帶主人也變強了，這不該是一件值得慶賀的事嗎？」

「這個，也是妳目的之一？」

楚琳沒有回答，她只是輕盈地走到昕涵身後，然後突然轉身，從後抱住她。

「昕涵姐姐，不管我是誰，我對妳並無惡意。」

昕涵的背被楚琳緊緊摟住，一陣溫暖的感覺湧上心頭。

「妳明知我有可疑，仍願意替我擋箭，我實在……實在很感動！」

她聽到楚琳說話時帶點鼻音，她在哭嗎？

「可是，我要走啦，我要回去跟姐姐團聚。」楚琳把臉埋在昕涵背裡，「我想將這幅畫送給妳，就當是我們相識……和離別的禮物。」

「什麼！妳又要走了？」昕涵轉身，正面對著楚琳，「我跟妳還有很多話要說。」

「我也想多留一會，不過姐姐需要我。」

楚琳掙脫昕涵的擁抱，後退一步，眼睛和鼻子都是紅紅的。

「很高興認識妳，妳是我在這邊世界上，唯一的朋友。」

這邊世界？

「臨走前，告訴妳一件事。」

楚琳再次望向地上那個銀色方塊。

「假如……假如妳真的不想擁有剛剛獲取的力量，又或者覺得小明傷害太多無辜的人，甚至乎……妳想放棄守護家族的責任，妳就把方塊放在那幅畫後面，那個嵌入牆身的桃木櫃子裡，這樣，就能成功封印住它。」

昕涵朝那幅畫看了一眼，這麼大的一張畫，後面牆身還有櫃子？

她再回頭，楚琳已經不見蹤影。

她走了……

昕涵走到小明前面，把它從地上拾起來。

她撫摸著它的金屬面，拍拍沾上的灰塵，然後望向那幅畫……

她再次望住手上的小明……然後第三次望向那幅畫……

她把小明放進包包，轉身離開地牢。

五十六

夕陽西下，一輪落日孤寂地懸掛在灰白色的山丘上，飄雪停止了，但屋前這片空地，仍然被茫茫白雪覆蓋著，原本結冰的山澗開始融化，流出一絲一絲的細水，兩岸幾棵枯乾凋零的樹梢，也漸漸萌生新的嫩芽。

柳雪坐在柳樹梢下，一把烏黑長髮如瀑布般灑落肩上，一身白色半透明睡裙隨風掀動，一雙雪白玉足輕踩在泥土上，她望著前方，望著斜陽，沉思片刻，然後微笑一下。

腳步聲從後傳來，但她並沒有回頭，因為她知道是誰來了。

「恭喜妳重獲自由，柳雪大人！」

伊藤走到她跟前，誇張地鞠了一躬。

「既然封印已破，肉身已回……為什麼還不走？」

「我走與不走，好像不關你事喔，伊藤先生。」雪仍然挨著柳樹，沒望伊藤一眼。

「呵呵呵，的確跟我毫不相干，可是，有一件事我不明白，特意請教……」伊藤笑笑地說。

「妳為什麼要邀請李秀妍？」

「原來是為了這個原因而來，你怕我打李秀妍的主意，壞你大事，所以來質問我？」

「哪敢！哪敢！我哪敢質問大人呢？」伊藤唇角上揚，「只不過，妳要對付的是祝家的人，她跟這次事件本無關係，但妳卻邀請她來，何解？」

「因為她跟祝家小姐，最終只能活一個。」雪幽幽地說。
「妳是想……看看姓卓的會如何抉擇？」
雪轉過頭來，第一次望向伊藤。
「家彥的到來，是意外！本身不在計畫中，我只是萬萬沒想到，她的怨念之強，居然會找上他！」
「家彥？」伊藤陰陰森森，露出曖昧一笑，「原來大人跟他挺熟的，難怪會出手相救……但又是什麼原因，推使妳把兩個妹子都救了？這麼仁慈，不似妳作風喔。」
「本來以為家彥必選李秀妍，我就可以趁那個法器的空窗期，把害了我全家性命，現在法器新主人祝昕涵置之死地，可惜……」
「可惜妳妹妹求妳了，對嗎？」
雪沒出聲，一對撫慰柔和的眼睛，再次凝望夕陽。
「妳妹妹，不捨得祝昕涵為救她而喪命，等同妳，不想卓家彥因為妳的逃亡計畫，白白掉了性命。」伊藤嘲諷地說，「唉！本來要報仇，卻因為動情，結果都放棄了，看來妳們兩姐妹，跟祝家果然前世冤孽！」
「那你呢，伊藤先生？」雪不甘示弱回敬，「你叫妹妹畫上那幅掛畫，又是什麼意思？」
「啊，被發現了嗎？」伊藤抓抓頭，故作驚訝，「我擔心妳被困在這裡太久，不知道世間上有這個五刑之人陣法，特意叫妹妹婉轉地提醒妳。」
「祝老先生知道這個陣法，也是你告訴的？」
「當然，我跟他巒熟。」

「那我真的要謝謝你了，你的提醒，令我想出一個更完美的計畫。」

「啊？願聞其詳。」

「本來的計畫，是單純欺騙祝家小姐到來，利用法器的力量，裡應外合，打破封印，助我逃離這裡。」

「不過，我擔心家彥會被法器反噬，所以遲遲未開始，結果，我發現這個陣法……」

這時雪突然站起身，面向伊藤，以一股看穿你所思的眼神，對他說。

「伊藤先生，你介紹的這個五刑之人，並不是用來鎮壓法器吧！相反，是用來大幅加強法器的威力，把法器和其主人緊緊綑綁在一起！對嗎？」

「祝老先生對守護祝家這麼堅持執著，恨不得家族永垂不朽，哪會願意用一套陣法束縛自己的守護神！強化才是真相！家彥被他騙了，我也差點被你騙了！」

伊藤拍拍手，開懷地大笑，臉上露出一個佩服表情。

「好！好！柳雪大人果然冰雪聰明。不過我不跟妳說，也是為妳好喔！」

「我知道你的用意，」雪撥一撥肩上的頭髮，「把五個被酷刑所傷導致身體殘缺之人，又或者五感有所缺失而遺憾之人聚集，全部犧牲，所產生的怨念被法器吸收，足以令本已威力巨大的它如虎添翼，最重要是，以後它會和主人綑綁在一起，反噬之力，會最先出現在主人身上！」

「一石三鳥，既能助妳衝破封印，亦能幫妳保住家彥，更能令祝小姐自食惡果，妳看我對妳多好。」

伊藤上前，意欲親近雪，卻被雪乖巧地側身避開。

「是四鳥吧？」雪盯著伊藤，一副識破他的陰謀似的，「你根本就想法器強化！它一直留在祝家，是你的精心部署之一，你只是假借我的手，由我出面，令到法器大幅增強，看來，祝昕涵也是你的棋子吧！」

「哈哈哈，真是所有事都瞞不過妳，」伊藤再次拍拍手，今次拍得更大力一點，「祝昕涵和李秀妍，都是我未來計畫的一部分，事成之前，妳千萬別打她們主意，至於那個卓家彥……我不在乎，妳儘管拿去用吧。」

「呵呵呵，看來我們是各適其適，各取所需。」

「不過，我仍有一事不明……」伊藤突然吞吞吐吐。

「請講。」

「五刑之人，是要把五個身體上有殘缺，或五感喪失的人犧牲，既然妳妹妹沒事，那就只犧牲了四個人，儀式應該尚未完成，為何魔方的力量仍得到強化？」

「你猜猜。」雪眨了一下眼。

「哼哼……果然……那個可憐的女人……」

「姐姐！」

兩人回頭一望，一名跟柳雪外貌一模一樣的少女，正從遠方輕快地跑近。

「哦！原來伊藤大叔也來了！你找姐姐幹嘛？」

「原來這就是妳的正身……唔……很好很好，至少比妳之前的裝扮好看多了。」

「我之前的偽裝也不是那麼差勁吧？至少蔡爺爺沒有懷疑，我就是當年把姐姐抱到他面前的那個女人！」

伊藤哈哈大笑。

「對了！我到現在還不知道妳的名字？」

「柳螢，螢火蟲的螢。」她用手繞著雪的脖子，高興地說，「姐姐，我終於來到這邊世界了，這兒很漂亮啊！其實在這裡生活，也挺寫意的。」

「再美的風景，也會看膩，尤其是……只有妳一個人在看時。」

「那以後就有妹妹陪妳看囉……喂，伊藤大叔，我們兩姐妹團聚，你站在一旁看著幹什麼？還不識趣！」

「柳雪柳螢，」伊藤突然笑起上來，笑得很奸險，「我只是在想，妳們兩姊妹既然不是同一母胎親生的，姐姐的過去已經知道了，那妹妹呢？」

「這個……」雪跟螢對視一眼，相互微笑，「已是另一個故事了……」

「原來如此，」伊藤點點頭，「看來，柳雪柳螢，也不是妳們最初的名字。」

雪馬上回頭，笑靨迎人，露出一對甜美的酒窩。

「看來伊藤先生已經猜到了，」雪拖著螢的手，「身分太多，連最初的名字也忘了。」

「這就可惜了，」伊藤湊前，輕聲對雪說，「不過我很好奇，妳跟那個瞎子，到底是什麼關係？」

「那是很久以前的事了，當時我還未奪他雙目，」雪回憶道，「他是最初五刑之人的候選者之一，不過不合適，最終放棄了，他最近跟姓蔡的老頭都想違背誓言，我不得不收拾他們。」

「所以妳的名字，是禁忌語，不能連說三遍？」

「也不是。」

雪鬆開拖著螢的手，從懷中取出那把玉骨櫛，朝自己秀麗的長髮輕輕一梳，發出清脆悅耳，婉約動人的澌澌聲。

「女孩子，都是愛美的……」

「最初的名字如果連說三遍，我會變回原形……」

「所以，我送給另一個人了……」

江嵐雙手狂搔狂抓，好像想把藏在臉下的東西給挖出來，然而臉龐仍舊白皙光滑得如雞蛋一樣，她放聲大哭。

「放心！」老頭子開口，「即使妳變成這個樣子，五感並未消失，所以仍能跟我們溝通……至少……在這個世界裡！」

「到底發生什麼事？」嵐不甘地問，「我為什麼會變成這樣！」

「我們正按照那位大人吩咐，執行一個叫五刑之人的儀式，」紙片男解釋，「我們五個，都是身受極刑之人，齊集如此，本來是為了打破封印……」

「本來？」

「對，計畫暫停，」紙片男望望四周，小聲地說，「那位大人吩咐，要把妳送回原來的地方。」

嵐聽後，終於破涕為笑。

「回到原來的地方，即是我會變回原形，對嗎？」

紙片男、老頭子和半邊男對望一眼，三人同時低下頭，只有肥胖男繼續大口大口把湯灌進肚子。

「妳會繼續以這副模樣，回去妳的世界！」紙片男終於說出最殘忍的一句。

嵐不敢置信，若果她那張臉仍有表情的話，應該是錯愕和震驚。

「蠢才！到現在妳還不明白！妳被利用了！」

半邊男側躺在地上，指指自己的腦袋，然後指住嵐。

「我們四個，都是被那位大人處刑，弄成這個樣子，妳以為自己能倖免嗎？再講，那位大人要妳來這個世界，不正是為了完成五刑之人的儀式嗎？現在只是突然中止而已。」

「為……為什麼會中止？」坐在一旁的肥胖男插口問。

「既然要送她回去……儀式恐怕是在另一邊世界舉行吧？」老頭子輕描淡寫地說。

嵐佇立原地，良久發不出聲來。

「告訴我們，妳是怎樣來的？」老頭子嘆一口氣。

「我……認識一位朋友……她帶我去到一個童話國度，裡面住了一個長著翅膀的仙女，仙女拉著我的手，陪我遊覽了她那邊的世界。」

三個男人默不作聲，連肥胖男也停止進食。

「怎……怎麼了？」嵐察覺有異。

「是裡世界。」紙片男緩緩吐出這幾隻字。

「對不起，請妳繼續吧。」老頭子揮揮手，示意嵐繼續。

「之後我去過好幾次，忽然有一天，仙子用雙手捧著我兩邊臉頰，正面望著我，然後喃喃自語，之後，我就到這裡來了。」

「妳說過，妳是為了替家人報仇，想找一把玉梳子，對嗎？」老頭子問。

「對！只要找到那把梳子，我就有能力替家人報仇……是仙子說的。」

「妳說妳所有家人都死了……請問死了誰？」

「爺爺、爸爸和哥哥！」

「妳……想清楚一點……他們真的是妳家人嗎？」

「當然！我和爺爺感情很好，跟爸爸和媽媽……咦！等等！為什麼沒有媽媽？哥哥……我有哥哥的嗎？」

「答案非常明顯，妳已被那位所謂的仙子洗腦了！」半邊男恥笑地說。

「她把妳，帶進自己所創造的裡世界中，」紙片男再一次解釋，「然後把自己過去的經歷，強行植入在妳的記憶中。」

「那……這個仙子……就是那位大人？」肥胖男戰戰兢兢問。

一片沉默，沒人夠膽給出一個明確答案。

「妳回去之後，只會保留她想妳知道的記憶，成為她的工具，成為她的犧牲品。」老頭子唏噓地說，「除非……」

「除非什麼？」

「除非妳能記起自己的名字，妳真正的名字！」

嵐拼了命去想，腦海翻騰，終於，她想起來了！

「江嵐！江嵐！江嵐！」她自信地說，「這是仙子捧著我臉頰時，嘴裡不停重覆的名字，一定是我的名字……一定是……」

嵐之終幕──鬼說百物語

釀冒險65　PG2744

野篦坊之櫛

作　　者　金　亮
責任編輯　陳彥儒
圖文排版　蔡忠翰
封面設計　王嵩賀

出版策劃　釀出版
製作發行　秀威資訊科技股份有限公司
114 台北市內湖區瑞光路76巷65號1樓
電話：+886-2-2796-3638　傳真：+886-2-2796-1377
服務信箱：service@showwe.com.tw
http://www.showwe.com.tw
郵政劃撥　19563868　戶名：秀威資訊科技股份有限公司
展售門市　國家書店【松江門市】
104 台北市中山區松江路209號1樓
電話：+886-2-2518-0207　傳真：+886-2-2518-0778
網路訂購　秀威網路書店：https://store.showwe.tw
國家網路書店：https://www.govbooks.com.tw
法律顧問　毛國樑　律師
總 經 銷　聯合發行股份有限公司
231新北市新店區寶橋路235巷6弄6號4F
電話：+886-2-2917-8022　傳真：+886-2-2915-6275

出版日期　2022年12月　BOD一版
定　　價　380元

讀者回函卡

Printed in Taiwan

國家圖書館出版品預行編目

野篦坊之櫛 / 金亮著. -- 一版. -- 臺北市：釀出版,
2022.12
面；　公分. --（釀冒險；65）
BOD版
ISBN 978-986-445-753-3（平裝）

857.7　　111019312